호랑이 아가씨

# 차례

1장  잠에서 깬 호랑이          9

2장  앞발의 위력          29

3장  의심을 받다          50

4장  경찰서 앞 사주카페          81

5장  때로는 맨주먹으로          117

6장  악취          147

7장  또 다른 짐승          182

8장  실종          210

9장  완전한 변신          252

뒷이야기          282


작가의 말          297

만약 숲에서 호랑이를 만났다면,
당신은 딱 한 번만 그 호랑이를 볼 수 있다.

# 1장

# 잠에서 깬 호랑이

나의 경우, 무병巫病을 앓지는 않았다. 머리가 아프다든가 환청이 들린다든가 하는 일은 없고, 그냥 좀 고기가 입에 당겼다. 그것도 아주 신선하여 쫄깃쫄깃하고 핏물이 흥건한 고기.

처음 그 충동이 일었을 때, 나는 동네 마트의 정육코너 냉장고에 얼굴을 대고 있었다. 정확히 말하자면 혓바닥으로 냉장고 유리를 핥고 있었다. 내 침이 유리를 타고 죽 흘러서 마트 직원이 화를 냈다. 그래도 기분이 나쁘진 않았다. 나와 눈이 마주쳤을 때 그 직원이 아주 겁먹은 표정을 지었던 것이다. 통장의 잔액을 떠올리고, 나는 300g짜리 한우 안심 대신 미국산 토마호크를 한 팩 샀다. 500g이 넘는 살덩어리에 근막과 긴 뼈가 붙어 꽤나 먹음직스럽게 보였다.

마트를 나와 집으로 향하는 골목길에서 포장용 랩을 벗겼다. 3월 말이라서 바람이 싸늘했다. 아이스크림 막대를 쥐듯 암소의 뼈를 움켜쥐고, 나는 살점을 뜯어 먹었다. 그러면서 걸었다. 고기는 달콤하고 고소했으며 어금니 사이로 아삭거렸다. 행복이란 이런 거구나 즐거워 키들거렸다.

"넌 지금 웃음이 나니?"

경기도 산왕시 산달동. 비탈진 골목 끝 허름한 단독주택에 들어선 순간 엄마가 날 보고 면박을 줬다.

"왜, 나는 웃으면 안 돼? 경찰시험에 떨어진 사람은 행복할 권리도 없어?"

되받아치며 스니커즈를 벗었다.

"네가 그냥 떨어진 사람이냐? 3년씩이나 떨어졌잖아! 순경시험이 1년에 두 번씩인데 벌써 여섯 번째나. 내가 동네 창피해 손님들 앞에서 고개를 못 들어!"

허리춤에다 손을 얹고 엄마가 씩씩댔다. 나는 동네 입구의 '미애살롱', 엄마가 사장이자 직원인 미용실 내부 풍경과 단골손님들의 익숙한 얼굴을 떠올렸다.

"아니 왜 울지도 않니?" 엄마가 힐난했다. "애가 아주 뻔뻔해졌어. 작년까지는 방에 처박혀 훌쩍훌쩍 그러더니만, 대체 그 태도가 뭐야? 그래서 시험 붙겠어? 오늘 같은 날, 방 안에 얌전히 앉아 틀린 문제나 점검해보든가 하지 어디를 그렇게 쏘다니고……!"

"됐어, 엄마. 나 경찰 안 해."

덤덤히 거실을 가로질렀다. 정적이, 아주 갑작스럽고 소스라치는 침묵이 내 등을 후려쳤다. 나는 방으로 들어갔다.

"아유, 애. 태경아." 엄마의 말투가 누그러졌다. "뭘 그렇게 삐지고 그러니? 너답지 않게. 그러지 말고…… 밥은 먹었어? 배고프지? 엄마가 차려주마. 너 좋아하는 우렁된장국에,"

"됐어요. 배불러."

답하고 방문을 닫아 잠갔다. 그날은 무슨 말을 더 하기도 싫고 자고만 싶었다. 몸에 걸쳤던 연두색 바람막이만 벗고, 나는 양치도 하지 않았다. 그대로 침대에 드러누웠다.


다음 날 새벽. 잠에서 깨었을 때 입에서 끔찍한 악취가 났다. 양치를 하다 무심코 왼손 검지를 긁적였는데 손톱에 무언가 걸리는 느낌이 났다. 내려다보니 손가락 두 번째 마디에 털이 좀 나 있었다. 그야 사람의 손가락에는―남자고 여자고 간에―털이라는 게 있기 마련이다. 하지만 그날은 도가 지나쳤다. 게다가 그것은 황갈색이었다.

"뭐야? 이게."

욕실 수납장에서 제모용 왁스를 꺼내 털이 난 곳에 발랐다. 1분이 흐르길 기다렸다가 단번에 뜯어냈다. 피부는 훤해졌고, 털 같은 것은 잊은 채 샤워를 시작했다. 엄마가 출근한 후

나는 동네 마트로 가 미국산 갈빗살을 두 팩 샀고, 점심과 저녁에 나누어 먹었다. 엄마는 저녁 8시에나 미용실 문을 닫으니까 내가 그토록 이상한 식성을 갖게 됐단 걸 몰랐다.

지친 엄마가 나물 몇 가지를 곁들여 저녁을 먹을 때, 나는 그 앞에 앉아서 맥주를 홀짝거렸다. 우리는 말없이 거실에 놓인 TV를 봤다. 올해는 유난히 전세 사기에 관련된 뉴스가 많았다. 7년간 모은 재산을 뺏기고 자살한 27세 남자의 사연을 듣고, 엄마는 숟가락으로 식탁을 내리쳤다.

"저런 호랑이가 물어 갈 놈들!"

팥알과 쌀알이 튀어 내 손등에 떨어졌다. 나는 티슈를 뽑아서 팥부터 얼른 뗐다. 그런 뒤 혓바닥으로 송곳니 끝을 문질렀다. 어쩐지 겸연쩍어서.

"아무리 그래도 생목숨을 끊어내나."

엄마가 한숨 쉬었다. 그러다 갑자기 움찔하더니 내 쪽을 돌아보았다.

"얘, 태경아. 세상에 돈이 전부가 아니야. 스물일곱이 그게 많은 나이가 아니라고. 경찰시험이건 7천만 원이건…… 얼마든 새롭게 시작할 기회가 있는 거야. 넌 젊으니까. 알지?"

"누가 뭐랬나?"

나는 차가운 맥주를 홀짝거렸다. 수상쩍다는 듯, 엄마가 내 눈을 들여다보았다.

"너, 이상해."

"뭐가?"

"엊그저께만 해도 저런 사람들 불쌍하다며 눈물을 글썽이더니…… 시험에 떨어져 그러니? 세상이 막 심드렁해?"

나는 말없이 눈알을 좌우로 굴렸다. 그러고 보니 며칠 전에도 비슷한 뉴스를 보았다. 엄마 말마따나 그때는 훌쩍거렸지. 내 마음이 어디서부터 어떻게 달라진 건지 몰라, 나는 꾹 입을 닫았다.


모처럼 꿀잠을 잤다. 알람을 듣고 새벽녘 눈을 떴을 때 내가 나 자신이란 게 싫지 않았다. 그건 꽤 오래간만에 느끼는 감정이어서 낯설기까지 했다. 그리고 또 내가 놀란 것은…… 왼손 검지의 황갈색 털이 밤사이 자라 있었다. 그것은 손가락 두 번째 마디 정도가 아니라 숫제 그 하나를 빽빽이 감싸고 있었으며, 끄트머리에 갈고리 형태의 긴 손톱 하나를 매달고 있었다. 크기라도 작다면 고양이 발톱처럼 귀여운 맛이나 있을 텐데…… 호를 그리며 휘어진 손톱의 길이만 새끼손가락 정도는 됐다. 그나마 다행인 것은 그게 털가죽 안으로 쏙 들어간다는 거였다. 하지만 불행하게도 조종이 되진 않아서 뭔가에 마음이 동하면—배가 고프다든가 화가 난다든가—시도 때도 없이 불쑥 솟구쳐 나의 입장을 곤란케 했다.

'내가 뭘 잘못했지?'

붕대를 찾아 손가락에다 감으며 습관처럼 내 탓을 했다. 하지만 3년째 경찰시험에 떨어진 것밖에 무엇을 잘못하지는 않았다. 문득, 마음이 서글펐다. 어릴 때부터 경찰이 되기를 꿈꾸었는데. 그건 내 유일한 꿈이었는데…… 태권도를 배우고, 메달을 따고, 장학생 자격을 얻어 대학에 진학한, 그 모든 노력과 성취가 무너졌다. 어디 내가 잘한 게 그뿐이던가? 취미로 주짓수를 시작했다가 브라운 벨트를 땄고―자랑스러운 만두 귀―헬스장에서는 스쿼트, 벤치 프레스, 데드 리프트를 다 합쳐 250kg을 너끈히 든다. 174cm의 키에 57kg의 탄탄한 체구로 100m 트랙은 13초대에 주파해낼 수 있다. 그런데 무려 3년씩이나 필기시험에 발목을 잡힌 것이다. 마치 꼭 귀신에 홀린 것처럼…… 소중한 청춘을 허비해버렸다.

"뭐, 지나간 일이니까."

옷장에서 점퍼를 집어내 헐렁한 티셔츠 위에 걸쳤다. 평소 같으면 2시간 정도는 실의에 빠져서 날렸을 텐데, 그날은 딱 5분을 소비해 마음을 추슬렀다.

새벽 5시 05분. 나는 까치발로 거실을 지나 스니커즈에 발을 넣었다. 안방 문틈으로 엄마의 코 고는 소리가 새어 나왔다. 조심스럽게 현관문을 닫고 계단을 뛰어내려서 두 걸음만에 마당을 지났다. 키 낮은 철문을 닫고 단발머리를 묶은 후, 가볍게 땅을 박차며 달리기 시작했다.

어둠이 동네를 감싸고 있었다. 푸르고 서걱서걱한 공기가 콧구멍으로 들어와 머리를 차게 식혔다. 나는 힘차게 두 팔을 흔들었다. 등에는 산왕태권도 로고가 있고 가슴엔 호랑이 얼굴이 박힌 XL 사이즈 티셔츠 끝단이 내 복근 위에서 팔랑였다. 서랍장에는 똑같은 디자인의 셔츠가 열 장쯤 있다. 그 것은 내가 20년이나 다닌 동네의 태권도장에서 얻은 것인데, 큰 치수를 수요보다도 많이 뽑았다면서 관장님께서 주셨다. 멋진 디자인에 땀 흡수도 잘되고 신축성까지 좋아 운동할 때나 공부할 때나 가리지 않고 입었다.

심장이 쿵쿵 뛰는 걸 느끼며 나는 골목을 내달렸다. 그것은 수험 생활 3년간 매일 반복한 운동이면서 훈련이었다. 언젠가 경찰이 되면 급박한 상황 속에서 적절한 대처를 할 수 있게끔 마을의 샛길과 특징을 익히는 것.

마을 정상에 오르자 비탈길 너머로 멀리 신도시 풍경이 보였다. 30년 전, 대단위 포도농장이 있던 산군山君동 일대는 아파트 숲으로 가득 찼다. 광장과 상가를 둘러싼 아파트 군락을 더 넓게 감싸며, 호랑이가 기지개를 켜는 형태의 드높은 능선이 펼쳐졌다. 옛날부터 호랑이가 서식하기로 유명해 이름조차 산왕山王산인 그 기슭을 감아 돌면서 한강의 지류가 흐르고 있었다.

몸을 돌려서 나는 우리 동네를 휘둘러보았다. 60년 전, 포도농장의 일꾼을 자처하며 고향을 떠나온 이들이 맨주먹으로 터 닦은 곳. 그들 중에는 당시 스물하나였던 내 외할아버지도 있었다.

세월이 흐르며 판잣집은 단독주택이 되고 연립도 되었건만 복잡한 진출입로는 변하지 않았다. 오래전 빈민들이 편리한 대로 드나든 흔적이 지금껏 남은 것이다. 울퉁불퉁한 골목은 아스팔트로 덮인 지 오래. 번듯한 편의점들이 브랜드마다 들어섰어도 다양한 형태의 길들은 남았다. 때문에 이 지역의 초임 경찰과 소방관들은 적응에 애를 먹었다.

"이렇게 두면 차가 다니기 어렵지."

나는 누군가 골목 입구에 팽개친 공유 킥보드를 들어 길 가장자리에 붙였다. 휴대폰 플래시를 켜 위험하게 노출된 공사장 사진을 두 장 찍었고, 불 꺼진 가로등 사진도 찍어서 구청 카톡에 신고했다. 조깅을 마치고 집 안에 들어섰을 때, 거실 벽시계를 보고 내 눈을 의심했다.

"고장 났나?"

곧바로 휴대폰 시계를 확인했다.

"뭐야, 평소보다도 10분 더 빨리 왔잖아?"


미애살롱의 휴무인 화요일에는 내 변한 식성을 드러내기가 어려웠다. 새벽 조깅을 마치고 나는 엄마 몰래 날달걀 세 개를 깨 먹었다. 배가 차지는 않았으나 갈급한 허기는 달랠 수 있었다.

왼손 검지의 손톱을 뉘어 달걀 윗부분을 톡 쳐내며 나는 한 가지 결론에 도달했다. 이러한 변화의 원인에 대해 알아 둬야만 한다는 것. 그것은 몸의 주인으로서 마땅히 해야 할 일이었고, 만일 그러지 않으면 내 몸과 정신이 서서히 분열 돼 다시는 교감치 못하리라는 예감이 들었다.

'피부과에 가볼까? 아니면 동물병원에?'

고민하다가 무당을 찾아가기로 결정했다. 병원에 가면 의사들은 엑스레이를 찍자는 둥 피를 뽑자는 둥 하면서 성가신 절차를 밟게 하겠지. 그런 다음 손가락의 변화에 대해선 원인을 알 수 없다며―혹은 단정이 어려운 여럿의 가능성들이 있다며―시선을 피할 것이다. 혈뇨를 쏟다 쓰러져 방광암 진단을 받았던 내 외할아버지에게 그랬듯 냉랭하겠지. 그 모든 대증치료가 비보험일 건 틀림없었다. 왼손 검지는 모양이 변화했을 뿐 통증이 있는 건 아니니까. 물론 내게는 대형 회사의 실비보험이 있었다. 하지만 4년 전 전국체전에 나갔다 발목에 금이 가 물리치료니 추나치료니 받아댔더니 올해 초 5년 만에 보험료가 갱신되면서 월 납입 금액이 엄청 뛰었다. 나는 병원에 방문할 경우 실비보험으로 되돌려받을 금액과 5년 뒤 상승할 보험료 규모를 견줘봤고 마음이 무당 쪽으로 기울었다. 내가 아는 사람 중 그 분야에 식견이 있는 건 딱 한 명이었다. 느지막이 일어난 엄마가 아점을 차려 먹을 때, 나는 식탁에 마주 앉았다.

"아는 점집 있어요? 용한 데."

"왜, 뭐가 궁금한데?"

엄마가 대꾸했다. 그녀가 일어나 내 몫의 밥을 뜨려 하기에 입맛이 없다고 둘러댔다. 엄마는 다시 의자에 앉아 된장국 그릇에 손을 넣어서 바지락 하나를 집어냈다. 앞니로 살을 긁었다.

"그냥 뭐. 앞으로 어떻게 살아지나……."

나는 말했다.

"넌 젊은 애가," 엄마가 빈 조개껍질을 내려놓고는 새것을 집어 들었다. "요즘 애들은 이렇게 패기가 없어. 인생을 스스로 개척할 생각을 해야지?"

요란한 소리를 내면서 또 한 번 조개를 빨아 먹었다. 나는 마음이 상해 혓바닥으로 코를 핥았다.—그게 되다니!—문득 짓궂은 생각이 떠올랐다.

"안 되겠네. 최대한 끝까지 숨겨보려고 했는데."

거들먹거리며 왼손 검지의 붕대를 풀었다. 그리고 짓눌린 털들을 부풀려 세웠다. 의도한 것은 아니었는데 기다란 손톱이 불쑥 솟았다. 벌떡 일어나, 엄마가 내 팔을 후려쳤다.

"깜짝이야! 어디서 못된 장난을 치니?"

"장난? 뽑아봐."

왼손을 엄마 앞으로 내밀었다.

"됐어. 저리 치우셔."

18

엄마가 눈을 흘겼다.

"되긴 뭐가 돼. 장난 아니라고."

나는 또 한 번 손을 뻗었다. 엄마는 치우라 하고 나는 만져보라고 하면서 실랑이가 쭉 이어졌다. 마침내, 엄마가 한 손을 뻗어 내 멋진 털들을 쥐어뜯었다. 나는 꽥 비명을 질렀고, 엄마의 두 눈이 커지는 것을 봤다. 그녀가 내 손을 당겨 자기 눈앞에 댔다. 험악한 손길로 수북한 털들을 마구 헤집었다.

"이, 이게 무슨! 도대체가……."

"장난 아니라 그랬잖아!"

"본드로 붙인 거야?"

"아니라고! 원하면 칼날로 피부를 베어내 보여줄 수도 있어."

나는 일어나 식칼을 쥐었다. 엄마가 고개를 뻣뻣이 들더니 "쓰읍!" 소리를 내면서 눈을 치떴다.

"이거 봐. 진짜 내 털이라니까?"

나는 예리한 칼날로 털을 밀어냈다. 그러자 빽빽한 모공 속 점점이 박힌 털들이 보였다. 까슬까슬한 그 자국을 엄마는 여러 번 손으로 문질렀다. 큰 눈을 가까이 대고 샅샅이 보기도 했다.

"엄마도 젊을 때 점 보러 다녔잖아." 나는 찬찬히 말을 이었다. "어떤 무당이 용하다면서 이모들이랑 얘기했지? 전화 통화했던 거 기억나. 얼마 전에도 아랫집 선자 아줌마랑 안

다녀왔어? 그 집 아저씨 언제 재취업하는지 궁금해한다 했잖아. 뭐랬더라, 그 무당이? 아저씨 일하긴 텄다고 했나? 아줌마 팔자에 남편 없다고……."

"그만, 입 닫아!"

엄마는 허둥지둥 자기 방으로 들어가 서랍을 뒤졌다. 그녀가 들고 와 식탁에 올려둔 명함에 '산왕산 선녀무당'이라는 상호가 보였다. 가엾기도 하지. 엄마는 손을 발발발 떨며 번호를 눌렀다. 당일 상담은 안 된다는 걸, 두 배의 복채를 내걸어가면서 약속을 받아냈다.


"손가락에다 붕대 잘 감어. 아니, 아주 장갑을 끼면 좋겠다."

저물녘, 집을 나서려는데 엄마가 참견했다.

"누가 본다고? 어차피 우리 차 타고 가잖아."

심드렁하게 대꾸했으나 전혀 먹히지 않았다. 하는 수 없이, 나는 서랍 맨 아래 칸에서 엄지장갑을 꺼냈다.

"혹시 말이야, 병원에 가는 게 좋을까? 무당집 말고."

안전벨트를 잡아 빼면서 엄마를 보았다. 커다란 눈을 홉뜨고, 엄마는 삭막한 골목 안쪽을 두리번거렸다.

"미쳤니? 뉴스에 뜰 일 있어?"

"그렇지? 역시."

산왕시를 동에서 서로 가로지르며 우리는 20여 분쯤 달렸다. 어느 결엔가 주위 풍경이 숲으로 바뀌더니만 차체가 강하게 흔들렸다.

"뭐야, 이 길 맞아?"

"왜. 겁나냐?" 엄마는 비포장도로 위에서 액셀을 밟아댔다. "영험한 기운을 받는다고 산골짜기에다 신당을 지었대. 거의 다 왔어."

그렇게 하여 산왕산 중턱에 도착했을 땐 날이 완전히 저물어 있었다.

생년월일과 태어난 시를 밝히면 사주풀이나 하겠지 했는데, 웬 젊은 남자가 신당 앞쪽에 마중을 나와 있었다. 기와가 겹겹이 얹힌 커다란 문 옆에 가로등이 있어 그의 표정이 훤히 보였다. 도토리를 문 것처럼 두 뺨이 볼록한, 자그마한 남자였다. 그는 날 보고 입을 헤벌리더니만 폴짝폴짝 뛰어와 발치에 엎드렸다. 사지를 벌벌 떨었다.

"산신山神님! 어떻게 이토록 누추한 곳까지 오셨습니까요!"

"차 타고 왔지. 와…… 이 집 찐이네."

오른손 엄지를 세우고 엄마를 보며 웃었다. 엄마는 웃지 않았다. 눈가를 파르르 떨더니 바닥에 주저앉았다.


"새벽녘에 계시가 있었습니다요."

화려한 선녀상과 촛불들 그리고 생화가 가득한 신당에 앉아 박수무당이 말했다. 생긴 것과 어울리잖게 굵고 차분한 목소리로.

"선녀님께서 이르시길, 특별한 손님이 올 것이므로 성심껏 맞으라 하시더군요. 예약 전화를 받을 때만 해도 신령한 기운을 느끼지 못했으나 해가 저물며 달라졌습니다. 심장이 두근거리고…… 꿈을 꾸는 듯 어떤 영상이 덮쳐왔어요. 커다란 호랑이 한 마리가 저를 향해 뛰어오는 것이었지요. 으르렁거리며 날뛰는 모습이 어찌나 무서운지 오금이 저렸습니다. 산왕산 입구를 통과해 향하는 방향이 분명 이 신당인지라 밖으로 나왔지요. 그랬더니 빨간색 K3가 나타나더니…… 차에서 내리는 산신님 모습이 보였습니다요."

"오! 신기해. 엄마, 재밌다. 그치?"

물어도 엄마는 답이 없었다. 넋 나간 얼굴로 박수무당을 볼 뿐이었다. 무당은 어깨를 떨더니 눈을 감았다. 그는 오색 방울이 달린 막대를 쥐고 흔들다 돌연 눈을 떴다. 그의 표정이 가면을 쓴 듯이 달라졌다. 겁먹은 기색은 사라지고 온화한 미소가 눈가에 어렸다. 입을 열자, 종전과 달리 어여쁜 음성이 흘러나왔다.

"잘 오시었구려, 산신령."

박수무당이 말했다.

"서, 선녀님?"

엄마가 바닥에 납작 엎드렸다.

22

"아, 이게 말로만 듣던 접신接神인가?" 나는 내 왼손을 박수무당의 눈앞에 보였다. "저…… 궁금한 것이 있어서요. 여기, 손가락 하나에 문제가 생겼는데……."

여전히 온화한 얼굴로 무당은 고개를 끄덕거렸다.

"저런. 귀문鬼門이 열렸군요. 그로 인하여 300년 전에 산왕산 다스리셨던 산신령山神靈께서 깨어나셨어요."

"산신령이라니. 산왕산의……. 그러니까 뭐야. 얘가…… 전생에 호랑이였단 말이세요?"

엄마가 끼어들었다. 말끝에 울음이 묻어 있었다. 박수무당은 또 한 번 고개를 끄덕거렸다.

"그럼, 이제 얘 어떻게 해요?" 엄마는 두 무릎으로 기어가 무당의 손을 잡았다. "굿을 해야 해요?"

"그걸로 된다면야 얼마나 좋겠어." 박수무당은 점잖게 고개를 저었다. 그는 다정한 눈으로 엄마를 보았다. "산신령은 말이지, 잡귀가 아니거든. 전생의 혼을 가지고 아가씨 몸에 났을 뿐이야. 그러니 쫓아낼 수가 없어요."

엄마는 놀라서 고개를 젖혔다. 무당이 나를 보았다.

"대개는 모르고 살아가지만…… 우리 몸에는 수천, 수만 가지 전생의 혼이 있다오. 그것은 마치 세포와 같이 우리의 몸과 정신을 이루지요. 맨 처음 우주가 날 때 티끌로서의 전생부터, 벌레로서의 전생, 열매로서의 전생도 얼크러져 있어요. 대체로 깨어날 일 없이 우리의 현생을 이루는데…… 특별한 경우 신묘한 존재를 드러내기도 합니다. 혹시…… 호랑이의 평균수명을 아시오?"

나는 재빨리 머리를 흔들었다.

"15년입니다." 무당이 대답했다. "그러나 산신령께서는 무려 150년 동안 이 넓은 산왕산을 다스리셨지요. 그러기에 사람의 몸으로 환생한 것입니다. 살아서 영물이 되었기에."

엄마는 혼자서 무언가 생각하더니 갑자기 손뼉을 쳤다.

"그러면…… 호랑이 기운을 가둘 수 없어요? 뭐냐, 그래요 봉인!"

무당은 웃으며 고개를 끄덕였다.

"그것은 산신령께서 노력하시기에 달렸소."

"내가요? 어떻게요?"

"사람들 얘기를 잘 들어주시오."

"이야기? 무슨 이야기?"

"그야 무엇이든, 속 깊은 이야기지요."

박수무당이 말했다.

"안 그러면요?"

엄마가 또 한 번 끼어들었다.

"그러지 않으면…… 변하십니다."

"변해요? 뭐로?"

"그야…… 호랑이지요." 무당은 난처한 듯이 내 왼손 검지를 보았다. "사람들 얘기를 잘 들어주고, 그 맺힌 마음을 풀어주셔야 영혼이 귀토歸土를 하십니다."

"귀토?"

"흙으로 돌아간다, 즉 영원한 안식을 얻는다는 뜻입니다."

무당이 대답했다. 내 마음속에서 한 가지 의문이 고개를
쳐들었다.

"그런데 이게 왜 깨어난 거죠? 도대체 저한테 무슨 특별한
일이 있었기에……."

무당이 방울을 쥐더니 천천히 흔들었다. 그런 뒤 단지에
든 깨끗한 쌀을 집어서 책상에 흩뿌렸다. 그는 말했다.

"윤회를 거쳐 사람의 몸으로 나긴 하셨는데…… 전생의
업業이 커 세상과 조화를 못 합니다. 좋은 뜻, 큰 뜻을 펼치려
해도 세상이 받아주지를 않아요. 그러니 화火가 승하여 귀문
이 열린 거지요. 으음, 부러진 붓이 보인다. 여러 자루가 보
여. 무슨…… 시험에 떨어지셨소?"

"어머 용해라!" 엄마가 손뼉을 쳤다. "얘가 경찰시험에 3년
째 떨어졌거든요. 그것도 죄다 필기만! 진짜 얘가 체력검정
은 걱정이 없는 애예요. 태권도 장학생으로 대학교까지 갔는
데……!"

"아이, 뭐 그런 말까지 해?"

나는 엄마의 재킷을 잡아당겼다. 두 뺨이 후끈거렸다.

"그게 다 관직운이 없는 탓입니다." 박수무당이 혀를 찼다.
"전생의 업이 커서……."

"참 나. 대체 그 업이 뭔데요? 내가 뭘 잘못했죠?"

따지듯 물어보았다. 무당이 방울을 들더니 또 실컷 흔들었다. 고개를 가로젓고는 긴 한숨을 쉬었다.

"사람을 드셨습니다. 많이 드셨어요. 여기 산왕산 지나서 한양에 가는 이들, 특히 과거 시험을 치러 가는 가난한 집안 선비를 많이 해하셔서, 현생에 관리가 될 복을 받지 못했군요. 운동선수가 되었더라면 좋았을 텐데. 육상도 좋고 수영도 좋고…… 이 다부진 체격이 모두 다 전생의 덕德인 것을."

나는 슬며시 고개를 갸웃했다. 이해가 되지 않았다.

"아니, 어떻게 사람의 몸으로 태어났죠? 그런 큰 죄를 지었으면, 환생 때 다운그레이드돼야 하는 거 아닌가?"

"나쁜…… 악인도 많이 드셨습니다."

무당이 미소 지었다.

"악인?"

"예. 양민의 마지막 끼니를 빼앗은 도적, 임신한 여자를 범한 사내, 나라의 곳간을 탐한 양반…… 그러니 귀를 여십시오. 마음을 비우고 얘기를 들어주면서 일백 명 마음의 한을 풀면, 귀문은 닫히고 산신령께서도 아가씨의 몸 안에서 편안히 귀토를 하십니다. 관직운도 열릴 테고요."

"배, 백 명씩이나?"

나는 놀라서 입을 벌렸다.

"전생의 업이 그만큼 큰 게지요."

박수무당이 말했다.

"남의 말을…… 어떻게 들어줘요?" 엄마가 물었다. "사람들 쫓아다니며 애한테 말을 좀 하랄 순 없잖아요."

"그렇지요. 사람들이 산신을 찾아와 말하게 해야 합니다."

"어떻게요?"

무당은 가볍게 어깨를 으쓱였다.

"왜, 그런 직업이 있지 않습니까? 상담사라거나, 사주카페도 있고. 이왕이면 억울한 사람들 많은 동네에서 일을 하는 게 좋겠지요. 법원 앞이라든가 경찰서……."

"나보고 점집을 하라고요?"

어이가 없어서 숨이 막혔다.

"배우실 것도 없습니다." 박수무당은 손바닥으로 자신의 토실한 뺨을 쳤다. "이처럼 가엾은 놈이야 신이 깃들길 바라야 하지만, 산신령께선 보이고 들리는 대로만 말씀해주시면 되니까요."

복채를 사양하는 무당의 책상 위에 엄마는 기어이 30만 원을 올렸다. 처음 약속했던 두 배의 복채보다 더 많은 돈이었다. 공손히 합장을 한 뒤 엄마는 한 가지 질문을 했다.

"뭐…… 주의할 점은 없나요?"

무당은 잠시 침묵했다. 그는 무딘 손끝으로 책상을 톡톡 쳤다.

"전생은 전생일 뿐, 현생은 사람입니다. 사람의 몸으로 다른 사람을 해하면 감옥에 가게 되지요. 우주엔…… 우주의 이치가 있습니다. 전생에 산신령 아니라 뭐였다 해도, 우주의 정교한 톱니바퀴일 뿐이에요. 닭을 물어 죽였단 이유로 배고픈 개를 죽이면, 우주는 존립할 수가 없지요."

"아유, 너무 어려운 이야기라……."

엄마가 내 쪽을 흘끔거렸다. 무당의 눈길이 나에게 옮겨왔다. 그것이 이제까지와 달리 이글거려서 등골에 소름이 쭉 끼쳤다.

"분노를 조심하십시오." 무당이 당부했다. "특히 억울함에서 싹트는 분노를 조심하세요. 바로 그 때문에 호랑이 산신이 깨어난 것이니까. 아무리 많은 타인을 돕는다 해도, 억울한 마음은 영혼의 눈과 두 귀를 막아……."

"막아?"

"끝내 사람의 말을 듣고도 이해를 못하는 미물의 몸으로 만듭니다."

## 2장
# 앞발의 위력

　

새벽 조깅을 이어나갔다. 매일 같은 시간에 일어나 온몸에 땀을 흘리면 머릿속이 깨끗해지면서 방금 이 세상에 태어난 듯한 기분이 들었다. 나는 우리 동네의 복잡한 길들과 꼭 필요한 가게들에 대해 잘 알았고, 막다른 골목에 비밀스럽게 뚫린 샛길을 통해 한 구획 위나 아래로 드나드는 게 즐거웠다. 동네의 언덕을 반환점 삼아 남은 코스를 돌면, 옷깃을 여미고 출근길에 나선 이웃과 인사를 할 때가 있었다. 이따금 그들은 내 안부나 엄마의 안부를 물어왔고, 머리할 때가 다 되었다면서 수줍게 웃곤 했다.

우리 집까지 서너 골목쯤 남았을 때인가? 어떤 할머니가 첫 조각들로 가득 찬 수레를 끌고 가는 게 보였다. 허리가 ㄱ 자

형태로 굽어 있어서 마음이 안 좋았다. 돌아가신 외할아버지 생각이 났던 것이다. 신도시 계획이 발표되고 포도농장이 사라지면서, 외할아버지도 비슷한 일을 찾아 노년을 보냈다. 나는 그 할머니의 모습을 유심히 살폈다. 빨간색 점퍼 위로 허옇게 드러난 귀뿌리에는 살점이 거의 없었다. 목덜미에는 버짐이 피어 있었다. 그때, 손수레에서 녹이 슨 경첩이 떨어져 고요한 골목에 요란한 소리를 냈다.

"어르신, 이거……."

다가가 경첩을 집어 들던 중 움찔했다. 지독한 냄새, 이제껏 어디에서도 맡아본 적 없는 강렬한 악취가 코를 찔렀다. 그것은 청국장도 곰팡이 냄새도 아니고 노인들에게서 흔히 풍기는 냄새도 아니었다. 뭐랄까, 그 냄새는. 썩은 고기의 냄새와 비슷한데…… 적어도 내가 아는 동물의 그것은 아니었다. 정말 이것이 후각의 작용인가? 혹시 어떤 상상이나 결심의 조각들에서 풍겨 나오는 기운인 것은 아닐까? 생각에 골몰하는데, 뜻밖에 할머니가 잰걸음으로 다가와 내 손아귀 속에서 경첩을 앗아갔다.

"저리 가! 쓸모도 없는 게."

쏘아댄 그 말이 내 속을 푹 찔렀다. 할머니가 홱 돌아서 고철로 가득한 수레를 끌고 갔다. 그녀는 새벽녘의 희미한 어둠을 뚫고 비좁은 샛길로 사라졌다.

'어떻게 알았지?' 골목에 서서 그런 생각을 했다. '내가 경찰시험에 떨어졌다는 걸, 저 할머니가……. 동네에 소문이 퍼진 걸까? 그래. 사람들은 나를 막 무시하면서 쑥덕거리는 모양이야.'

한 달 전 같으면 충격에 휩싸여 울었을 텐데, 그날은 돌아서 잊어버렸다. 왜냐하면…… 그 낯선 악취가 내 관심을 완전히 사로잡아서. 할머니와 마주 섰을 때 나는 코 대신 입으로 숨 쉬었는데, 구역질 나는 쓴맛이 혓바닥 위에 감겼다. 집으로 가는 동안에 두어 번 침을 뱉었다.


샤워를 하면서 몸 이곳저곳을 살펴보았다. 다행히도, 손가락 이외 부위로 변화의 양상이 번지진 않았다. 처음 증상을 발견한 날부터 한 달. 호랑이처럼 변한 건 왼손 검지 딱 하나였고, 그 사실을 확인할 때마다 마음이 놓였다. 나는 치약을 집어서 뚜껑을 땄다.

'오른손이었음 큰일이지.'

양치를 하면서 생각했다. 만약에 변한 게 오른손 검지였다면, 예리한 손톱이 내 목을 찌르지 않게끔 칫솔질마저도 조심해야만 할 테니까.


엄마가 나의 상황을 알게 돼 좋은 점들이 있었다. 그중 하나는 변화한 식성을 숨기지 않아도 된다는 것. 난 매일 규칙적으로 신선한 고기를 섭취했다. 일주일에 6일은 엄마가 출근한 뒤에 혼자 먹었고, 미용실 휴무인 화요일에만 엄마와 함께 식탁에 앉았다.

신선한 배추와 무를 씻어, 엄마가 겉절이며 고등어조림을 만들어낼 때, 나는 내 생고기들을 가늘게 썰어 예쁜 접시에 쌓았다. 적어도 하루에 3kg은 먹어야 만족스럽게 배가 찼다.

"너 이제 정육점 그만 가."

군침을 흘리며 의자에 앉는데 엄마가 쏘아붙였다. 내 쪽으로는 눈길도 주지 않고서.

"왜?"

나는 호주산 목심을 포크로 찍어 파스타처럼 돌돌 말았다.

"얘기가 많아. 갑자기 무슨 고기를 그렇게 사 먹냐고."

엄마가 말했다. 나는 커다란 고기 뭉치를 입안에 담뿍 넣었다.

"누가?"

"누구긴 누구야, 손님들이지!" 엄마가 왈칵 짜증을 냈다. "동네가 넓은 것 같아도 좁아. 마트 직원도 한동네 사람이니까 말이 막 돈다고. 산달미용실 딸내미가 경찰시험에 떨어지더니 폭식증 걸린 모양이라면서 걱정하는 체 수군대더라."

"산달미용실? 미애살롱이라고 이름 바꿨잖아."

나는 고기를 질겅거렸다. 척아이롤은 저렴한 대신에 조금 질겼다. 엄마는 미간을 찌푸리면서 젓가락으로 고등어 등살을 푹 찔렀다.

"바꿔도 다들 그래! 나이 든 사람들, 머리에 한 번 박히면 안 빠지니까. 괜히 헛바람 들어서 돈만 날렸지."

엄마가 한숨 쉬었다. 그녀가 이 동네에 미용실을 연 건 20년 전이었다. 내 아버지였던 동거남이랑 헤어지고 외할아버지의 집으로 피신을 한 지 1년째 되던 해. 그때는 '굴러온 돌' 소리 안 들으려고 동네 이름을 간판에 넣었다. 처음엔 고전을 면치 못했지. 3년쯤 흘러, 야매기술로 동네 부인들 머리를 만지던 김 할머니가 은퇴하면서—녹내장이었다—자리를 잡았다.

"아무튼, 이제 정육점 그만 가!"

엄마가 명령했다. 나는 기다란 소고기 목심을 포크로 찍어 국숫발처럼 후루룩 빨아 먹었다.

"그럼 고기를 어디서 사?"

"인터넷 있잖아!"

하는 수 없이, 나는 휴대폰으로 대형마트에 접속했다. 동네 마트에선 볼 수 없던 다양한 종류의 고기들을 보니 설레서 가슴이 떨려왔다. 가장 먹고 싶은 건 소고기하고 양고기지만 비싸서 장바구니에 담기만 하고, 닭고기랑 돼지고기를 여러 팩 주문했다.

"근데…… 너 그렇게 먹어도 괜찮은 거야?"

엄마가 물어왔다. 근심 어린 눈으로 내 접시를 훑어보면서.

"왜? 어때서?"

"그래도 사람 몸인데." 엄마가 미간을 찌푸렸다. "영양을 골고루 챙겨야지. 탄수화물하고 비타민 그런 거 말이야."

"아! 그래서 요즘 힘이 없나?"

나는 시무룩하게 포크를 놓았다. 엄마가 눈을 흘기며 일어나더니 쌀밥을 잔뜩 퍼 왔다.

"아이 싫어, 이런 건. 뜨겁고."

나는 반사적으로 그릇을 밀어냈다.

"그래도 먹어야지!"

엄마는 아랑곳 않고 김치와 콩나물무침이 담긴 접시를 내 앞에 들여놓았다.

"엄마, 이런 것 말고…… 나 간을 좀 먹고 싶은데."

최대한 불쌍한 투로 말했다.

"뭐?"

"간, 말이야."

활짝 웃으며 혓바닥으로 입술을 핥았다.

"갓 잡은 동물의 신선하고 따뜻한 간. 그걸 먹으면 비타민이고 탄수화물이고 다 충족될 것 같아. 내가 혹시나 싶어 동물원에다 문의했는데, 호랑이는 비타민 섭취를 초식동물의 간을 먹어서 한다네?"

눈을 꾹 감고 엄마는 헛구역질했다. 그릇에 밥이 반이나 남았는데도 수저를 내려놓았다.

"왜 그래? 더 먹지."

내가 권해도 묵묵히 고개만 저었다.

"나 땜에 그래? 생간 당긴대서? 알았어. 안 먹을게. 밥 먹어."

"됐어."

엄마가 손으로 자신의 윗배를 문질렀다. 먹은 게 속에서 얹히는 건지 얼굴을 잔뜩 찡그렸다.

"아이 드세요오." 미안한 마음에 아양을 떨었다. "동물원에서 그러는데, 비타민 그거 약으로 먹어도 된대. 아까 약국에 가 사 왔어."

"정말?"

"응. 걱정 말고 먹어."

엄마는 내키지 않는 듯 식탁을 둘러보더니 수저를 다시 쥐었다. 음식을 남기는 것이 죄스러웠으리라. 그녀는 고등어조림의 새빨간 국물을 밥에 끼얹어 쓱쓱 비볐다. 나는 리모컨을 집어서 TV를 켰다. 경쾌한 광고가 지나갔고 7시 뉴스가 시작됐다. 답답한 정치 소식이 흘러간 후, 아나운서의 심각한 말투가 집 안에 울려 퍼졌다.

"다음 소식입니다. 한 달 전 서울에서 초등학생이 실종된 사건, 기억하십니까. 아직 수사에 진전이 없는 가운데, 경기도 산왕시에서 또 다른 아동이 실종됐습니다. 경찰은 동일범의 소행일 가능성에 무게를 두고 수사 인력을 확충했습니다. 조기영 기자가 보도합니다."

"경기도 산왕시 동구의 한 초등학교 앞. 분홍색 가방을 멘 여학생이 피아노 학원 차량에 오르고 있습니다. 올해 여덟 살인 김양은 그제 수업을 마친 뒤 도보로 학원을 나섰으나 현재까지 미귀가 상태입니다. 경찰은 CCTV를 중심으로 김 양의 흔적을 찾고 있으나……."

"산왕시? 어머, 우리 동네잖아?"

엄마가 TV를 돌아보았다.

"분하다! 경찰이 돼서 꼭 저런 놈들을 잡으려 했는데……!"

나도 모르게 주먹을 부르쥐었다. 엄마가 또다시 불편한 낯으로 수저를 놓았다.

"왜? 더 먹지."

"아냐. 이것도 억지로야. 아유, 비린내."

코를 움켜쥐고, 엄마가 내 고기 접시를 흘겨봤다. 워낙에 그녀는 육식을 혐오했다. 분류하자면, 생선과 달걀까지만 소화시키는 채식주의자 타입이랄까?

엄마가 양치를 하고 화장을 지우는 동안, 나는 뉴스를 들으며 식탁을 정리했다. 무심코 왼손을 집어넣다가 고무장갑이 찢어져 맨손으로 수세미를 쥐었다. 설거지를 마치고 행주를 소독해 널어두는데 엄마가 욕실에서 가운을 두르고 나왔다. 이제 내 차례였다.

물로 입안을 헹군 뒤 칫솔을 집어 드는데 우렁찬 고함 소

리가 귀청을 때렸다. 담 너머 옆집 남자의 성난 목소리. 가슴
이 철렁했다. 남자의 고함 소리에 놀라서 그런 건 아니었다.
곧이어 들려올 소리를 예견한 탓이었다.

"흐아앙……!"

아이가 울기 시작했다. 공포와 설움이 뒤섞인 그 소리가
들려오자마자 검지의 손톱이 솟아났다. 나는 그걸로 화장실
창문의 섀시를 찍어 열었다. 4층짜리 다세대주택의 2층 철문
이 바로 보였다. 문이 열리고 여자아이가 뛰어나왔다. 내가
졸업한 초등학교에 다니는 3학년 여자아이가. 나는 그 애를
태권도장에서 봤다. 내가 주말마다 가르치는 초등학생들 사
이에 딱 하루 서 있었다. 신규 회원 모집을 위한 무료 체험 이
벤트 날에.

아이는 청바지에 후드티 차림으로 하얗게 질린 채 뛰쳐나
왔다. 계단에 두 발을 내딛는 순간 흰 셔츠 차림의 남자가 뒤
쫓아 나왔다. 그는 손을 뻗어서 아이의 긴 머리카락을 움켰
다. 놀리듯 툭툭 당겼다. 가녀린 아이의 몸이 종잇장처럼 휘
청였다. 잠깐 욕설을 뱉고 남자가 다른 손으로 아이의 머리
를 갈겼다. 빡. 빡. 빡. 그런 소리가 건물과 건물 사이에 울려
퍼졌다.

"하지 마, 좀!"

아이 엄마가 달려와 악을 썼다. 그래도 남자는 아이에게서
손을 떼내지 않았다.

"말로 해! 때리지 말라고 이 새끼야!"

여자가 남자의 어깨를 깨물었다. 그러자 남자는 비명을 질렀고 돌아서 여자의 뺨을 후려쳤다.

"우리 엄마 때리지 말아요!"

계단을 도로 올라가 아이가 남자의 옆구릴 악물었다. 나는 후다닥 거실로 뛰어나갔다. 안방 문은 열린 채였고, 그 틈으로 엄마의 모습이 보였다. 그녀는 좌식 화장대 앞에 앉아 얼굴에 크림을 펴 발랐다. 아무렇지도 않은 표정으로.

"엄마, 옆집 또 난리다. 어떡하지?"

말을 해놓고 뭔가가 잘못됐음을 깨달았다.

"그게 아니고. 엄마, 옆집 남자가 애를 또 때린다. 어떡하지?"

"뭘 어떡해."

엄마가 크림의 뚜껑을 닫아 화장대 위에 놓았다.

"씻고 자."

"그냥 자라고? 지금 잠이 와?"

아랫입술을 깨물며 안방 문가에 붙어 섰다.

"누가 경찰에 신고하겠지."

엄마가 말했다. 그런 다음 커다란 빗으로 머리를 빗고는 침대로 올라갔다.

"누가?"

물어도 답이 없었다. 엄마는 푹신한 꽃 이불 속으로 들어가 웅크렸다.

"아무도 안 해." 나는 말했다. "저 인간 성질 어떤지 알잖아. 작년에 산달슈퍼 아저씨가 경찰에 신고했을 때, 어떻게 됐어? 곧바로 훈방 조치됐지. 그다음에 저 인간이 가게 앞에다 오줌 싸고 물건들 구경하는 척 침 뱉어놓고……."

다시 생각해도 치가 떨렸다. 그때 이웃집 남자는 겨우 경범죄 처분을 받았다. 낄낄 웃으며, 그는 퇴근길마다 슈퍼에 발을 들였다.

매 맞는 아이와 여자를 위해 용감히 나서준 슈퍼 사장님은 동네의 토박이였다. 내가 어릴 때 외할아버지의 손을 잡고 물건을 고르면 귀여워하면서 머리를 쓰다듬어주셨지. 그러한 추억이 있어, 슈퍼에 갈 때면 외할아버지 생각이 났다. 돌아가셨지만 아직 이 세상 어딘가 계신 것 같은 착각도 들었다. 그래서일까, 동네에 편의점들이 하나둘 들어설 때도 나는 꼭 슈퍼만 이용했다. 하여, 옆집의 그 못된 남자가 진열장에 놓인 핫브레이크와 컵라면 위에다 침을 뱉을 때 나도 그곳에 있었다.

그때 난 무엇을 했지? 아무것도.

지금 뭐 하는 거냐고, 왜 남의 영업장에다 피해를 입히느냐고 항의했어야 하는데, 입을 꾹 닫고 캔맥주 두 개만 계산해 슈퍼를 나섰다. 왜냐하면…… 나는 경찰이 될 거였으니까. 괜한 소란에 휘말려 면접에 불리한 이력을 남기긴 싫었다.

그 후, 어떻게 되었나? 옆집 남자는 끈질겼다. 질 나쁜 복수를 계속해도 그의 분이 풀리는 법은 없었고 오히려 지독해졌다. 마치 험한 직장 생활의 스트레스를 푸는, 신나는 놀이를 발견한 것만 같았다. 소란에 얽히기 싫어 이웃들은 슈퍼에 발길을 끊었다. 사장님은 경찰에 여러 번 신고했고 심지어 민사소송까지도 걸었지만 복잡하고 긴 재판 절차에 무너졌다. 결국 그는 슈퍼를 내놓고 마을을 떴다. 오래 정을 나눈 이웃들 중에 그의 소식을 아는 사람은 없었다. 건너 건너 들려온 소문에 의하면, 슈퍼 사장님 쪽에서 동네 사람들이라면 치를 떤다고 했다. 이후, 옆집 남자는 동네의 왕이 되었다. 한 달에 두어 번 의붓딸을 때려 울리는데, 그런 날 동네 사람들은 열린 창부터 잠갔다. 그 아픈 울음소리가 자기 집 담장을 넘지 않게끔.

"가봐야겠어. 아무래도."

나는 욕실로 들어가 칫솔을 팽개쳤다. 가벼운 점퍼를 걸치고 거실로 나오자 엄마가 방에서 뛰어나왔다. 그녀는 현관문을 등지고 서더니 두 팔을 활짝 벌렸다. 두 눈을 치뜬 엄마의 뒤에서 아이 울음소리가 들려왔다. 이웃집 여자의 욕설이 갑자기 끊어지더니 우당탕하는 소리가 이어졌다.

"네가 가서 뭐 하게?" 엄마가 을러댔다. "경찰도 왔다가 그냥 돌아가! 저 여자 저렇게 맞아도 지 남편 감싸고 돈다고. 시집도 안 간 게, 얼마나 험한 꼴 보려고 그래?"

"그렇다고 그냥 자? 잠이 오냐고. 나 어릴 때도……!"

홧김에 말을 뱉는데, 엄마의 두 눈이 새빨개졌다.

"너…… 아직 기억해?"

목소리 끝이 떨렸다.

"엄마, 그게 아니라."

"가서 자! 다 끝난 모양이니까."

엄마가 고개를 푹 숙였다. 두 손으로 잠옷 원피스의 가슴께를 당겨 눈가를 쓱 문질렀다. 엄마가 안방에 들어가 문을 닫자 거실엔 무거운 침묵만 남았다. 더 이상 그 어떤 소음도 우리 집 담장을 넘지 않았다. 엄마의 말대로, 이웃집 상황이 종료된 것이다.


어깨를 늘어뜨린 채 욕실로 돌아갔다. 나는 참담한 기분에 휩싸여 벅벅 이를 닦았다. 샤워기에서 흐르는 물줄기가 어린애 눈물 같았고, 아무리 몸을 씻어도 내 몸이 더럽게 느껴졌다. 나는 머리를 대충 말리고 욕실을 나왔다. 베개에 수건을 깔고 누워서 눈을 감는데 도무지 잠이 안 왔다. 옛일이, 내가 잊어버리려 그토록 애썼던 사건이 하나둘 떠올랐다.

다른 사람은 자기 인생의 첫 번째 기억을 얼마나 확신하는지 모르겠다. 최초의 기억 속에서 나는 다섯 살이다. 그리고 엄마를 바라본다. 그녀는 누군가에게 얻어맞고 있다. 분노와 비참이 섞인 젊은 여자의 눈빛이 둥글게 확대돼 내 작은 세계를 채운다. 입술이 터져서 피가 나도록 엄마를 때리는 것은 나의 생부로, 지금은 얼굴도 기억이 나질 않는다. 가지고 있는 사진도 없다. 하지만 내 영혼 속에, 그 커다란 손과 종아리만큼은 자국을 남겼다. 엄마의 가녀린 목을 짓밟던 큰 발과 근육질의 긴 다리도. 그 남자는 전도유망한 씨름 선수였다고, 언젠가 엄마는 취해서 말해주었다.

열아홉 살이 되었을 때, 고등학교를 졸업한 엄마는 서울의 한 미용실에서 일하며 기술을 배웠다. 몇 년이 흘러 그녀의 인내심과 성실함이 검증되자, 미용실 원장은 한 남자를 소개해주었다. 자신이 아끼는 육촌 조카라면서.

결혼은 천하장사가 된 후로 미루고, 두 사람은 동거를 시작했다. 이듬해 내가 태어났고, 남자는 추석에 열린 백두장사급 8강전에서 무릎 부상을 당했다.

"이런 일도 생기는 거야. 선수 생활을 하다 보면."

병원에서, 남자는 엄마를 향해 웃어주었다. 십자인대가 아물기까지는 시간이 걸렸으나, 그는 재활치료를 열심히 받았다. 2년 뒤 설날에 열린 백두장사급 4강전에서 그의 발목이 부러졌다.

"먹는 게 부실해 그런 거야. 만날 나물에 생선 따위나 먹으니까 뼈가 약해진 거라고!"

병원에서, 남자가 엄마의 뺨을 갈겼다. 널 만나기 전엔 이런 일이 없었노라고 덧붙이면서. 이따금 재활훈련이 너무 힘들 때, 불쑥 예리한 통증이 발목을 찌를 때, 남자는 엄마를 손찌검했다. 어린 자식이 웅크려 우는 작은 방에서.

채 1년을 견디지 못하고 엄마는 친정집으로 도망쳤다. 두 언니가 모두 결혼해 아버지 혼자 남은 산달동 구석으로. 외할머니는 엄마를 낳은 지 얼마 안 되어 뇌동맥류로 세상을 떠났다.

그 남자가 왜 그랬는지 나는 지금도 이해할 수 없다. 나의 여섯 살 생일, 남자는 산달동 집으로 쳐들어왔다. 엄마가 새벽같이 일어나 요리한 음식이 커다란 상 가득 차려진 거실에서, 내 친구들은 울다가 돌아갔다.

"아빠랑 가자. 우리 집에 가는 거야!"

남자는 무턱대고 내 손목을 잡았고, 엄마가 달려와 그 손을 떼려 했다. 힘에서 상대가 될 리 없었다. 남자가 다른 손으로 엄마의 팔을 잡았다.

"너도 가야지! 착실히 내조할 사람이 필요해."

"도대체 이러는 법이 어딨나? 예의도 없이!"

외할아버지가 벌떡 일어나 그 남자 턱을 주먹으로 쳤다. 반평생 포도농장에서 일을 해 마디가 굵어진 손으로. 그런 다음 할아버지는 이렇게 소리쳤다.

"옛말에, 호랑이도 자식 난 골짜기 끔찍이 여긴다 했다. 너 어디 자식 둔 조강지처를 이리 대하나?"

그리고 내 기억은 갑자기 튄다. 할아버지가 거실에 누워 있는데 두 눈을 뻔히 뜨고도 일어나지를 못한다. 여러 사람이 성내는 소리가 대문 밖에서 들리고, 누군가, 엄청 많은 남자들이 우리 집으로 들어온다. 그들은 저마다 몽둥이 하나씩 손에 쥐고는 그 남자에게 몰매를 놓는다. 발로 차고 두드려 팬다.

지금, 나는 그들이 누구인지를 안다. 그들은 모두 우리의 이웃이었다. 승리가 아니라 생업을 위해서 체력과 인내를 다져온 포도농장의 일꾼들……. 이 모든 것을 회상할 때 나는 슬퍼지지만 마지막까지 그렇진 않다. 나의 마음은 오히려 굳세어진다. 철이 들고, 경찰이 되기를 꿈꾼 것 역시 그들 덕이었다. 나도 누군가 힘없는 사람을 도와줘야지. 그래서 세상은 든든하고 힘내어 살아볼 만한 곳이라는 걸 알게 해줄 거야.

하지만 이제 수많은 세월이 흘렀고, 나는 동네 슈퍼에서 행패 부리는 남자를 모른 체했다. 아이를 때리고 여자를 때리는 그런 남자를 모른 체했다. 왜냐하면 경찰이 되기 위해서. 지저분하고 신경 쓰이는 기록을 남겨 면접 때 감점당하지 않으려고. 그러므로 우리 동네에 더 이상 의협심 같은 건 없다. 어린아이가 딱하게 맞고 울어도, 모두가 조용히 창문을 닫아 잠근다.

까무룩 잠이 들었나? 나는 무슨 소리인가에 놀라서 눈을 치떴다. 침대에 누운 채 생각하니 그것은 누군가가 계단을 내려오면서 슬리퍼 뒤축을 끄는 소리였다. 그것이 괴이쩍게도 바로 내 등 뒤쪽에서 울렸다.

'누가 내 방에 들어왔나?'

추측하면서 고개를 저었다. 내 방에, 아니 우리 집 안에는 계단이 없으니까. 그걸 인지한 순간 엄청난 종류의 소리가 두 귀로 밀려왔다. 마치 해일이 어느 방파제 하나를 박살 내듯이. 책상 위 시계 초침이 항타기처럼 쾅쾅댔고, 냉장고 모터 소리가 전동드릴처럼 웽웽댔으며, 내 방 창문 밖에서 폴짝거리는 여치들 발소리가 망치질하듯 울렸다. 송곳으로 귓속을 파는 듯 끔찍한 고통에 눈이 꾹 감겼다. 잠시 뒤, 다시 그 슬리퍼 소리가 들려왔다. 다른 모든 소리를 누르고, 두 개의 고무 밑창이 작은 풀잎을 꺾으며 쓱쓱 쓸리는 소리만 남았다.

스윽. 나는 침대에서 몸을 일으켰다. 어두운 방 안에 가느다랗고 샛노란 두 줄기 빛이 보였다. 대체 이게 뭘까? 그 빛에 내 손을 비추며 들여다보다 그것이 나의 눈에서 쏟아져 나오는 빛임을 깨달았다. 왼손의 손톱이 비죽 솟았다.

일어나 방문을 여니 엄마의 침실 쪽에서 한숨 소리가 들렸다. 새벽 1시. 그녀는 아직도 잠들지 못한 것이다. 현관문을 연다면 엄마가 당장 뛰쳐나오겠지.

조용히 방문을 닫고 창문을 열었다. 섀시는 부드러워서 아무 소리도 내지 않았다. 달빛을 향해 폴짝 뛰었더니 허리가 구부러지면서 내 몸이 호를 그렸다. 물구나무를 서서 손바닥으로 착지하는데 스슥 하며 마당의 풀잎이 꺾이는 소리가 났다. 나는 90도로 허리를 틀어서 두 발로 일어섰다. 오래 훈련을 거듭한 리듬체조 선수가 그리하듯이.

낮은 담장을 가위뛰기로 넘었다. 양말을 신지 않은 맨발인데도 발바닥 안쪽이 폭신폭신했다. 비죽이 자란 열 개의 발톱들로 웃자란 풀을 누르며 이웃과 우리 집 사이로 굽이진 샛길을 걸었다.

뒤쪽은 숲이었다. 그대로 쭉 간다면 두 시간 뒤엔 산왕산 정상에 오를 수 있다. 본격적인 등산로 입구를 반환점 삼아서 돌아 나오는 산책 코스를 이웃들은 좋아했다. 밤이면 나무 그늘이 음산해 무서워 낮에만 드나들었다.

내가 그 숲의 입구에 도착했을 때 얼룩점박이 들고양이가 괴성을 지르며 달아났다. 외로운 가로등 아래, 나무 벤치에 그 남자가 앉아 있었다. 휴대폰에서 뿜어져 나온 강렬한 빛이 그의 얼굴을 비췄다. 한 손으로 휴대폰을 쥐고, 그는 남은 손으로 담배를 피웠다. 유명 브랜드의 슬리퍼 옆에 막 뱉어낸 가래침과 담배꽁초가 보였다.

'내 눈이 이렇게 좋았던가?'

깜깜한 밤인데, 신기할 정도로 시야가 넓어지면서 모든 게 눈에 보였다. 어느 정도였냐면…… 나무 그늘에 숨어 이쪽을 주시하는 까마귀의 고갯짓과 그 못된 남자의 셔츠 단추에 새겨진 브랜드 로고와 이마 위에서 펄떡이는 혈관의 박동이 보일 만큼. 대충 배율을 정하자면, 시력이 평소보다도 여섯 배쯤은 좋아진 듯했다.

그 남자—우리 집 옆, 35년 된 다세대주택의 201호에 사는 불한당—가 휴대폰으로 보는 게 무엇인지는 분명했다. 그것은 유튜브의 어느 코미디 채널이었다. 내가 아주 좋아하는 개그맨 세 명이 팀을 이뤄서 운영하는 것. 오늘 새 영상이 올라왔다는 알림을 보았으나 아이 울음을 들었던 터라서 무시했는데—도무지 웃을 기분이 아니었다—그 남자가 그것을 낄낄거리며 보고 있다니 가슴속에서 불길이 뻗쳤다. 한 발짝 한 발짝 다가갈수록 영상의 내용이 귀에 박혔고, 개그맨들이 어떤 표정을 지으며 말하고 있는지 똑똑히 상상됐다.

"으캬캬캬. 병신들, 졸라 웃기네."

남자가 키들댔다.

"지금 웃음이 나와?"

나는 차분히 물어보았다. 휴대폰 화면을 흘깃거리며 남자가 고개를 들었다.

"뭐야? 넌."

코웃음 치고는 고개를 숙였다. 코미디 영상을 보면서 그는 또 한 번 낄낄댔다. 남의 아들한테 이런 말 하는 게 실례라는 걸 알지만, 그 웃는 표정이 참으로 야비했다.

"왜 자꾸 애를 때려? 말로 잘 가르치지."

내가 말하자 남자는 웃음을 뚝 그쳤다. 그는 휴대폰을 뒤집어 화면을 내 쪽으로 돌렸다. 쨍한 그 빛에 두 눈이 멀 듯해 나도 모르게 뒷걸음질 쳤다.

"들어가쇼. 남 일에 상관 말고. 그렇게 정의로우면 데려다 키우든가."

남자가 어깨를 들썩였다. 검지를 빠르게 놀려 그는 화면을 10초 앞으로 당겼다.

"데리고 가보라지? 쪼그만 게 얼마나 성질이 고약한지. 그 고집에, 학원비며 뭐며 돈은 또 얼마나 써 없애게? 고마운 줄이나 아나? 예의가 없어. 안 때리고는 못 배기지. 다 버르장머리를 가르치자고 하는 일이야. 어른 노릇이지."

"어른 노릇? 다 큰 남자가 어린애 상대로 주먹질하는 게?"

내가 묻자

"살살 때렸어."

남자가 씩 웃었다. 그는 또다시 검지를 들어 유튜브 영상을 10초 앞으로 돌렸고 그대로 화면을 정지시켰다.

"맞아볼래? 얼마나 살살 쳤는지?" 남자가 일어났다. "어디서 반말질이야? 나이도 어린 게. 너 누군지 나 알아. 이 동네에서 모르는 사람이 없지. 요 아래 싸구려 미용실 딸. 그 쉬운 순경시험도 3년째 떨어진 돌대가리."

남자가 내 앞에 붙어 섰다. 서로의 콧김이 느껴질 만큼 가까이. 그의 키는 나와 엇비슷했다. 한 손을 번쩍 들어, 남자가 내 뺨을 칠 듯 말 듯 약 올렸다. 나는 고개를 숙이지도 않았고 눈을 피하지도 않았다. 그 남자 역시 그랬다. 한순간, 그가 주먹을 쥐더니 내 머리를 후려쳤다. 나는 맞았다. 하지만 조금이라도 비틀댄 것은 아니다. 쓰러진 것은 오히려 그쪽이었다. 그는 들고양이가 물고 와 찢어둔 음식물 쓰레기 봉지에 뒤통수를 박고 쭉 뻗었다. 사지를 부르르 떨며 입에서 피를 흘렸다.

그 밤, 내가 마지막으로 목격한 것은 나의 왼손이었다. 검지뿐 아니라 나머지 네 개의 손가락과 손목 그리고 팔꿈치까지가 황갈색 털들로 뒤덮여 있었다. 새까만 털들이 그 사이를 지나며 우아한 무늬를 장식했다. 앞발처럼 생긴 왼손 하나가 내 머리통만큼 컸다. 나는 그것이 옆집 남자의 가슴을 치는 걸 봤다. 퍽, 하고. 딱 한 번 버르장머리를 가르쳤다.

## 3장
# 의심을 받다

새벽 5시. 방문을 열었을 때 식탁 앞 의자에 앉은 엄마 모습이 보였다. 밤사이 몇 년은 늙은 것처럼 두 눈이 퀭하고 뺨이 여위었다.

"참…… 속도 편하다. 옛날부터 잠귀 어두운 거는 하여간 알아줘야 돼."

엄마가 한숨을 푹 쉬었다.

"왜? 무슨 일 있었어?"

"야. 경찰차가 삐요삐요 하고 사람들이 그렇게 떠들썩한데, 넌 귀가 막혔니?"

"무슨 일인데. 왜 나를 혼내……."

"혼내는 게 아니고."

엄마가 심하게 미간을 찌푸렸다. 그러다 무언가 체념한 듯 가슴을 들썩였다.

"죽었대. 옆집 망나니."

"뭐? 왜?"

되물은 순간 어젯밤 일이 기억났다. 간담이 서늘해지면서 저절로 입이 닫혔다.

"그거야 내가 아니? 슬리퍼 끌면서 나간 인간이 밤사이 안 들어와서 경찰에 신고하니까, 저 뒤쪽 숲 입구에서…… 벌써 이 세상 사람이 아니더라는데."

엄마가 부르르 몸을 떨었다. 그녀는 거실 바닥을 멍하니 보다가 일어섰다. 쿵쿵쿵 내 쪽을 향해 오더니 잽싸게 엎드려 나의 두 발을 움켜잡았다.

"왜 그래?"

나는 놀라서 물러났다. 엉덩방아를 뒤로 꿍 찧으며 엄마가 나자빠졌다.

"너…… 발이 왜 이래?"

"뭐? 무슨 소리야."

그제야 고개를 수그려 발을 보았다.

"왜 이렇게 새까마냐고. 씻고 잔 애가!"

엄마가 소리쳤다. 그러나 담장을 넘길 정도로 성을 낸 것은 아니고, 목구멍을 조여 힐난을 하는 투였다. 눈알을 좌우로 굴리면서 난 얼른 생각을 다듬었다. 발바닥이 좀 거뭇하기는 했지만 발등에 털이 없고―완전한 사람 발이다―솟았던 발톱도 모두 작아졌다. 혹시나 싶어 왼손을 살피니 검지는 여전히 호랑이 모드였다. 손톱이 조금 짧아진 듯한데, 애당초 몇 센티미터였는지 측정한 적은 없어서 이번에 기록해두자고 생각했다.

"엄마, 지금 꿈꿔? 발…… 어제 진흙 팩 해서 그렇지."

느긋이 잡아뗐다. 엄마가 코웃음 쳤다.

"진흙 팩?"

"그래. 그거 하고는 씻는 걸 깜빡했네. 이불에 다 묻었겠다. 세탁기 돌리면 지워질까?"

"야. 누가 발바닥에다 팩을 하니?"

엄마가 되물었다. 엄청 억울하다는 듯 나는 두 발을 쿵 굴렀다.

"요새 얼마나 건조한데! 겨울보다도 환절기에 더 각질이 기승을 부려. 엄마는 미용인이면서 그것도 몰라?"

"아이고……."

엄마가 빙그르 돌아앉았다. 시무룩하게 등을 말더니 가만히 중얼거렸다.

"옆집 애 엄마, 길길이 뛰고 난리도 아니야. 남자 가슴에 큰 멍이 있단다. 냄비 뚜껑만 한 거. 누가 엄청 큰 오함마로 내리친 것처럼 뼈가 다 부러졌대. 범인 잡으면 민사로 소송 걸어서 사망보상금하고 애 양육비까지 다 물린다고…… 미친 것처럼 울었어."

"양육비? 새아빠 아냐?"

나는 슬며시 엄마 곁에 쪼그려 앉았다.

"새아빠라도…… 법적인 아빠니까. 어쨌든 그 집안 가장이었어. 옆집 그 여자, 생활력 하나 없다고. 애하고 어떻게 살아가는지 걱정이다."

그 말을 듣는데 심장이 철렁했다. 그런 생각은 미처 못 했는데. 나는 가만히 입술을 깨물었다.

"애 상태는…… 어때? 봤어?"

그러자 엄마가 또 불끈 화를 냈다.

"아니, 애가 그걸 다 보게 두더라, 그 여자는? 내가 카디건으로 애 눈을 가려줬어. 보듬어 안았더니 어린 게 얼마나 몸을 떠는지, 딱해서 혼났다. 이따 밥이나 좀 챙겨줘."

아구구 앓는 소리를 내면서 엄마가 일어섰다.

"뭐? 내가?"

"엄만 미용실 가야잖아. 너, 백수가 그 정도도 못 해? 경찰시험도 포기라며. 이제 뭐 하고 살 건가 생각도 해봐야지. 정말로 사주카페를 차릴지 어쩔 건지……."

"왜 내가 백수야. 태권도장에서 알바하는데!"

볼멘소리로 대들었다. 엄마가 한심하다는 듯 혀를 찼다.

"알바가 직업이냐? 그리고 네 손! 그래 가지고 어떡하게?"

"붕대 감고서 하면 되지!"

힘주어 저항했으나 곧바로 풀이 죽었다. 털이 수북한 데다 수시로 솟구쳐 오르는 손톱을 갖고서 아이들 주변을 얼씬댈 수는 없었다.

"마침 토요일이네. 도시락 싸둘 테니까, 이따가 도장 가기 전 들러봐라. 식탁에 먹기 좋도록 차려줘. 보나 마나 그 여자, 상 차릴 힘도 없을걸."

"언제 아는 체했다고 그런 거까지 해?"

나는 톡 쏘아댔다. 큰 눈을 부라리면서 엄마가 내 팔을 후려쳤다.

"이놈의 계집애! 어제는 그렇게 말려도 가본다 난리더니, 오늘은 어째서 안 간다 버팅겨? 청개구리띠야? 여태껏 아는 체 안 했으니까 켕겨서 그러는데! 싫으면 관둬!"

엄마가 방으로 들어가더니 쾅 하고 문을 닫았다. 새벽잠을 설쳤으니까 조금이라도 쉬어두려는 거겠지. 나는 망설이다가 방문을 열었다.

"경찰은? 뭐래?"

"뭘."

"증거 있대? 범인 잡을 거……."

침대에 웅크려, 엄마는 백화점 세일 때 구매한 꽃 이불자락을 풀썩거렸다.

"후미진 동네에 증거는 무슨. 밤에 무서우니까 CCTV 하나만 달아달라고 그렇게 말해도 안 달아주더니. 죽은 사람

부검하고 주민들 탐문한대. 그 방법밖엔 없겠지."

고개를 끄덕인 후, 나는 조용히 방문을 닫았다.


복잡한 골목을 함부로 드나들면서 평소보다 더 오래 뛰었다. 조깅을 마치고 욕실서 옷을 벗는데 땀으로 젖은 셔츠가 묵직이 손에 감겼다. 찬물로 몸을 헹군 뒤 샤워볼에 비누를 문질러 어깨를 닦았다. 어제 그 일을 회상하면서 샤워볼 쥔 손을 바꾸는 참인데, 눈앞이 번쩍였다.

"으악!"

비명을 지르며 거울을 쏘아봤다. 일그러진 내 얼굴 아래로 어깨의 근육이 벌어져 있었다. 방심한 사이, 호랑이 손톱이 솟아나 어깨를 할퀸 것이다. 상처는 제법 깊어서 허옇게 뼈가 보였다. 붉은 핏물이 팔뚝을 타고 폭포수처럼 흘렀다. 지독한 통증에 이를 악물며 수납장 속의 수건을 쥐었다. 어깨에 얹어서 지혈을 하려던 건데 통증이 줄어들더니 빠르게 피가 멎었다. 나는 놀라서 거울을 보았다. 그 속에서, 근육과 피부가 아물고 있었다.

"뭐?"

고개를 비틀어 오른쪽 어깨를 내려다보았다. 정말, 거기엔 그 어떤 상처도 보이지 않았다. 바닥엔 아직도 핏물이 흥건한데.

"세……상에!"

언젠가 심리학책에서 읽었던 단어 하나가 떠올랐다.
회.복.탄.력.성.

눈살을 찌푸린 채로 어젯밤 일을 헤아렸다. 내 왼손과 팔뚝이 평소의 세 배쯤 부풀어 있었지. 까맣고 노란 털들도 수북이 나 있었다. 그것이 지금은 이렇게 밋밋하고 크기도 작아졌다. 그렇다는 건―어떤 원리로든―피부와 근육 등 신체가 고무줄처럼 늘어났다가 줄어들었단 뜻이다. 그러면 설마, 상처를 입어도 신체의 단절을 회복할 능력이 생겨났다는 뜻일까?

"쩌네……!"

나는 재빨리 손톱을 세워서 허벅다리를 찢었다. 역시나 엄청난 통증과 함께 핏물이 솟았는데, 채 1분도 지나지 않아서 깨끗이 아물었다.

"대애박."

엄지를 치켜들고는 거울 속 나를 봤다. 정말이지 한 톨의 의심도 주저함도 없이 내가 나 자신을 사랑하고 또 자랑스러워한 적이 그 이전 날까진 없었다.


새벽 운동과 본격적 일과 사이에 30분 쪽잠을 자는 것은 내 오랜 수험 생활의 습관인데, 그날은 도무지 졸음이 오지 않았다. 아니, 시간이 지나갈수록 의식이 말짱해졌다.

'죽어 마땅한 놈이었어.'

'그래도 법이 있는데…….'

'흥! 그게 다 무슨 소용이 있었냐?'

이런 생각이 꼬리에 꼬리를 물고는 5분쯤 이어졌다. 5분. 그것이 내 안의 호랑이 영혼이 인내할 수 있는 번민의 시간인가? 나는 곧 지나간 일들에 대하여 흥미를 잃었다. 입이 쭉 찢어지도록 하품이 났고 머릿속 공간이 깨끗이 비워졌다.

"전생은 전생일 뿐, 현생은 사람입니다. 다른 사람을 해하면 감옥에 가십니다."

불쑥, 산왕산 박수무당의 우아한 음성이 귓가에 울렸다. 나는 침대 위에서 좌우로 몸을 굴렸다. 차가운 철창에 갇힌 내 모습이 눈앞에 떠올랐다. 죄수복 소매 밑 두 손이 털북숭이로 변하고 두 발엔 삐죽이 발톱이 돋아났다. 온몸은 황갈색 털로 덮이고, 그 위를 장식하듯이 검은색 털들이 줄무늬를 그렸다. 눈두덩이와 입가를 타고 턱 밑으로는 새하얀 털들이 흐르듯 번져갔다. 일련의 변신이 끝난 후, 자그만 독방 안에는 빨간색 죄수복 차림의 호랑이 하나만 남았다. 그러자 교도관들이 들어오더니…… 나를 꽁꽁 묶어서 동물원으로 보냈다.

"사람들 얘기를 들어주세요." 무당의 음성이 또다시 귀에 울렸다. "그래야 산신령께서도 안식을 얻게 됩니다."

'진짜, 사주카페를 열어야 되나?'

눈을 떠 왼손 검지를 빤히 보았다. 사람의 몸이, 아니 내 몸이 이런 식으로 변신하리라곤 상상도 한 적 없었다. 판타지 영화에서나 가능할 일이 아닌가.

잠깐, 하나의 의심이 내 머리에 떠올랐다. 어쩌면 몇몇 영화감독과 작가는 그 무슨 창의력의 대가가 아니고, 실은 진부한 다큐멘터리의 제작자인 게 아닐까? 우리가 사는 세상에 정말로 뭔가가 있는 것이다. 그게 신이든 양자역학이든 뭐든, 알 수 없는 원리가 우주를 감싸고, 사람의 영혼은 하나의 톱니바퀴로 그것을 이루고 있다. 어제, 나는 그 하나의 톱니바퀴를 부숴 없앴지. 그래서 이제 그 결과로 뭔가가 어긋나, 절대로 일어날 리 없던 그 어떤 일이 벌어질지 모르는데…… 또다시 5분이 지나버려서 나는 그 모든 것들에 대하여 흥미를 잃고는 스르르 잠이 들었다.

"이게 뭐지?"

느긋한 태도로 주방에 들어섰다가 고개를 갸웃했다. 식탁 위에 웬 가방 하나가 놓여 있었다.

"아 맞다, 옆집!"

고개를 돌려서 거실 벽시계를 봤다. 태권도장 출근 때까지는 남은 시간이 별로 없었다.

나는 냉장고에서 카레용 돼지 등심을 꺼낸 뒤 재빨리 썰어 삼켰다. 새로운 붕대로 왼손 검지의 털들이 보이지 않게 묶으니 손가락 깁스를 한 것과 모양이 엇비슷했다.

매일 몇 번씩 지나쳐 다니던 길인데, 옆집 계단에 한 발을 내딛자 심장이 펄떡거렸다. 2층에 올라가 초인종 위에 검지를 얹으니 호랑이 손톱이 붕대를 뚫고 솟았다.

"아잇 깜짝이야. 들어가!"

손톱을 향해서 자그마하게 외쳤다. 그러나 그것은 꼼짝을 하지 않았다. 힘주어 밀어도 마찬가지였다. 그래, 이렇게 해서 될 일이 아니다. 진정하자. 두 눈을 감고는 천천히 호흡했다.

'나무아미타불 관세음보살, 할렐루야, 아멘. 동해물과 백두산이 마르고 닳도록……'

속으로 중얼대는데 손톱이 쑥 들어갔다. 안도의 한숨이 절로 나왔다. 나는 어깨를 펴고 초인종을 꾹 눌렀다. 반응이 없어서 한 번 더 눌렀다. 그래도 답이 없어서 손가락 마디로 현관문을 두드렸다.

"계세요? 저 옆집 사람인데, 식사 좀 챙겨 왔어요. 혹시 안 드셨으면……"

왈카닥 문이 열렸다. 재빨리 피하지 않았더라면 콧등이 깨졌을 터였다. 한 여자가 현관에 서서 내 모습을 훑어봤다. 그녀의 얼굴은 퉁퉁 부었고 눈두덩 주위가 불긋했다. 활짝 웃으며, 나는 도시락 가방을 들어 보였다.

"식사……하셨어요? 저희 엄마가, 경황없으실 거라고, 챙겨드리라 하셨어요. 아이도 있고……"

여자의 어깨 너머로 잠깐 본 집 안이 어수선했다. 방문을 빠끔 열고, 아이가 하얀 얼굴을 내밀었다. 내가 손을 흔들자 어쩔 줄 몰라 하면서 시선을 피했다. 말없이, 아이 엄마가 돌아섰다. 문가에 선 자신의 딸을 보고는 "먹든가" 하고 말했다.

"앉으세요. 제가 상 차려드릴게요."

나는 싹싹한 태도로 현관에 들어섰다. 흘깃 돌아본 여자의 시선이 냉랭했다.

"난 됐고." 여자가 아이를 보았다. "와서 먹어. 이게 너 마지막 밥이다."

아이 엄마가 다른 방으로 들어갔다. 그게 무슨 말일까? 설마…… 애를 데리고 안 좋은 선택이라도 하려는 걸까? 등골이 오싹했다. 그런 거라면 막아야지. 일단 애부터 먹이고, 적당한 말을 둘러대 함께 이 집을 나서야 한다.

"어서 와. 여기 앉아."

도시락 가방을 열면서 아이를 향해 손짓했다. 잠시 망설이다가 아이가 움직였다. 식탁 앞 의자에 앉을 줄 알았는데, 개수대에서 손을 씻었다. 그런 다음 수저를 꺼내 식탁에 내려놨다. 수저받침도 야무지게 그 밑에 받치고. 나는 엄마가 만든 달걀야채죽을 전자레인지에 돌렸다. 장조림과 백김치 등도 꺼내서 적당한 그릇에 옮겨 담았다.

"먹어. 소화가 잘되는 거야."

자연스럽게 마주 앉았다. 아이는 숟가락 끝에 죽을 조금 떠 입에 댔다. 뜨겁지 않다고 판단했는지 곧 듬뿍 떠먹기 시작했다. 반찬은 조금도 손대지 않았다. 나는 싱크대 위의 수저통에서 젓가락 한 벌을 꺼냈다. 장조림을 집어 숟가락 위에 얹으니 아이는 거절을 않고 먹었다.

"마지막…… 밥이라니. 엄마 말씀이 무슨 뜻인지 너 아니?"

넌지시 물었다. 음식을 씹다가 말고 아이가 나를 봤다. 제 엄마가 있는 방문을 슬쩍 보더니 고개를 끄덕였다.

"엄마가요, 나요, 친아빠한테 보낸대요."

"그래?"

나도 모르게 언성을 낮췄다.

"우리 아빠요, 착해요. 나 안 때리고."

아이가 속삭였다.

"그렇구나. 근데 왜 여기서 살았어? 그…… 무서운 아저씨하고."

재차 물었더니, 아이가 망설이다가 대답했다.

"엄마가…… 아빠 미워해서요."

무슨 뜻인지 몰라 나는 고개를 갸울였다. 좀 전보다도 소리를 낮추어 아이가 말했다. 눈으로는 제 엄마 방 쪽을 흘깃대면서.

"나를 뺏겨야, 아빠가 정신을 차린댔어요. 그래서……. 아까 통화했는데 아빠 막 울었어요. 지금 회산데 곧 온대요. 조퇴하고."

"아."

나는 묵묵히 고개를 끄덕였다. 그래도 어쩐지 뒷맛이 씁쓸해 아이 휴대폰에다가 내 전화번호를 입력했다.

"혹시 힘든 일 생기면 연락해. 아니, 아빠 집에 잘 도착했나부터 알려줘."

"왜요?"

"왜냐니. 걱정되니까 그렇지."

아이가 내 눈을 빤히 보았다.

"왜…… 나를 걱정하는데요?"

"그야, 이웃이니까."

나는 스스로에게 다짐을 두듯 고개를 끄덕였다. 아이가 다시 숟가락을 들고 음식을 입에 넣었다.

'어제도 이웃이었는데.'

문득 그러한 말을 들을까 봐서 겁이 났다. 어제도, 한 달 전에도, 반년 전에도 이웃이었는데. 조금 더 일찍 도와줬다면 좋았을걸. 더 나은 방식으로. 하지만…… 대체 내가 뭘 할 수 있었을까? 아직 그 남자가 살아 있고 또 내 안의 호랑이 영혼이 깨어나지를 않았다면.

"우리 엄마도…… 걱정해요? 이웃이니까."

아이가 물어왔다. 당황해 눈알을 굴려대다 나는 또 고개를 끄덕였다.

"고맙습니다."

아이가 이야기했다.

"근데 너 이름이 뭐야?"

"나요, 사범님 알아요."

아이가 불쑥 말했다. 하얗던 두 뺨이 발그레 물들었다.

"그래. 나도 너 얼굴 기억나. 태권도장에 왔었지?"

알은체했더니 아이의 눈이 커졌다. 희미한 미소가 두 뺨에 어렸다.

"김미주예요, 내 이름."

"그래? 참 예쁘다. 난 오태경. 내 이름은 좀 남자 같아서 어릴 때부터 싫었어."

젓가락으로 백김치 조각을 집어 미주의 숟가락에다 얹었다. 그것을 빤히 보다가 미주가 고개 숙였다. 귀여운 콧구멍 두 개가 벌렁대더니 동그란 눈물이 식탁으로 툭 떨어졌다.

"왜? 내가 뭐 실수했니?"

"아니에요." 미주가 손바닥으로 뺨을 닦았다. "우리 엄마, 불쌍해요. 몸도 약하고. 누구하고나 금방 싸워요. 나 아니면…… 챙겨줄 사람 없어요. 아무도, 우리 엄마요."

나는 식탁 위 티슈를 쓱쓱 뽑았다. 겹겹이 접어서 눈가를 닦아주니 미주가 따뜻한 손으로 내 왼손 검지를 쥐었다.

"어? 다쳤다."

"아아, 별거 아니야."

재빨리 손을 숨기고 나는 환하게 웃어 보였다.

산왕태권도장은 마을에서 시장으로 향하는 좁고 복잡한 사거리 한쪽에 있다. 옛날통닭과 떡볶이, 순대 등등을 파는 가게들 건너 새로 입점한 편의점 건물 2층에. 신도시가 들어서기 전 동네에 터를 잡아 '산왕'이라는 도시 이름을 상호명으로 선점했다. 뒤늦게 나타난 신도시 태권도장은 '산군'이라는 동네 이름을 상호명으로 써야 했다. 아니면 관장이 졸업한 체육대학의 이름을 붙이든지.

"그게 뭐 중하냐고, 진짜 중요한 거는 회원 수라고 말허는 치들이 있지. 그래도 역사와 정통성이란 것은 무예의 수련에 있어서 중요한 것이다."

관장님은 진지한 얼굴로 말하곤 했다. 나는 탈의실에서 새하얀 도복을 꺼내 입었다. 검은 띠를 단단히 묶고 초등 저학년 아이들 23명을 상대로 돌개차기를 가르쳤다.

"모두 준비 자세!"

힘주어 외치자 아이들은 진지한 표정을 짓고는 작은 주먹을 내밀었다. 뽀얗고 통통한 두 뺨 위로 초롱초롱한 눈들이 빛났다.

"자, 사범님 잘 봐. 오른발 앞으로! 그대로 몸을 돌려서, 왼무릎 접고, 그렇지! 다시 오른발 뻗어서 팍!"

느리게 시범을 보이자 아이들 대부분 따라 하는데 두엇이 부루퉁 입을 내밀고 다리를 든 채 서 있었다.

"여기서 어떻게 발로 차요?" 한 남자아이가 겁먹은 듯이 말했다. "왼발을 들면…… 두 발 다 허공에 뜨잖아요."

"그렇지." 나는 터져 나오려는 웃음을 삼켰다. "지금은 순서를 배운 거야. 머릿속으로 동작을 외워서 빠르게 움직이면 회전력, 즉 돌아서는 힘을 이용해 발로 쭉 찰 수 있어. 왼발이 들리는 순간은 아주 짧단다. 자, 이걸 봐."

멀찍이 떨어져, 내가 돌개차기의 화려한 시범을 보이자 꼬맹이들이 환호했다. 그리고 저마다 자리에 서서 힘차게—비틀대면서—돌개차기를 연습했다. 그 모습이 얼마나 기특한지, 나는 아이들 하나하나를 찾아다니며 칭찬해주었다.

수업이 끝난 꼬마들 배웅을 마치고 태권도장으로 오니, 관장님은 다음 수업을 대비해 걸레로 바닥을 닦고 있었다. 슬며시 다가가 퇴직 의사를 밝히니 그는 묵직한 걸레로 바닥을 쿡 찍었다. 두 눈이 일그러졌다.

"속 많이 다쳤다냐? 시험 발표 난 지가 한 달도 넘었는디. 고만 잊어부러. 내가 아는 사람 중에는 5년 7년씩 공부한 놈도 있다."

나는 가만히 머리를 내저었다.

"그런 문제가 아니에요. 그냥…… 경찰이 되어서 무슨 소용이 있나, 싶어서요."

"뭐? 왜."

나는 어깨를 으쓱였다. 하얀색 선팅 필름이 부착된 창문을 뚫고 부욕한 햇살이 쏟아져 들어왔다.

"옆집 애 아빠가 죽었어요. 한 달이 멀다고 처자식 쥐어패던 우리 골목의 망나니."

"나도 얘기는 들었다. 그 호랭이가 물어 갈 놈."

관장님이 대걸레로 바닥을 문질렀다. 나는 그것을 대신 잡아서 쓱쓱 밀었다.

"그 남자 살아 있을 때 경찰들 왔었어요. 몇 번이나 왔다 가도…… 안 변하데요, 그 남자. 그런데 이제 경찰이 수사를 한다지 뭐예요? 그 가정폭력범 죽인 사람을 잡으려고. 그게 참…… 멋없더라고요. 그런 게 경찰 일이면."

관장님은 아이들이 여기저기에 팽개친 줄넘기들을 주웠다. 수업 중 조금만 틈이 생기면 한눈을 파는 애들이 있었다. 보이는 것은 모두 다 만져봐야만 직성이 풀리는 호기심꾸러기들.

"그럼 뭐 하게? 새로 할 일은 찾았간?" 관장님이 내 등을 힐끗 봤다. "여기서 애기들 가르치는 거라도 해야지. 엄마 혼자서 일한디. 사범자격증 있잖애. 이쪽 일이라도 번듯이 할 생각 있으믄 자리 함 알아보마."

"없어요. 다 시시해요." 나는 열심히 바닥을 닦았다. "저 공인 5단이지만, 어린애 때리는 나쁜 놈 혼쭐내준 적 없어요. 무술을 하면 뭐 해요? 나설 줄 모르는데. 저 같은 사람은 사범 자격도 없어요."

"그거…… 어째 나 들으라고 하는 소리 같다?"

관장님은 이맛살을 찌푸렸다가 활짝 폈다. 투명한 문을 열고, 고학년 아이들이 하나둘 들어섰다. 안녕하세요, 안녕하세요. 예의 바르게 인사하는 아이들을 열렬히 환영해주었다. 나도 얼른 대걸레를 치우고 두 손을 흔들었다.

"무슨 말 하는지 알겠다. 나 후배 중에 경호업체 운영하는 놈 있어. 너, 그럼 그 일 해볼라냐?"

"어휴, 그건 더 시시한데."

나는 복화술 하듯이 입술을 달싹였다.

"어째서? 사람을 지키는 일인디."

관장님도 덩달아 소리를 죽였다.

"돈 받고 지키는 거잖아요. 엄청 돈 많은 사람."

"난 또 뭐라고. 그것이 나쁘다냐? 부자도 사람인디. 겁도 먹고, 위기에 처하기도 하고, 칼에 찔리면 죽기도 해야."

"그렇죠. 하지만…… 그런 사람들은 저 아니어도 되잖아요. 지켜줄 사람들 많으니까."

그 말을 하는데 가슴이 쓰라렸다. 이러니저러니 해도, 경찰은 세상이 그 자격을 인정해주는 용사인 것이다. 그 어떤 상황에 나서더라도 '네가 뭔데?' 따위의 소리는 듣지 않는다. 위기의 상황에서 누구나 찾는 민중의 지팡이. 돈 많은 유력자뿐만 아니라 힘없고 가난한 이들도 굳세게 지키는 울타리. 박봉에 불평 않고, 돈보다 박애를 중요시하는 영웅! 허세라 해도 좋았다. 나는 꼭 그런 사람이 되고 싶었는데…….

"정의의 용사가 되고 싶냐? 너 아니면 아무도 지켜주지 않을, 그런 사람을 돕고 싶어?" 관장님이 코웃음 쳤다. "대관절, 그런 사람이 어디 있간이?"

순간, 어떤 깨달음이 내 미리를 관통했다. 갑자기 온몸이 가뿐해지더니 활력이 넘쳐흘렀다. 태권도장에 들어선 그 모든 초등학생이 사랑스럽게 보였다.

"나가서 찾아봐야죠. 오늘 수업 끝마친 후에."

나는 수련장 중앙을 향해 달려가 힘차게 텀블링했다.

저물녘, 엄마의 빨간색 K3를 몰고 산왕산 기슭을 향해 달렸다. 어쩐지 숲길을 걷고 싶어서 등산로 입구에 차를 세웠다.

약도가 새겨진 입산 안내판에 '반드시 등산로를 이용해주세요'라는 문구가 적혀 있었다. '조난 시 구조 어려움'이라는 문구가 그 밑에 빨간색 글씨로 강조돼 있기도 했다. 나는 운동화 끈을 단단히 조여 맸다. 그리고 인적이 드문 틈을 타—한 커플이 지쳐 빠진 채 하산을 하고 있었다—길 없는 숲으로 들어섰다.

내 머리는 최신형 내비게이션이라도 된 듯이 돌아갔다. 조금의 불안도 망설임도 없이 빠르게 숲을 헤치며 날듯이 걷고 더러는 풀쩍거리며 큰 산을 오르는데, 기분이 딱 좋을 만큼만 숨이 찼다. 그렇게 신당을 향해서 가는 동안 놀라운 일이 있었다. 내 생애 숲을 걸으며 그토록 많은 동물을 보기는 처음이었다. 토끼니 청설모니 하는 작은 것들부터 노루며 멧돼지같이 제법 큰 것들까지 나무 위, 바위 밑에서 꿈쩍을 못 한 채 붙박여 있었다. 나는 좀 짓궂은 생각이 들어서 작은 토끼를 향해 뛰었다. 당연히 도망칠 줄로 알았는데, 밤색 토끼는 그대로 서 있었다. 토실토실한 놈의 목덜미를 쥐어 올렸더니 그 불쌍한 짐승은 바르르 떨다가 주르륵 오줌을 흘렸다.

"흐이익!"

행여 옷이 젖을세라 팔을 쭉 뻗어 토끼를 내려놓았다. 그 작은 짐승은 혼절을 했는지 꿈쩍을 하지 못했다. 배를 뒤집어 가슴만 벌씬대더니 어느 순간에 정신을 차리고 화다닥 도망쳤다. 그리하여 신당 근처에 도착했을 땐 까무룩 해가 졌고, 역시나 박수무당이 문 앞에 나와 있었다. 이번엔 그다지 놀란 기색이 아니었다. 다만 좀 긴장한 듯이 보였다.

"장사 끝났어? 영업 종료 시간에 맞춰서 왔는데."

어쩐지 이 무당 앞에선 말끝이 짧아졌다. 내가 이토록 예의가 없지는 않았는데.

"아직, 한 팀이 남아 있습니다. 실은 이제 막 상담을 시작한 터라……."

박수무당이 동그란 콧등을 찡긋했다.

"미안. 그러면 기다릴게. 조언을 구할 게 있거든."

안내를 받아, 나는 대기실로 갔다. 신당의 인테리어를 관찰하면서 인상적인 것은 사진을 찍었다. 30분쯤 지나 무당이 손님을 보내고 나왔다. 나는 장식용으로 놓인 긴 담뱃대를 입에 문 채로 말했다.

"저기…… 내가 이런 일 처음이거든. 사수카페를 열려면 어떻게 해야 돼?"

박수무당은 담뱃대를 받아 원래 자리에 놓았다. 그는 가만히 숨을 뱉었다.

"결국, 그렇게 결정하셨군요. 선녀님께서 도와드리라 하시어 따르긴 하는데…… 조건이 있습니다. 일백 명 한을 푸시면, 그때는 폐업해주세요."

"뭐? 왜?"

나는 물었다. 별 뜻이 있어서 그런 건 아니고 순전히 궁금해서. 박수무당은 수염 자국 없는 토실한 두 뺨을 손으로 어루만졌다.

"그게…… 여기가 제 나와바리, 아니 구역이거든요. 영력 높은 인물이 갑자기 데뷔를 하면야 업계에 활기는 돌겠지만……."

그제야 무슨 말인지 이해가 되었다.

"아아, 걱정 마. 딱 100명 도우면 끝난다며? 3일에 한 명만 돕는다 계산해도 1년은 안 걸리네. 그 후엔 그만둘게."

"10억을 벌더라도요?"

무당이 물어왔다.

"히에엑. 그렇게 많이 벌려?"

나는 놀라서 눈을 치떴다.

"아니 뭐…… 말을 하자면 그렇다는 거죠. 수입이 얼마든 간에 폐업을 하시겠냐는……."

무당이 서둘러 말을 흐렸다.

"그렇게 돈이 막 벌리면 생각 좀 해봐야지." 나는 팔짱을 낀 채로 발끝을 까닥거렸다. 당황한 무당의 표정이 귀여워 헤벌쭉 웃음이 났다. "좋아. 그만둘게. 10억이 아니라 100억 을 번다고 해도!"

박수무당의 낯빛이 대번에 밝아졌다. 촐랑거리며, 그는 나에게 여러 가지를 설명해주었다. 서비스업으로 사업자 등록을 하는 법부터, 요새는 현금영수증을 꼭 떼줘야 한다는 조언, 추후 종합소득세를 신고할 때 홈택스를 활용하는 간단한 방법까지. 그런 다음 쇠뿔도 단김에 뽑아내자며 잘 아는 부동산 업자를 소개해주었다.

박수무당의 빨간색 지프 랭글러를 타고 우리는 큰 산을 내려갔다. 삐죽한 엄니를 드러낸 고라니들이 예고도 없이 비명을 지르며 산길을 가로질렀다. 무당이 이따금 욕설을 내뱉었다.

"지난번에 어디가 좋다고 했지? 법원 앞이던가?"

"그렇습니다."

박수무당이 운전을 하면서 고개를 끄덕였다.

"하지만 우리 시에는 등기소밖에 없으니…… 경찰서 앞은 어떠십니까? 병원 앞도 괜찮고, 보험사 앞도 좋습니다. 억울한 사람들 마음 모이는 곳이면 요즘은 학교도 제법……."

'경찰서라니! 어떻게 그 앞에 사주카페를 낼 수 있지?'

생각만으로도 두 뺨이 화끈댔다. 산왕경찰서, 거기에 잘 아는 학원 동문만 몇 명인데! 덜컹거리는 차 안에서 나는 고개를 가로저었다. 그러나 웬일일까. 옆집 미주의 얼굴이 눈앞에 떠올랐다. 뜨거운 오기가 내 가슴속에서 눈 뭉치처럼 일었다.

"좋아, 까짓것. 경찰서 앞으로 하지!"


우리는 산왕역 앞에서 부동산 업자를 만났다. 그리고 이제 껏 상의한 얘기를 들려줬다.

"나쁘지 않겠네요."

부동산 업자가 고개를 끄덕였다. 30대 후반에, 턱살이 통통한 여자였다. 그녀는 자그만 손으로 코끝을 문질렀다.

"경찰서는 산왕역 7번 출구에 있는데, 거긴 철길과 인접해 노포가 많아요. 월세가 아주 쌉니다. 반대쪽 3번 출구로 나오면 곧바로 아파트촌이고 번화한 시내니까 손님이 드물진 않을걸요."

"청년대출도 돼요? 모아둔 돈이 없는데."

내가 말하자, 부동산 업자는 눈살을 찌푸렸다.

"상세한 조건을 따져보아야 정확한데…… 아마 될 거예요.

며칠 전에도 아가씨 또래가 창업지원금 가지고 계약을 했거든."

업자의 안내를 받아, 우리는 번화한 역 앞 상권과 반대편 초라한 노포 몇 곳을 둘러봤다. 그런 다음 낡고 오래된 횟집의 으슥한 방에서 다 함께 저녁을 먹었다.

"이런 것, 좋아하시죠?"

박수무당이 테이블 위의 커다란 접시를 손으로 가리켰다. 온몸을 얇게 썰린 채, 광어 두 마리가 꼬리를 꾸물럭거렸다.

"그, 그런 것 같아요."

침이랑 존댓말이 동시에 입에서 흘렀다. 나는 젓가락으로 신선한 회를 다섯 점 집어 양념도 찍지 않고는 꿀꺽 삼켰다. 눈 깜짝할 새 접시 하나를 비웠는데도 성이 안 차서 광어의 머리를 손으로 잡고는 물어뜯었다.

"혹시…… 신들린 분이셔?"

부동산 업자가 무당의 귓가에 소곤댔다.

"신이 들리긴, 그냥 신이셔."

박수무당이 답했다. 알고 보니 두 사람은 남매 사이여서 우리는 편하게 대화를 할 수 있었다. 모처럼 즐거운 시간이었다.


"회? 그건 또 입에 맞아?"

엄마가 슬며시 눈을 흘겼다. 내가 집으로 돌아왔을 때, 그녀는 열무김치에 밥을 비벼서 간단히 먹고 있었다.

"응. 엄청 맛있던데? 전에는 회 맛이 그런 줄 몰랐어. 차라리 고무를 씹지 이딴 걸 왜 먹나 그랬는데."

내가 막 수선을 떠는 사이, 엄마는 우악스럽게 손을 놀려서 식탁을 정리했다.

"웃겨. 호랑이가 무슨 물고기를 먹니?"

"먹어. 얼마나 좋아하게? 사람들이 몰라 그렇지, 호랑이는 습지를 좋아해. 수영도 잘한다고."

나는 방으로 들어가 책들을 몇 권 가져왔다. 그것은 모두 마을 도서관에서 빌린 것으로, 세계 각지의 호랑이 생태와 그 다양한 운명을 다루고 있었다. 설거지를 마치고, 엄마는 건성건성 내 말을 들었다. 의자에 앉아 '아이고 삭신이야' 같은 소리를 하면서 주먹으로 어깨를 쳤다. 나는 냉장고에서 맥주를 두 캔 꺼냈다.

사주카페를 열기로 했다고 말했을 때 엄마는 한숨을 쉬었지만 반대를 하진 않았다. 청년창업대출에 관한 정보를 늘어놓자 입가에 엷은 미소가 어리기까지 했다. 가게 보증금 걱정을 덜었단 사실에 안도했으리라. 그때, 엄마의 휴대폰에서 알림이 울렸다.

"택배 왔나 보다. 좀 들여놔."

나는 냉큼 나가서 문밖의 상자를 갖고 왔다. 미용실에서 쓸 염색약과 파마약 품명이 택배 송장에 적혀 있었다. 나는 주위를 두리번거렸다. 현관 선반에 놓아둔 커터 칼자루를 찾는데 왼손 검지의 손톱이 휙 솟아났다. 어라?

"엄마! 이것 좀 봐! 내가 상자를 열려고 커터 칼 어딨나 생각하는데 솟아 나왔어!"

나는 긴 손톱 끝으로 테이프를 푹 찔렀다. 그러자 상자가 잘 익은 바나나처럼 힘없이 벌어졌다. 제품 수량은 주문한 내용과 다르지 않았다.

"대—박." 나는 내 호랑이 손톱을 꼼꼼히 살펴봤다. "이거 잘하면 조종이 될 것 같은데? 쩐다."

딩동. 딩동. 갑자기 초인종 소리가 들려와 엄마와 나는 서로를 마주 봤다.

"누구지? 택배 더 올 거 있어?"

"없어. 택배는 카톡으로 알림을 주지."

그런 얘기를 나누고 있는데 또 한 번 초인종 소리가 들렸다. 동시에 젊은 남자의 커다란 음성이 담장을 넘어 들려왔다.

"계십니까? 경찰입니다!"

누가 먼저랄 것 없이, 엄마와 나는 내 호랑이 손톱을 내려다보았다.

"붕대. 얼른!"

엄마가 말했고, 나는 방으로 들어가 요령껏 손을 감았다.

우리는 카디건과 소매 긴 셔츠를 각각 챙겨 입고 경찰관들을 안으로 들였다. 거실과 닿은 주방 식탁에 찻잔을 올리는 엄마의 손이 떨렸다. 나는 셔츠의 소매를 길게 빼 손을 가렸다. 식탁 앞 의자에 앉은 채 속으로 기도했다. 제발 손톱이 튀어나오지 않기를. 나무아미타불, 할렐루야, 아멘!

"죄송합니다, 이렇게 늦은 시간에."

늙수그레한 경찰이 신분증을 꺼내서 보였다. 어깨가 떡 벌어진 체형에 각진 얼굴. 격무 탓인지 미간의 주름이 깊었다. 예순은 확실히 넘어 보였다. 그 곁에 내 또래쯤으로 보이는 애송이 경찰이 있었다. 얄미울 만큼 단정한 푸른색 제복 차림으로 고개를 꾸벅 숙였다.

"실례하겠습니다. 이 옆집 사건 아시죠? 혹시 뭐 보신 것 있는지 여쭤보려고요."

"아뇨, 특별히." 엄마가 의자에 앉아서 고개를 저었다. "늦은 시간이었잖아요?"

"예. 그렇지요. 그게 참 문제입니다."

나이 든 경찰이 마모된 신분증을 윗주머니에 넣었다. 그는 회색 골프셔츠를 입었는데, 그 위로 제법 값비싼 브랜드의 얇은 재킷을 걸치고 있었다.

"저…… 그쪽 분께선?"

젊은 경찰이 내 쪽을 보았다.

"아유." 엄마가 다급히 손을 저었다. "얜 암것도 못 들었어요. 어릴 때부터 잠귀가 어두워서, 한번 잠들면 업어도 모르고 그랬거든요."

"아…… 그렇습니까?"

늙은 경찰이 내 눈을 보며 웃었다. 나는 긍정도 부정도 하지 못하고 두 눈을 내리깔았다.

"평소에도 자주 그러던가요? 옆집."

젊은 경찰이 물었다. 아무렇지도 않고, 오히려 재밌는 가십을 다루는 듯이 평이한 말투가 비위에 거슬렸다.

"몰라서 물으세요?"

나는 좀 짜증을 냈다. 식탁 밑에서 엄마가 내 허벅다리를 찰싹 쳤다. 경찰들은 당황한 눈으로 서로를 마주 보았다. 나는 마음을 단단히 먹고 말했다.

"최근에 끊기긴 했지만, 재작년 신고가 몇 번인데요. 그것도 모르고 오셨어요?"

"아, 뭐. 듣기는 했지만…… 우리는 확인 차원에서."

늙은 경찰이 웃었다.

"최근엔 신고가 없었잖습니까. 그러니까 저희는 이제 좀 나아졌는가 보다……."

젊은 경찰이 갑자기 말을 끊었다. 곁에서 그만하라는 신호를 준 모양이었다.

"나아져요?" 나는 좀 빈정댔다. "한 달이 멀다고 애 패고 마누라 패요. 그런 사람이, 개과천선을 하는 거 보셨어요? 근무하면서? 신고가 없어도 순찰을 자주 돌면서 한 번씩 들여다보고 하셨어야죠. 어린애하고 힘없는 여자가 맞을 땐 안

도와주더니, 가정폭력범 죽었다고, 그 범인 잡으러 막 다니신다. 와…… 가정폭력범만 민중의 지팡이 도움을 받고 그래. 대한민국에선. 그죠?"

젊은 경찰의 잘생긴 얼굴이 하얗게 질렸다. 모르는 사람이 본다면 무슨 급한 설사증이라도 참는 줄 알 것이었다.

"그 사람은 죽은 사람입니다. 폭행 피해자하고 같나요? 비교할 거를 하셔야죠."

젊은 경찰이 반격했다. 내 가슴속 작은 불씨가 화르르 타올랐다.

"뭐라고요? 경찰의 도움을 제대로 받고 싶으면, 자살이라도 하라는 말인가요? 네? 그래요?"

"아이고 이거, 탐문하러 왔다가 혼쭐이 나네." 늙은 경찰이 허허 웃었다. "미안합니다. 우리가 워낙에 신고가 많다 보니."

엄마도 애써 웃었다.

"죄송합니다. 얘가 어릴 때부터 정의감이 좀 남달랐어요. 경찰이 되려고 열심히 공부했는데 3년째 시험에 떨어지다 보니 속이 상했는지……."

오, 세상에! 나는 경악한 눈으로 엄마를 보았다. 어쩌면 이토록 치욕스러운 얘기를 떠벌릴 수가 있을까!

"신고도 안 오는데 출동할 수는 없잖습니까?" 젊은 경찰이 받아쳤다. "그렇게 자주 행패를 부렸다면, 이웃 분께서 신고 좀 해주지 그러셨어요?"

"어허, 이 친구. 됐네. 됐어!"

나이 든 경찰이 젊은 직원을 달랬다.

"이보세요!"

불끈 주먹을 쥐어 나는 식탁을 내리쳤다. 분해서 몸이 다 떨렸다. 젊은 경찰의 발음이 너무도 정확해 두 배로 얄미웠다. 아마 이것은 진실일 텐데……, 내가 경찰시험에 3년씩 떨어졌다는 걸 몰랐더라면 결코 이런 식으로 따지고 들지는 못했을 터였다.

"아이고, 아가씨 손이 어쩌다?"

늙은 경찰이 별안간 혀를 찼다.

"이건 요리를 하다가, 얘가 좀 덤벙대거든요."

엄마가 웃으며 내 손을 잡아 내렸다. 때마침 호랑이 손톱이 불쑥 솟아서, 나는 그걸로 오래된 의자 다리를 찍었다.

"아 예……."

늙은 경찰이 고개를 주억거렸다.

"더 물어보실 것 없으면 이만." 엄마가 손가락으로 머리를 빗었다. "피곤하네요. 심란하기도 하고. 뭐 궁금하신 것 있으면 그야 물어보셔야 되지만."

"아닙니다. 다음에 또 뵙지요."

나이 든 경찰이 몸을 일으켰다. 젊은 경찰도 일어나 고개를 꾸벅였다. 엄마가 경찰관들을 배웅하는 동안 나는 식탁에 앉아서 씩씩댔다. 낮은 대문을 닫고, 엄마가 짧은 계단을 올라왔다. 현관문을 닫고 거실을 질러와 엄마가 손으로 내 등을 후려쳤다.

"아 왜!"

성질을 부리고 방으로 들어갔다. 심장이 콩알만 하게 오그라들었다. 그토록 무서운 엄마의 눈빛을 마주한 것은 태어나 처음이어서.

# 4장
# 경찰서 앞 사주카페

사주카페를 차리기까지는 보름이 꼬박 걸렸다. 이차선 도로를 사이에 두고 산왕경찰서 뒷문이 바로 보이는, 오래된 목공소가 매물로 나와 있었다. 전철 선로와 나란히 펼쳐진 거리엔 철공소며 공업사 혹은 가구수리점같이 소음에 개의치 않는 업종들만이 있었다. 산군신도시가 포도농장이던 때부터 장사를 시작한 노포들이었다.

"시끄럽지 않을까요? 사람들 이야기 들어주기엔."

내가 말하자

"방음벽이 있으니까요."

부동산 업자가 대꾸했다. 요새는 화물열차가 지나지 않고 전철만 드나든다는 설명도 덧붙였다.

"무엇보다도 월세가 싸요. 철길 건너서 반대편 상가로 가면 100만 원쯤 우습게 뛰니까."

"여기가 명당은 아니어도 기의 흐름이 나쁘지 않습니다."

박수무당이 끼어들었다.

"좋아요. 여기로 하죠."

나는 뒤돌아 경찰서 뒷문을 바라봤다.

"아이고, 아가씨가 내 귀인이네."

50년 경력의 목공 장인이 손뼉을 치며 일어났다. 그가 앉았던 커다란 의자가 내 눈을 사로잡았다. 의자 등받이는 오목한데, 목을 받치는 부분은 밖으로 휘어서 편안해 보였다. 나뭇결의 자연스러운 문양에서 고상한 기품이 번져 나왔다.

"선생님, 이제 어디로 가세요? 더 좋은 자리를 구하셨나요?"

나는 물었다. 목공 장인이 큰 손을 휘저었다.

"어딜. 이제 늙었고, 기술 물려줄 이도 없어. 우리 큰사위가 운영하는 작은 공장에 경비나 서러 가는걸."

"그럼 이 멋진 의자는 댁으로 가겠군요?"

나는 가볍게 웃어 보였다. 목공 장인이 눈살을 찌푸렸다.

"천만에! 나무로 된 물건 하나만 더 집에 들이면 그때는 갈라선다고, 우리 집사람 난리도 아니야. 아가씨 마음에 든 모양인데 그냥 주지. 돈 받고 팔자면 100만 원 이하로 안 되는데, 요즘 사람들, 이마트니 이케아니 하는 곳에서 훨씬 싼값에 물건들 사니까 수지가 맞나? 자부심 가지고 만든 것인데 헐값에 파느니 불사르려고, 그 작정하던 참이야."

나는 청년창업자금을 대출받아서 계약금이랑 보증금 문제를 털었다. 그러고 나니 사주카페를 꾸밀 비용이 남아 있지가 않았다. 하는 수 없이, 목공소 안의 많은 게 남겨졌다. 가장 큰 지분을 차지하는 건 나무 냄새였다. 깊은 산속에서 깨끗한 물 먹고 자란 나무 향기가 고여 있다고 할까, 배어 있다고 할까…….

상담용 테이블도 목공용으로 쓰던 걸 물려받기로 했다. 그것은 두툼한 원목을 재단하거나 칠하던 것이라 묵직하고 잘 건조돼 있었다. 무엇보다도 세월이 배어든 느낌이 좋았다. 한창 나이에, 목공 장인은 나무를 재단했다. 그것만으로도 돈이 잘 벌렸다. 시간이 흘러 산업 흐름이 바뀌면서는 커다란 장식장들과 탁자를 짰다. 더 나이가 들어선 도마나 주걱 같은 소품에 손을 댔고, 최근엔 손주들을 위해 몇 가지 동물 인형을 만들었다.

"괜찮으면 장식으로 쓰시구려." 장인이 벙싯 웃었다. 그는 저물녘 떨이에 나선 시장 상인처럼 악어 인형을 쥐고 흔들었다. "손주들 주려고 깎았는데, 개구쟁이 한 녀석이 깨물고 놀다가 입술이 터졌어. 그다음부턴 딸들이 나무 장난감 질색을 하니, 주고 싶어도 줄 수가 있나? 그래도 그놈들 보고 싶을 때, 생각날 때마다 만들었지. 나 할 줄 아는 것 이뿐이니까.

다 모아 팔아본댔자 손주들 과잣값이나 될까? 아가씨가 여기에 두고 손님들 보게 하면, 나도 가끔씩 오가다 젊은 날 생각도 하게 될 거야."

그래서 나는 그 목각 인형들도 고맙게 받았다. 기린과 원숭이, 코끼리 등의 인형 중에서 호랑이 형상에 특별히 정이 갔다.

"이 아가씨 점집 연다는데요, 사장님. 궁금한 거 있으면 함 물어보시지."

중뿔나게, 부동산 업자가 끼어들었다. 박수무당은 헛기침으로 말리는 시늉을 하였으나 호기심 어린 눈으로 내 쪽을 흘끔거렸다. 나는 목공 장인을 마주 봤다. 주름진 눈꺼풀 속 홍채에 탁한 잿빛이 돌았다. 술을 즐기는 늙은 사내들이 대체로 그러하듯이.

"글쎄. 뭐 안 보이는데?" 무심코 중얼대는데 귓가에 소름이 끼쳤다. 혹시, 속은 건가? 나는 험악한 눈길로 무당을 쏘아봤다. "이거 이래서 장사가 돼? 나한테…… 사기 쳤어?"

겁먹은 듯이, 박수무당은 고개를 흔들었다.

"손을! 손금을 한번 보시죠."

"무슨 소리야, 갑자기. 그런 것 할 줄 몰라!"

"그냥 함 잡아보세요."

박수무당이 목공 장인의 큰 손을 잡아서 내 손바닥에다 얹었다. 그 순간.

"우와…… 이게 뭐야?"

내가 한 번도 본 적 없는 얼굴들이 눈앞을 휘리릭 스쳐 갔다. 화려한 영상이 돌풍처럼 내 몸을 떠밀어 뒷걸음질을 쳤다. 잽싸게 다가와, 박수무당이 내 등을 받쳐줬다. 달리는 기차처럼, 무수한 영상과 소리가 내 몸을 통과했다. 그러다 어느 찰나에 멈춰 섰다. 마치 어떤 역에서 급정차를 하는 듯이. 나는 목공 장인의 큰 손을 움켜쥐었다.

"할아버지, 고생 많이 하셨네. 사모님은 귀토해 편히 쉬십니다."

내가 말하자 노인의 두 눈이 번쩍 뜨였다.

"저, 정말?"

말끝이 갈라졌다.

"무슨 소리야. 아까 사모님 있다고 안 하셨어?"

부동산 업자가 고개를 갸우뚱했다. 그러나 누구도 그 말을 귀담아듣지 않았다. 노인을 향해, 나는 고개를 끄덕였다.

"응. 2년 만에 새장가 든 거 원망 안 하신대요. 딸들 잘 키워줘 고맙다고."

미소가 저절로 내 뺨에 피어났다. 그냥 그렇게 행복한 기분이 들었던 것이다. 어떤 목소리가 파장만으로 느껴지는데 거부감 없이 자연스러웠다. 쿡. 목공 장인이 울음을 터뜨렸다.

"그 사람이, 정말 그렇게 말해? 어디, 여기에 있어? 내 목소리도 듣고?"

나는 고개를 흔들었다.

"애들 시집가는 거 보고, 사모님은 귀토에 들어가셨지. 그 전까지는 구천을 떠돌다가…… 이제 내가 할아버지 손을 잡으니까, 할아버지가 부르는 소리를 듣고 오셨어. 이 손 놓으면 가시지."

으스러뜨릴 듯, 목공 장인이 내 손을 쥐어짰다.

"미안해. 그렇게 아프댔는데 병원 한 번을 못 데려가고. 너는 왜 만날 아프냐 구박만 했지! 내가…… 내가 쳐 죽일 놈이야."

"으흐흐흐!" 내 입에서 웃음이 터져 나왔다. "그 원망 실컷 하셨대. 그래도 애들 잘 커서, 분을 다 삭이셨다네. 이제는 편하다 하셔."

나는 그만 노인의 손을 놓으려 했다. 그러나 노인은 두 눈을 홉뜨며 고개를 휘저었다.

"이러면 안 됩니다. 혼이 더워져 못 쉬세요."

박수무당이 끼어들었다.

"그래도 잠깐!" 목공 장인이 소리쳤다. "인사라도 해야지. 그때는 갑자기 그렇게 가버려서……!"

더운 눈물이 내 팔뚝에 떨어졌다. 나는 가만히 눈을 감았다. 그러자 어떤 익숙지 않은 말투가 내 목을 통해 나왔다.

"주희 윤희 잘 부탁해요. 그 말 꼭 하고 싶었어. 당신 오기 전 숨 끊어져서 못 했지. 한이 됐는데…… 고마워요."

나는 노인의 손등을 가만히 토닥거렸다. 그러자 목공 장인이 내 눈을 쏘아보더니 왈카닥 당겨 안았다. 늙은 남자의 울음이 이토록 격렬할 일일까 싶었다.

"산 혼에 죽은 혼을 더하여 두 명. 이렇게 해서 아흔여덟 명 남았군요. 장사 수완이 좋으십니다."

박수무당이 웃었다.


사주카페의 이름은 '액운타파 사주112'로 정했다.

"경찰서 앞이니까, 재수 없는 일 겪은 사람이 많을 거예요. '액운타파' 뭐 그런 단어가 간판에 있으면 좋을 겁니다."

박수무당의 조언을 받아들여서. 원래는 '액운타파 사주카페'로 할까 했는데 112라는 번호를 넣은 건 경찰서 앞이기 때문이었다. 눈에 잘 띄고 기억에도 남겠지.

화요일. 미용실 휴무를 맞은 엄마와 목공소 내부를 청소했다. 먼지가 앉고 때가 낀 내벽에 페인트칠도 하얗게 했다. 천장이 높은 편이라 말할 때마다 소리가 울렸다. 보기보다 넓다든가 거미가 있다든가 하는 엄마의 얘기가 신비스럽게 들렸다. 큰 창으로 들이친 햇볕이 가게 내부를 가득 채웠다.

"해 질 때 되면, 여기 노을이 일품이야."

쓸쓸한 투로 말하던 목공 장인의 눈빛이 떠올랐다. 나는 산왕산 박수무당의 조언을 받아 '손금 전문', '사주 궁합 관상 봅니다', '액막이 치성 잘함' 등의 광고 필름을 창밖에 붙였다. 큰 창의 우측에 붙일 거대한 스티커는 포효하는 호랑이 모양으로, 인쇄업체에 부탁해놓았다. 바로 옆 가구수리점에서 손님이 앉을 의자를 저렴한 값에 샀다.

일을 마친 후, 엄마와 나는 널따란 탁자를 사이에 두고 앉았다. 중고마켓에서 2만 원 주고 산 스피커로 대금 산조를 틀어놓고, 우리는 사이좋게 차가운 커피를 마셨다. 스피커에서 들릴 듯 말 듯 계곡물 흐르는 소리가 났다. 엄마의 어깨 너머로 산왕경찰서 뒷문이 보였다. 보랏빛 노을 사이로 아직도 사람이 드나들었다. 문득, 심장이 두근거렸다. 노력과 탈락과 수치로 점철된 과거는 지나가고, 내일부터는 새로운 인생이 시작될 터였다.

5월 17일. 생애 첫 개업을 했다. 나는 엄마와 함께 대문을 나서 골목을 걸었다. 공무원으로 사회생활을 시작하고 또 끝낼 줄 알았건만 자영업자가 되다니. 그것도 하필 신령神靈이 깨어나 사주카페를 열다니. 인생이 제대로 꼬인 게 틀림없었다. 내리막길을 걸어가 엄마의 미용실 앞에서 우리는 헤어졌다. 처음 혼자서 초등학교에 등교를 하던 봄처럼 가슴이 조여왔다. 붕대로 감은 왼손을 만지작거리며 정류장 쪽으로 걷는데, 별안간 큰 소리로 엄마가 나를 불렀다. 그러더니 이쪽을 향해서 뛰어왔다.

"왜?"

퉁명스럽게 받아쳤다. 우습게도 어쩐지 눈물이 날 것 같아서. 엄마의 두 눈도 붉어져 있었다.

"처음에…… 얼마간은 손님이 없어. 자리 잡힐 때까진 다 그렇다. 실망하지 마."

엄마가 이야기했다. 말끝이 조금 떨렸다.

"뭐야. 그런 얘기는 더 일찍 해줬어야지. 얼마쯤 견뎌야 하는데?"

"짧으면 일주일. 길면 한 달도 가고."

"알았어."

부루퉁하게 답하곤 버스에 올라탔다. 진짜로 눈물이 흐를 것 같아 엄마가 선 쪽은 보지도 않았다. 갑자기 엄마가 큰사람처럼 여겨졌다. 바로 어젯밤만 해도 평범한 내 엄마였는데……. '얼마나 많은 날들을, 엄마는 떨면서 손님을 맞았을까?' 그런 생각이 들어 슬펐다.

산왕역 시내에 다다라 벨을 누르고 내렸다. 역과 맞닿은 육교에 올라, 나는 잠시 도시를 내려다봤다. 산뜻한 바람이 불어와 내 단발머리를 쓸어 넘겼다. 한쪽엔 화려한 신도시가, 그 반대편으로 중소기업들이 빼곡한 산군산업단지가 펼쳐져 있었다. 나는 역을 관통해 계단을 내려갔다. 노포들 너머로 세련된 산왕경찰서 건물이 보였다.

'흥, 나를 떨어뜨렸겠다!'

발걸음마다 힘주어 씩씩대면서 걸었다. 가구수리점의 늙

수그레한 사내가 좁다란 인도 위에서 작업을 하고 있었다. 한 손에 커다란 끌을 들고, 그는 1인용 소파의 외피를 벗겨냈다. 색 바랜 분홍색 소파가 얼핏 커다란 수퇘지 같았다.

"안녕하세요?"

인사를 건네자, 사내가 나를 봤다. 그는 고개를 까닥였다.

"첫 영업이구만. 마수걸이를 잘해야 할 텐데."

염려하듯이 말했다.

카페로 들어서 대금 산조를 틀어놓고는 환기를 시켰다. 밤 사이 묵은 나무 냄새가 신선한 공기와 뒤섞여 은은히 풀어졌다. 응접 공간과 준비 공간을 가르는 파티션 뒤에서, 나는 호랑이 얼굴이 인쇄된 산왕태권도 티셔츠 위에다 검은색 재킷을 걸쳤다. 손님을 맞을 때 어떠한 옷을 입어야 좋을까 고민하다가 한복상점에서 구입한 거였다. 긴 두루마기를 짧게 재단한 재킷은 소매통이 넓고 하얀 동정이 길었다. 앞섶을 묶는 고름은 없으나, 멋스러운 노리개 끈으로 허리를 묶을 수 있었다. 나는 거울을 보면서 허리를 조였다 도로 풀었다. 긴장이 되어서 숨을 쉬기가 어려웠다. 재킷은 앞섶이 벌어진 채로도 충분히 멋있었다.

차가운 커피를 한 잔 만들어, 목공 장인의 의자에 앉았다. 단단한 그것에 의지해 산왕경찰서 뒷문을 보고 있자니 또다시 가슴이 쿵쿵 뛰었다. 엄마의 말은 선견지명이 있었는지,

커다란 머그를 다 비울 때까지 손님이 들지 않았다. 긴장을 해서일까? 까무룩 졸았는데 잠결에 뭔가 보였다. 그것은 여자였고, 머리를 길게 풀어헤쳤으며, 서럽게 울고 있었다. 나는 화들짝 놀라서 눈을 떴다.

꿈이 아니었다. 대리석으로 마감된 산왕경찰서 뒷문 기둥에, 한 여자가 기대 서 있었다. 시들어 빠진 꽃줄기 같은 여자가. 이차선 도로 너머로 나는 그녀를 유심히 관찰했다. 등이 굽었는데 그렇게 늙진 않았고, 40대 중반쯤 된 듯했다.

경찰서 뒷문 앞에서, 여자는 좌우를 번갈아 보았다. 어느 쪽으로 가야 할지를 모르는 사람처럼. 나는 그녀가 경찰서에 들어갈 때는 앞문을 통했으리라 추측했다. 하지만 어떤 이유로 방향을 잃었고 뒷문 쪽으로 나온 거겠지. 여자는 잠시 휴대폰 화면을 보더니—지도 앱일까—손차양으로 눈을 가렸다. 문득 내 뺨이 화끈댔다. 그녀가 이쪽을, 그러니까 '액운타파 사주112' 간판을 보는 것 같아서. 나는 허리를 세우고 옷깃을 가다듬었다. 입안이 말라서 무심코 손을 뻗다가 손등으로 컵을 쳤다. 자그만 얼음 조각이 묽어진 커피와 함께 우르르 쏟아졌다.

"아잇!"

젖은 탁자를 티슈로 닦고는 파티션 뒤로 넘어갔다. 개수대에서 손을 씻은 뒤 얼룩진 재킷을 지르잡는데 자동문 열리는 소리가 들렸다. 문에 걸어둔 물고기 모양 풍경이—그것도 목공 장인의 선물이었다―징글쟁글 기분 좋은 소리를 냈다.

나는 바람처럼 돌아서 파티션 너머를 내다봤다. 거기 여자가, 좀 전의 그 여자가 서 있었다. 멀리서 봤을 때보다 낯빛이 더 나빴다. 입술은 암청색이었다.

"무슨 일이시죠?"

멍하니 묻고 말았다. 혼이 나간 듯한, 광택이 없는 눈으로 여자가 나를 보았다. 비칠비칠 다가와 조금은 몸을 떨면서.

"저…… 귀신이 들린 것 같아요."

웅얼거렸다. 입술에 각질이 허옇게 일어나 있었다.

"예?"

나는 두 귀를 의심했다. 지금 이 여자가 무슨 소리를 하는 거지.

"귀신…… 떼어낼 수 있나요? 여기, 액운타파…… 써 있어서요. 간판에."

여자가 말을 이었다.

"아―!"

나는 손뼉을 쳤다. 여기는 점집이고, 나는 영매 노릇을 해야만 하는 것이다.

"앉으세요! 거기 편히."

여자를 손님용 의자로 안내했다. 두 사람쯤은 넉넉히 앉을 기다란 나무 의자에. 그녀는 아주 조심스럽게 그 위에 내려앉았다.

"그래, 귀신이 들리셨다고요?"

나도 내 의자에 풀썩 앉았다.

"그런 것 같아요. 자꾸 아파서……."

손님이 손가방에서 약봉지 하나를 집어냈다.

"저, 물 좀……."

나는 재까닥 일어나 찬물에 온수를 섞어 왔다. 여자는 알약 세 개를 두 번에 나누어 먹었다. 작은 새처럼 물은 아주 조금만 머금었다.

슬슬 걱정이 되기 시작했다. 억울한 사람의 속내를 들어주고, 눈에 보이는 뭔가―영상―를 말하면 되는 줄 알았는데, 그러면 목공 장인이 그랬듯 저절로 원한이 풀어지겠지 했는데…… 귀신이 들리다니. 그런 사람이 오다니. 대체 귀신을 어떻게 쫓아내지? 으르렁대서? 나는 좀 자신이 없어졌다.

"일단…… 손금을 한번 보죠."

다짜고짜로 여자의 손을 쥐었다. 두 손을 차례로 살펴보는데 축축한 땀이 솟아나 등골을 타고 흘렀다.

'세상에! 암것도 안 보인다. 어떡하지?'

당황한 나머지 여자의 두 팔과 어깨를 더듬었다. 그래도 마찬가지였다. 젠장, 오늘 아침에 호랑이 기운이 사라졌나? 다급히 왼손 검지를 매만졌다. 뾰족한 손톱이 붕대 안에서 느껴졌다. 휴! 나는 놀란 가슴을 쓸어내렸다.

"왜…… 귀신이 들렸다 생각하죠? 이유가 뭐예요?"

나는 물었다. 일단은 여자의 말을 듣는 것밖에 다른 방법이 없었다.

"저한테 아이가 있어요. 두 명이요."

그녀는 힘겹게 입을 뗐다. 아이는 각각 다섯 살과 세 살로 모두 남자아이였다. 직장 생활을 하던 중 첫째를 낳았고 3개월 육아휴직 후 복직했다. 원래는 6개월 정도 오롯이 육아를 하려 했으나 중소기업에 다녔던 터라서 상황이 여의치 않았다. 둘째를 낳고는 아예 사표를 썼다. 더 다니고 싶었지만, 감기니 수족구니 하는 것들로 두 아이 어린이집에 불려 다닐게 뻔했다. 일을 그만두는 게 회사에도 폐를 끼치지 않고 가정에도 최선을 다하는 길이라 믿었다.

"둘째는 사랑이라더니 그 말이 맞더라고요." 초췌한 얼굴로 여자가 엷게 웃었다. "첫째는 제 아빨 닮았는데, 애는 생긴 것도 어쩜 날 닮고 성격도 순하고……. 남편 출근시키고 큰 애 어린이집 보낸 뒤 둘만 있으면 그렇게 행복할 수가 없었어요. 젖을 먹어도 예쁘고 똥을 싸도 예쁘고……. 그런데 그 시간이 진짜로 짧거든요. 설거지며 청소한 뒤에 돌아서면 큰 애가 집에 올 때고, 간식 좀 먹이면 남편이 집에 올 때고. 저녁 요리해 먹이고 치우고, 씻기고 재우고……."

발달 과정이 다른 두 아이를 동시에 키우고, 그러면서 자신과 남편의 생활도 돌봐온 3년. 그녀의 몸과 정신은 극도로

피폐해졌다. 예상은 맞아떨어져 아이들은 번갈아가며 잔병 치레를 했고, 둘째가 일어나 걸을 수 있게 되면서 끝없는 싸움이 집 안을 흔들었다. 형제 사이에 우애란 없었다. 두 아이는 부모의 사랑과 음식과 장난감들을 두고 끝없이 경쟁했다. 뭐든지 상대보다도 부족하다고 여기면 울음을 터뜨렸으며 상대를 쥐어팼다. 깨물고 발로 찼다.

　그녀 인생에서 방광염이 처음 발병한 것은 고등학교 3학년 때였다. 화장실 가는 시간도 아껴서 공부를 하다가 덜컥 걸렸다. 그것은 급성이었고, 두 번째로 방광염을 앓게 된 것은 직장 생활을 막 시작한 때였다. 며칠 밤을 새며 두 가지 프로젝트를 진행했더니 면역이 무너지면서 그 병이 찾아왔다. 역시 급성이었고, 3일간 항생제를 복용한 끝에 회복됐다.

　"그게…… 만성이 된 거예요." 여자가 털어놨다. "둘째 돌잔치 하고 그다음 날인데, 변기가 새빨개지더라고요. 당장 병원에 달려갔죠. 그 뒤로는 조금만 신경을 써도 아랫배가 싸르르…… 혹시 방광염 앓아보셨어요?"

　여자가 물어와, 나는 고개를 가로저었다. 외할아버지가 방광암으로 돌아가신 것을 털어놓을까 하다가 그만뒀다. 사정을 이해한다는 위로가 되기보다는 큰 병에 대한 염려만 잔뜩 끼칠 것 같았다.

　"절대 걸리지 마세요." 여자가 당부했다. "진통제가 안 들어요. 두통 치통 생리통하고는 차원이 다르거든요. 그런 건 대충 진통제가 먹히는데, 이건 세균에 의한 염증반응이라 항생제만이 답이에요. 무슨 이유로 그런지 모르겠는데, 증상은 커녕 통증도 못 줄이더라고요. 항생제를 받으려면 의사 처방이 필수인데, 병원에 가면 꼭 소변검사를 해야 하죠. 결과가 나올 때까지는 소변이 마려워 미칠 것 같은 그 고통을 견뎌야 돼요. 그게 참 기막힌 게, 소변을 보고 돌아서면 또 소변이 보고 싶어요. 그렇다고 변기에 앉으면 오줌이 나오느냐? 아니에요. 요도가 타는 듯한 고통 속에서 한 방울 두 방울……, 거기에 시뻘건 피라도 섞이는 날엔 이제 곧 죽나 싶어서 겁에 질리죠. 생리통이 묵직한 통증이라면, 이건 굉장히 예리한 통증이에요. 방광 내벽이 헐어서 아린 느낌. 알겠어요?"

"아니요."

나는 입매를 끄집어 내렸다.

"맞아, 그거야." 여자는 고개를 끄덕이면서 혼잣말을 했다. "방광 내벽이 헐어서, 오줌이 닿으니 쓰라린 거지. 그래 그 느낌이야."

파리한 낯으로 중얼거리는 표정이 진짜로 귀신에 들린 것 같았다. 난 문득 요의를 느꼈는데, 그게 진짜인지 심인성인지 아리송했다.

"병원엔 가보셨어요?"

다리를 꼬며 물었다. 천천히 고개를 들어 여자가 나를 봤다. 누리끼리한 낯빛이 푸르게 질리고 있었다.

"그럼요. 바로…… 그게 문제예요!"

그녀는 두 눈을 부릅떴다.


여자는 물론 병원에 갔다. 처음엔 동네의 산부인과를. 그야 그쪽에서 비뇨기 진료를 보기도 하거니와 마음이 편했던 것이다. 자신의 요도를 또 다른―낯선―의사에게 보여야 한단 게 치욕스러웠다.

아이를 둘이나 받아준 동네 병원의 의사는 항생제 알약을 처방했다. 처음엔 3일분. 호전이 안 되어 다시 3일분. 한 달쯤 괜찮았다가 재발해 3일분. 다시 3일분. 그렇게 만성이 되어 1년 동안 여덟 번이나 방광염 진단을 받았다. 그 바람에 혹시나 자극이 될까 싶어서 남편의 성관계 제의도 모조리 거절했다. 그래도 방광염 증상이 계속되어서 지난겨울엔 한 달 내내 항생제를 복용했다.

"이렇게 오래 먹어도 되는 거예요?"

어느 날 그녀는 의사를 향해 물었다. 항생제 남용이 걱정되었던 것이다.

"어쩔 수 없잖아요." 의사가 어깨를 으쓱였다. "나도 참 이해가 안 되네. 왜 바이러스가 안 없어질까?"

이래선 안 되겠다 싶어, 여자는 큰 병원에 갔다. 서울에서 손에 꼽히는 대학병원이었다. 직접 운전해 병원에 가고 진료

를 받은 뒤 집으로 오는 건, 두 아이가 어린이집에 간 시간 이
내에 마무리돼야 했다.

전국 각지의 환자가 몰리는 비뇨기과의 대기실에서 그녀
는 한 시간 정도 기다렸다. 어렵게 만난 의사는 흰 가운에 마
스크를 쓰고 투명한 칸막이 안에 고치처럼 앉아 있었다. 그
남자 의사는 그녀 또래로 보였는데, 그녀에게서 90도 정도
몸을 돌린 상태였고 모니터만 뚫어져라고 보았다. 20초 남짓
대화하는 동안 의사는 한 번도 환자의 낯빛을 관찰해보지 않
았다.

"오늘은 소변검사만 하고 가세요."

시간에 쫓긴 채 그녀가 자기 증상을 털어놓았을 때 의사는
덤덤하게 말했다. 그리고 보름쯤 지나―그것이 병원에서 잡
아줄 수 있는 가장 빠른 진료일이었다―그녀가 또다시 의사
를 찾았을 때, 그는 여전히 모니터만을 보면서 다음과 같이
말했다.

"소변엔 이상 없네요. 염증이 조금 있는데…… 누구에게나
있는 정도예요."

그녀는 대학병원을 나와 거대한 규모의 약국에 들어갔다.
30분 정도 대기한 후에 일주일분의 항생제 등을 받아 가지고
나왔다.


그 약을 먹고도 방광염 증상이 계속됐다. 조금만 피곤해도,

스트레스를 받아도 아랫배가 찌릿했다. 어느 밤엔 끔찍한 복통에 졸도해 구급차를 불러서 병원 응급실에 갔다. 조영제 부작용을 감수해 가면서 CT를 찍었으나 방광엔 이상이 없었다. 그러한 진단이 그녀를 절망시켰다.

"난 진짜 살려고 애썼어요." 여자의 퀭한 두 눈에 맑은 눈물이 고였다. "인터넷을 검색해 방광에 좋다는 주스를 사고, 온갖 영양제며 유산균…… 돈도 참 많이 썼죠. 물도 자주 마셨고요. 체력을 키우려 운동도 하려 했는데, 정말 그걸 할 시간은 안 나더라고요. 밥을 잘 먹기가 힘들고, 잠도 잘 못 잤어요. 남편은 출근을 해야 하니까 아이들 재우는 것은 제 몫이었죠. 애들이 뒤척일 때마다 나도 깨어나 뒤척였어요. 잠들 만하면 그런 게 반복됐죠."

마침내 그녀는 방광 통증에 노이로제가 생겼다. 아랫배가 조금이라도 쎄하다 싶으면 곧바로 병원에 달려가 소변검사를 받았다. 항생제 복용은 대증요법일 뿐 문제의 근원을 뿌리 뽑지는 못해서 그녀의 신경은 갈수록 벼려졌다.

"문득 정신을 차려보니까, 내가 애들을…… 우리 애들을 때리고 있더라고요. 그 어린 것들을!" 여자의 눈물이 두 뺨을 타고 흘렀다. "수시로 야근시키는 남편의 회사도 싫고, 그런 회사에 다니는 남편도 싫었고요, 막 짜증을 내니까 사이가 틀어졌죠. 오줌소태엔 배롱나무가 좋으니 가지를 따다가 달여 먹으란 시어머니의 말을 듣고는 얼마나 화가 나던지 대들며 싸웠어요. 진짜 그때는 미쳤던 것 같아. 항생제 먹는 동안은 기분이 괜찮다가, 조금만 배가 아파도 화가 치솟았어요. 그러다 어느 날…… 그게, 그 목소리가 들린 거예요. 그 귀신이…… 나한테 붙은 거죠."

여자가 눈을 감았다.


"환자분, 왜 아직 집에 계세요? 이렇게 아픈데 병원에 오셔야지. 어서 오세요!"

어느 날 집에서 청소를 하는데 문득 그 말이 들렸다. 여자는 파자마 위에 재킷만 걸친 채 홀린 듯 집을 나섰다. 그것은 의심할 여지가 없는 의사의 목소리였다. 다정하고 또 친절했다.

차를 몰고 나가, 그녀는 대학병원의 로비에 도착했다. 복통으로 입원을 했던 산왕 시내의 병원이었다. 대기실에 얌전히 앉아, 그녀는 간호사가 이름을 불러주기만 기다렸다. 하지만 한 시간이 지나고 두 시간이 지나가는데도 이름은 불리지 않았다. 마감 시간이 다 되어갈 즈음, 간호사 한 명이 다가왔다.

"환자분, 진료 예약은 하셨어요? 아까부터 여기 계시던데. 몇 시간은 된 것 같아요."

"아, 저…… 손영훈 박사님 만나러 왔습니다."

기쁘게 대답했다.

"손……영훈?" 간호사가 의아한 듯이 고개를 갸웃했다.

"그런 분, 안 계세요. 여기 비뇨기과 병동 맞아요?"

"그럼요!"

그녀는 대꾸했다. 간호사는 그런 의사가 없다고 하고, 그녀는 분명히 의사와 약속을 했다고 하면서 실랑이가 이어졌다. 간호사가 데스크의 전화기를 들고 어딘가로 연락했다.

"환자분, 여기 그런 의사 안 계세요. 비뇨기과뿐 아니라 다른 병동에도 손영훈 박사님이란 분 안 계십니다."

청원경찰이 말했다. 그래도 여자는 뜻을 굽히지 않았다.

"분명히 들었어요. 박사님이 오늘 오라고 말씀하셨다고요. 차근차근 진료 봐주신다고 하셨어요. 제 얘기…… 다 들어주신다고."

뜨거운 눈물이 후드득 떨어졌다. 끝내 경찰이 출동했고, 그녀는 그들로부터도 똑같은 말을 들었다.

"어허이, 그런 분 안 계신다니까."

근무 중이던 남편이 산왕경찰서로 불려 왔다. 회사 일로 바쁜 사람을 이렇게 망신 주느냐고, 어린이집에서 건 전화는 왜 안 받았냐고, 남편은 단단히 화를 냈다. 집으로 가는 내내 여자는 울지 않았다. 세상이 모두 합심해 자신을 속이고 있으므로 정신을 바짝 차려야 한다고 생각했다. 가슴에 한이 맺혔다.

이후로도 손영훈 박사의 달콤한 부름은 계속됐다. 사나흘에 한 번, 방광이 예민해질 때마다. 그러면 그녀는 열 일을 제치고 대학병원의 로비로 가서 앉았다. 이제 간호사들은 그녀를 알아봤고 곧바로 청원경찰을 불렀다. 청원경찰은 다시 경찰에 연락했고, 경찰은 또다시 남편을 호출했다. 악순환이었다.

"오늘은…… 내 발로 나왔어요. 경찰서에서 남편을 부르기 전에."

여자가 이야기했다.

"그런데 나오는 길에 여기 간판이 보이는 거야. 아, 이거다 싶었어요. 내가 귀신에 씌었구나. 그래서 그런 환청이 들렸구나……."

나는 탁자에 놓인 티슈를 여러 장 뽑아 건넸다. 그것을 눈두덩에 얹고, 여자는 한참 있었다. 그녀가 눈에서 손을 떼자 티슈가 온통 흐느적거렸다. 나는 여자의 한 손을 꼭 쥐었다.

"귀신 안 들렸어요. 아무것도 안 보이는걸? 손님…… 진짜 아픈 것 같아."

"정말요?"

여자가 반색했다.

"응. 일어나요. 같이 가봅시다."

"어디를요?"

"가보면 알아요."

휴대폰 앱으로 택시를 부르고, 나는 카페의 문을 닫았다.

"산달한의원 맞지요?"

택시 기사가 확인차 물어와 나는 그렇다고 대답했다.

"한의원?" 여자는 차창 밖 풍경을 두리번거렸다. 표정에 당황한 기색이 역력했다. "나 싫어요! 순 약재로 사기나 치는 거 TV에 나오잖아요? 유튜브 채널 의사들 말로는 과학적 근거도 없다던데. '한무당'이란 말 못 들어봤어요?"

"한……무당? 뭐, 한의사하고 무당 합해서 만든 말이에요?" 나도 모르게 눈살을 찌푸렸다. "거, 점쟁이 앞에서 무당 비하는. 일단 진료나 받아봐요. 거기 원장님도 국가 공인 의사니까."

"아이 참."

여자가 투덜댔다. 좀처럼 내키지 않는지 입을 꾹 다물었다. 나는 말했다.

"내가요, 태권도 공인 5단에 3급 사범인데, 일곱 살 때부터 운동했거든요. 다칠 때마다 거기 가 치료받았어요. 그 자리에서 30년, 우리 동네 허준 선생님이라니까? 그렇게 아프다면서, 귀신 들렸나 의심돼 점집에까지 들락거리는 사람이 한의원 겁을 내요? 맥이나 짚어봐요. 사기꾼 같으면 나오면 되지."

"그래요, 가보셔." 중후한 목소리로 택시 기사가 끼어들었다. "봐하니 신도시 사시나 본데, 그 터가 포도농원일 때부터 장사한 데예요. 동구에 사는 어르신들은 대학병원보담도 거기를 쳐준다고."

택시는 산달동 사거리 앞에 멈췄다. 나는 손님을 데리고 자그만 건물로 들어섰다. 승강기 안내판에는 2층에 산왕태권도장이, 3층엔 산달한의원이라고 적혀 있었다.

수년 전 리모델링을 마친 한의원 내부는 단정했고, 편안한 피아노 연주가 손님을 맞고 있었다.

"대기실에 환자가 없어. 정말 잘하는 곳이에요?"

여자가 실내를 두리번거렸다. 나는 푹신한 소파에 앉아서 손바닥으로 옆자리를 두드렸다.

"예약 시스템으로 운영해서, 응급 환자가 아니면 대기하는 일 없어요."

"어머, 왔어?"

탕약실 문을 열고 40대 간호사가 얼굴을 내비쳤다. 나는 카운터 쪽으로 다가갔다.

"우연히 알게 된 분인데 방광염 때문에 고생하셨대요. 양방 병원만 2년쯤 도셨다는데, 원장님 진료가 가능할까요?"

"응. 말씀드려볼게."

환자를 향해서, 간호사가 싱긋 웃었다. 그런 뒤 복도를 지나서 사라졌다. 잠시 후, 60대 후반의 투실한 남자가 대기실에 나타났다. 혈색이 좋은 얼굴에 다정한 미소가 번지고 있었다.

"아이고, 오래 고생하셨다고? 어서, 이리 와보세요."

내 눈치를 슬슬 보다가 여자는 일어섰다. 얼마 동안, 나는 초조한 마음에 손톱을 깎작거렸다. 의사도 한의원도 마음에 안 든다면서 화내는 여자의 표정이 상상됐다.

'그러면 어떡하지?'

새삼 걱정이 되었다. 그녀를 위해, 내가 더 할 수 있는 게 없었다. 귀신에 들리지 않은 건 분명하니까. 나는 슬며시 다가가 원장실 문에 귀를 댔다. 자세한 내용은 들리지 않아도, 두 사람은 도란도란 대화를 나누고 있었다. 소파에 다시 앉아서 나는 독서 앱을 켰다. 호랑이 생태를 추적한 다큐 서적을 30분가량 읽었을 때 원장실 문이 열렸다. 기분 탓일까? 노르스름하던 여자의 낯빛이 밝아진 듯했다.

"어때요?"

나는 독서 앱을 껐다.

"아기 둘 낳고, 내 몸이 많이 상했대요." 여자가 곁에 와 앉았다. "신경쇠약에 피로도 누적됐고, 림프순환이 안 된다고. 위장도 대장도 움직임이 별로 없대. 방광이 안 좋은 것도 그 때문이래요. 그 말 믿어도 될까? 대학병원 비뇨기과에서 의사한테 나 말했거든요. 요즘 소화 잘 안 된다고. 혹 연관 있겠냐고. 그랬더니 의사가 코웃음 쳤어요. 아무 상관없대. 자기 분야가 아니라면서 소화기내과에 가보라던데. 나요, 진료비 얼마 나올지 걱정돼요. 세상에, 의사랑 30분이나 있었잖아?"

"얼마 나왔어요?"

내가 묻자, 간호사가 카운터에서 모니터 화면을 살폈다.

"초진비까지 2만 3천 원요."

"저기, 침 맞은 것도 포함이에요?"

여자가 물었다.

"네."

계산을 마치고 돌아와, 여자가 내 곁에 다시 앉았다.

"어떡하실래요?" 나는 속삭이듯이 물었다. "귀신 들린 건 아니야. 내가 해줄 게 없어요."

입술을 깨물며 여자는 천천히 고개를 끄덕거렸다.

"치료…… 받아볼까……. 약값은 비싼데, 이제껏 쓴 병원비며 영양제 값이랑 비슷하고……. 진짜 나 이것만 고칠 수 있다면 못 할 게 없거든요. 꼭 드높은 낭떠러지에 서 있는 것 같아."

"낭떠러지?"

그 말에 여자는 반응을 하지 않았다. 그녀는 앙상한 손으로 윗배를 문질렀다.

"언제나 여기가 묵직했는데…… 아까 선생님, 침 놔준 순간에 트림과 방귀가 동시에 나왔어요. 창피해 죽는 줄 알았지 뭐야? 근데 선생님이 괜찮다고, 좋은 신호라고……. 그래서 나…… 조금 믿어볼까 해서."

설핏, 여자가 웃음 지었다. 트림과 방귀 소리를 곁에서 들은 것처럼, 나는 콧등을 찡긋했다. 오래 알았던 친구인 듯 그녀와 눈을 맞추고 키득거리다 문득 한심한 생각에 휩싸였다. 호랑이 기운을 펼쳐서 다른 사람을 도와야 하는데, 이게 뭐람? 설령 이 여자가 치료를 받아서 건강해진대도, 그 덕은 한의사 선생님 앞으로 쌓이는 것이 아닐까? 에잇. 오늘 장사는 공쳤네.

한의원 문을 나서며, 그녀는 손가방을 뒤져 전화를 꺼냈다. 언뜻 본 화면에 '얼집_수현쌤'이란 글씨가 떠 있었다. 여자가 다급히 전화를 귀에 댔다.

"네, 선생님. ……응급실요? 알았어요!"

승강기를 기다릴 새도 없이, 여자가 계단을 뛰어 내려갔다. 영문도 모르는 채 나도 따라서 계단을 내려갔다.

"무슨 일이에요?"

물어보니, 그녀의 낯빛이 희게 질렸다.

"무, 물렸대요. 개에. 큰 개! 산책하다가."

나는 여자를 앞질러 택시를 잡았다. 운이 좋게도 때마침 빈 차가 왔다. 얼결에 그 차에 함께 올랐다.

"응급실요, 제일대!"

여자가 소리쳤다. 택시가 출발하자, 그녀는 눈을 꼭 감고 울면서 "정훈아, 정훈아" 아이 이름을 불렀다. 순간, 내 등이 뒷좌석 시트에 확 붙었다. 운전기사가 주행속도를 높였던 것이다.

아이의 상태는 심각했다. 개의 이빨이 어깨 위 동맥을 비껴 물었다고, 그것은 천운이라고 의사가 이야기했다.

"선생님 감사합니다. 저희 아이를 구해주셨어요!"

여자는 젊은 의사를 향해서 머리를 연신 숙였다.

"두개골, 뒤통수 쪽에도 금이 갔어요. 정상적으로 생활할 만큼 회복하려면 시간이 걸릴 겁니다. 자세한 것은 외래진료 때 담당 선생님께 들으세요."

의사가 설명했다. 평일 오후 3시에 불과한데도 그는 몹시 피로해 보였다.

"네, 그럼요. 감사합니다. 정말 감사해요."

여자는 쉴 새 없이 눈물을 흘렸고, 몇 번씩이나 허리를 굽히며 조아렸다. 기독교 신자가 길거리에서 하나님이랑 조우를 한대도 이렇게까지 할까 싶었다.

아이는 가슴 전체에 붕대를 감은 채, 수액을 맞으며 잠들어 있었다. 개한테 쫓기는 악몽을 꾸는지 아니면 잠결에 통증을 느껴서인지 깨끗한 미간을 힘껏 찌푸렸다.

그 곁에, 어린이집 교사가 죄인처럼 서 있었다. 스물셋? 혹은 스물넷? 나보다 어려 보였고, 허리까지 오는 긴 머리를 단정히 묶고 있었다. 진녹색 체크무늬 앞치마 안에 검은 레깅스와 노란색 후드티셔츠가 보였다. 그녀의 앞치마는 군데군데 핏물이 들었고, 오른쪽 팔뚝엔 붕대가 감겼다. 배 위에 공손히 올린 두 손이 긁힌 상처로 불긋했다.

"죄송합니다, 어머니……."

어린이집 교사가 들릴 듯 말 듯 속삭였다. 얼마나 울었는지 얼굴이 퉁퉁 부어 있었다.

"대체 왜 그 개가!"

아이 엄마가 소리쳤다. 신음을 흘리며 그녀는 침상에 기댔는데, 한 손으로는 아랫배를 지그시 눌렀다. 여자의 두 눈이 교사의 팔과 두 손으로 미끄러졌다.

"선생님은…… 좀 어떠세요. 많이 다치신 듯한데."

"아녜요, 어머니. 정훈이가 많이 놀랐어요!"

교사는 말하고 손으로 뺨을 닦았다. 학부모에게 험한 소리를 들을 거라고 각오를 한 모양이었다. 긴장이 풀어졌는지 그녀는 어깨를 떨며 울었다. 아이 엄마가 구겨진 아들의 미간을 손가락 끝으로 문질렀다.

"그런데…… 개는 어딨어요?"

내가 묻자, 교사는 화들짝 놀라서 허리를 폈다.

"집에. 아마 있을 거예요. 경찰이 와서 조사를 하긴 했는데……."

"했는데요?"

"한두 번도 아니고……." 어린이집 교사가 아이 엄마의 눈치를 살폈다. "그 핏불테리어 그때마다 아무 일 없었으니까,

이번에도…… 집에 갔겠죠."

"안락사시켜야 하지 않나? 그 정도면."

나도 모르게 중얼거렸다. 기다렸다는 듯 아이 엄마가 코웃음 쳤다.

"절대 안 시켜요. 그 주인, 유명한 골칫덩이거든, 우리 아파트 단지. 그래서 산책은 시키지 말자고 학부모 회의 때 말했는데……."

교사가 가만히 입술을 잘근거렸다.

"그 개…… 단독주택 구역에 살아요. 평소엔 저녁 산책만 하는데, 그래서 나간 건데, 천변에서 그 개 본 순간에 심장 철렁했어요. 입마개도 안 했더라고요. 정훈이가 놀라서 도망치니까 획 달려들어서,"

"입마개를 안 해요?"

나는 교사를 향해서 고개를 돌렸다.

"절대 안 끼워요. 자기 개 답답하다고." 아이 엄마가 답했다. "얼마나 뻔뻔한지, 인명 사고가 날 때마다 안락사 못 시킨다고 펄펄 뛰었어요. 생명은 존귀하다나? 기가 막혀서."

"그게 또 사유재산이라 어떻게 못 한대요. 경찰도요……." 교사가 덧붙였다. 갑자기 그녀는 의아한 눈으로 나를 보았다. "저, 근데 누구세요? 정훈이 이모세요?"

"아뇨." 나는 가볍게 어깨를 으쓱였다. "그 개 주인, 어디 사는지 알아요?"

"왜요?"

뜻밖이었는지 아이 엄마가 되물었다.

"그냥, 구경이나 한번 하게요. 큰 개."

그때 왜 웃음이 났는지 모르겠다. 휴대폰의 지도 앱을 켜, 나는 아이 엄마에게 주었다. 그것을 받아, 그녀가 정확한 위치를 짚어줬다.

"근처만 가도 알 거예요. 몹시 짖을 테니."

아이 엄마가 말했다. 걷잡을 수 없는 분노와 그 크기만큼의 안도가 그녀의 몸에 흐르고 있었다. 나는 어린이집 교사와 함께 병원을 빠져나왔다.


사주카페로 돌아갔을 때는 오후 4시도 안 되어 있었다. 놀랍게도, 그때부터 고객의 행렬이 이어졌다. 카페 앞이 시장 바닥처럼 바글대지는 않으나 상담 중에 한두 명이 카페 근처를 서성거렸다. 블로그에 함부로 음악을 올렸다가 저작권 문제로 경찰에 출두한 남자, 소프트웨어를 불법적으로 다운받아서 쓰다가 걸린 여자, 술 먹고 동성을 성추행한 일로 고소를 당한 30대 남자 등등이 초조한 얼굴로 찾아왔다.

'이거 꽤 블루오션인데?'

손님을 맞으며 생각했다. 100명의 한을 풀면, 그때는 10억을 벌어도 폐업을 해달라던 박수무당의 간청이 귀를 간질였다.

그날의 마지막 손님은 나이가 지긋한 남자였다. 미성년자의 불법 음주 및 먹튀 문제로 골머리를 앓는 호프집의 사장.

"벌써 두 번씩이나 영업정지를 받았소. 정말 죽을 지경이야! 어떻게 하면 이 액운을 물리치지?"

남자가 흥분해 다리를 떨었다. 오후 6시. 영업시간이 막 지난 걸 확인하고 나는 그의 두 손을 맞잡았다. 손금을 보는 체하며 눈앞에 뭔가가 보이길 기다렸다. 몇몇 손님을 상대하는 동안, 나는 내 호랑이 영혼이 상당히 강퍅하고 변덕스러운 성격의 소유자라는 걸 알았다. 목공소 사장님에겐 친절했지만, 오전의 아이 엄마에겐 무뚝뚝했고, 또 어떤 손님들에겐 쌀쌀맞았다.

"신분증 검사를 철저히 해야지 뭐."

나는 심드렁하게 말했다. 50대 남자의 네모난 얼굴이 검붉게 달아올랐다.

"위조를 하니까 그렇지!"

"쳇, 신분증 판별기 들여놓으면 되잖아."

"아니! 누가 몰라? 돈이 드니까 그렇지!"

사장이 씩씩댔다. 그는 커다란 눈알을 부라리면서 셔츠 소매를 걷었다. 세월에 빛바래 이제는 형태가 흐려진 잉어 문신이 흉하게 드러났다. 픽, 나는 웃었다.

"하지만…… 영업정지를 받으면 손해가 더 클 텐데."

"그러니까! 그런 일 없게끔 액운을 떼달라고. 젊은 게 왜 이리 말귀가 어두워? 에잇, 나 복채 못 내!"

50대 남자가 일어섰다.

"얌전히 잘 먹고 나가는 어린애들도 있잖아. 걔들이 팔아 주는 게 꽤 짭짤하다, 그치? 신분증 판별기 100만 원 언저린데, 부러 안 사는 거고."

의자에 기대, 나는 두 발을 탁자에 올렸다. 50대 남자가 돌아섰다. 당황한 표정이었다.

"점 보러 다니면서…… 무당한테 큰소리치는 거 아니야." 나는 충고했다. "'동티'라고 너 알아? 괜히 귀신 건드렸다가 나중에 악몽 꾼다? 사업 다 망해."

"아니, 저……."

50대 남자가 셔츠 소매를 내렸다. 옷매무새를 가다듬고, 그는 손님용 의자에 바르게 앉았다.

"너 원하는 게, 떼돈 벌고 싶다, 그거 아냐."

내 말을 듣고 남자가 공손히 고개를 끄덕였다.

"노인네들이 보여." 나는 말한 뒤 입이 찢어져라고 하품을 했다. "중절모 쓰고 엄청 비싼 정장을 입은 노인들 말이야. 사업 방향을 바꿔보면 괜찮을 것 같네. 거, 어른들 앞에선 예의 잘 챙기고. 알겠어?"

"예."

어깨를 펴고, 남자가 고갯짓했다.

"카드로 할래? 상담료 10만 원이야."

"현금으로 드리겠습니다. 다 아는 처지에."

남자가 한 손을 재킷 주머니 속에 넣었다.

"아이, 카드로 해. 현금영수증 끊어주는 거 귀찮다."

나는 말하고 카드 단말기를 앞으로 내밀었다.

"할 줄 알지? 실수로 끝에 0 하나 더 붙이진 마."


퇴근하는 길에 동네 마트에 들러, 투플러스 등급의 한우 안심을 한 근 샀다. 그 정도로 첫날 벌이가 짭짤했던 거다. 엄마가 백화점 세일 때 구매해 아끼는 호두나무 도마에다가 고기를 얹고는 뚝뚝 썰었다. 포크도 없이 손으로 반쯤 집어 먹고, 남은 것들은 달걀노른자랑 고추냉이를 버무려 맛나게 씹어 삼켰다.

"엄마 줄 것도 뭐 하나 살걸."

뒤늦은 후회가 밀려왔다.

"에이, 돌아오는 길에 사 오지 뭐."

나는 서둘러 환복을 했다. 낮에 미처 상담을 못 한 손님이 남아 있었다. 그는 내 존재를 몰랐고 또 나의 방문을 달가워하지도 않겠지만, 그래도 손님인 것은 확실했다. 나는 일부러 버스를 타고 산군신도시로 갔다. 멋진 단독주택이 늘어선 구역을 쉽게 찾을 수 있었다.

"와…… 이런 데 살려면 얼마나 벌어야 돼?"

동네를 둘러보는데 입이 쩍 벌어졌다. 그러나 세련된 풍경에 어울리지 않게, 골목 입구에서부터 악취가 진동했다.

'언젠가 맡아봤어.'

나는 힘차게 콧구멍을 벌렁였다. 문득 한 노파의 모습이 눈앞을 스쳐 갔다. 새벽 조깅을 하다가 만났던 고철 수거 노인.

'이상하다. 그 할매 냄새가 왜 여기서 난담?'

의아해 고개를 갸울였다.

"왕! 왕왕! 왕왕왕왕왕!"

손님이 내 존재를 알아채고는 짖었다. 환영의 느낌은 아니었다. 단단하고 드높은 담장 밑에서, 나는 두 귀를 쫑긋 세웠다. 누군가 창문을 열더니 그 개를 향해서 조용히 하라고 말했다. 다행이었다. 개가 집 안에 살았더라면 접근하기가 어려웠을 테니.

핏불이 조용해질 때마다 나는 담장 밖에서 부스럭거렸다. 소리를 들으면 놈이 짖었고, 다시 누군가 창문을 열어서 조용히 하라고 외쳤다.

"대체 뭣 땜에 그래? 밖에 누가 있어?"

한 여자가 대문을 열고 나왔다. 나는 재빨리 모퉁이를 돌아 몸을 숨겼다. 대문 쪽에 CCTV가 없는 것이 분명했다. 그런 게 있다면 주인이 직접 밖으로 나오진 않았을 테니까. 혹은 고장일 수도 있겠지. 차일피일 수리를 미루다 오늘이 되었는지도.

"어쨌든 럭키!"

나는 스키 모자를 덮어썼다. 상표가 보이지 않는 평범한 옷들도 갖추어 입은 터였다. 눈을 감고 잠시 심호흡한 뒤 돌아서니, 시야의 규모가 달라져 있었다. 나는 무릎의 반동을 이용해 높은 담장을 넘었다. 하룻강아지 범 무서운 줄 모른다더니, 그 미친 녀석이 날 보고 짖어댔다.

"웡! 웡웡!"

예상 그대로, 집 안에선 아무도 반응을 보이지 않았다. 못생긴 그놈이 꼬리를 치켜세우며 이빨을 드러냈다. 소리 없이, 나도 내 엄니를 힘차게 드러냈다. 그리고 습격했다. 오늘 낮 산책로에서 그놈이 다섯 살배기 꼬마를 향해서 그러했듯, 놈의 목덜미를 콱 물고 흔들었다. 놈은 꽤 멋지고 견고한 근육을 갖고 있었는데, 물론 개의 기준에서만 그랬다.

숨이 곧 끊어졌다.

# 5장
# 때로는 맨주먹으로

7월이 되었다. 새벽 조깅을 하는 게 여전히 즐거웠지만, 낮이면 더워서 숨이 막혔다. 사주카페의 영업을 시작한 지도 두 달. 나는 틈틈이 호랑이와 무속에 관한 책을 읽으며 업무 역량을 키웠다. 엄마가 쉬는 화요일에는 함께 쉬기로 하고, 그날은 둘이서 집 안 대청소를 했다.

커튼을 뜯어 세탁기에 넣고, 과탄산소다와 세제를 풀어 주방 후드의 찌든 기름을 벗겼다. 엄마가 집 안 곳곳에 청소기를 돌리는 사이, 나는 좁은 마당의 잡초를 제거했다. 외할아버지가 직접 설계하고 동네 사람들과 지은, 그러다 막내딸에게 물려준 집은 낡아서 곳곳에 금이 갔다. 나는 면장갑 위에 고무장갑을 끼고 갈라진 외벽에 회반죽칠을 했다.

이른 오후. 우리는 거실에 놓인 두 대의 선풍기 앞에 나란히 앉았다. 공기 청정 기능이 딸린 에어컨이 있었지만 아직은 때가 아니라면서 엄마가 틀지 못하게 했다. 현관문 너머로 정원을 내다보며 그녀는 말랑한 복숭아 껍질을 벗겨냈다. 커다란 수박도 쩍쩍 잘랐다. 딸이 거절할 것을 뻔히 알면서 권해오기도 했다.

　"됐어. 난 이거."

　인터넷으로 주문한 말레이시아산 두리안을 연달아 집어먹었다. 호랑이가 유일하게 좋아하는 과일. 엄마에게도 먹어보라고 하니 식감도 냄새도 취향이 아니라면서 손사래 쳤다.

　"더운지 모르겠어. 나이 드니까 점점."

　엄마가 한숨 쉬었다. 요새는 땀도 잘 안 난다고, 그냥 좀 맥빠진다고 덧붙였다. 옛날에 외할아버지가 했던 말들, 그때는 이해할 수 없어 고개를 갸우뚱했던 이야기들을 알 것 같다고 했다.

　"범천에 갈까?"

　문득 생각이 나서 말했다. 범천은 산왕시를 가로지르는 한강의 지류이다. 주변에 아파트 단지가 들어서면서 정비를 한터라 꽤 넓고 단정했다.

　"글쎄……."

　엄마가 얼굴을 찡그렸다. 슬며시 눈을 깔고는 황갈색 털이 풍성한 나의 왼손을 보았다.

"가자, 나가자."

나는 창고에서 낡은 파라솔을 집어냈다. 활짝 펼친 뒤 묵은 먼지를 털어내니 작은 거미 몇 마리가 잔디 위로 떨어졌다. 그 파라솔은 외할아버지가 고물을 모아서 용돈벌이를 할 때―방광암 투병 전이었다―어디서 주워 온 거였다. 센 비가 올 때, 할아버지는 이 작은 마당에 파라솔을 꽂고 내가 집 안과 파라솔 사이를 오가며 놀게 해주었다. 그런 시절은 이제 다 가버렸다는 게 서운했다.

범천에 도착하자마자 기분이 좋아졌다. 알록달록한 옷을 입고, 너른 천변에 돗자리를 편 가족과 연인이 많이 보였다. 녹색 우레탄 위를 빠르게 달리는 자전거 행렬을 보자 엄마의 얼굴이 활짝 폈다. 피부도 반들거렸다. 그게 꼭 더위 때문은 아니었다. 엄마는 원체가 활동적이니까. 쉬는 날이면 무도장을 찾아 스포츠 댄스를 추었고, 때로는 자매나 친구를 만나서 등산을 가기도 했다. 그런데 내 왼손 검지가 호랑이 앞발로 둔갑한 뒤로는 외출을 몹시 꺼렸다.

우리는 사람들로부터 조금 떨어진 나무 아래에 자리를 폈다. 나는 땅속 깊숙이 파라솔을 꽂고 그늘에 누워 손풍기를 켰다. 엄마가 과일이 잔뜩 든 찬합을 펼치는 동안, 나는 맥주를 따서 마셨다. 우리는 잠깐 드넓은 개천을 보았다. 미적지근한 바람을 쐬며, 반짝이는 강물과 그 속에서 신나게 물장

구치는 아이들을 보면서 왜 그런지 엷은 슬픔을 느꼈다.

"엄마 아직 젊네."

농담을 던지자 엄마가 코웃음 쳤다. 나는 말했다.

"새로 시집가. 내가 호랑이 돼서 여기를 홀쩍 떠나면."

"아이구야."

엄마는 입안 가득한 수박을 삼키며 느릿느릿 대꾸했다.

"난 누구 뒤치다꺼리 싫은 사람이다. 시집을 왜 가냐? 이 좋은 세상에."

"맞아. 참 좋은 세상이야."

나는 벌러덩 드러누웠다. 그 바람에 맥주 캔이 넘어져 잔디 위에서 쿨렁이는데 아깝다기보다 즐거웠다. 개미 몇 마리가 해일을 만난 듯 맥주 거품 속을 떠다녔다. 나는 엄마의 무릎에 머리를 얹었다. 허벅다리가 가늘고 탄성이 없어 놀랐다. 내가 어릴 땐 이렇지 않았는데. 엄마가 문득 내 팔뚝을 쳤다.

"야. 그게 딸이 엄마 앞에서 할 소리냐? 얼른 그 저주 풀어서 시집갈 생각해야지. 애도 한 두엇 낳고."

나는 몸을 떨면서 웃었다.

"무슨 애를 낳아? 난 결혼 안 해. 아는 여자가 아들 둘 키우는데, 엄청 힘들어 병났더라."

"몇 살인데?"

"몰라. 마흔? 큰애는 다섯 살이고."

"원래 마흔엔 다 꺾여. 애 있든 없든."

엄마가 자기 몫의 손풍기를 켜 얼굴에 쐤다. 그 바람 때문에, 엄마 목소리가 장난을 치는 듯 떨려왔다.

"넌 아직 20대잖아. 남자들 잘 봐. 누가 성실하고 자상한가. 하나 찾거든 홀려서 연애하다가 결혼해. 아기도 낳고."

나는 좀 짜증이 났다.

"왜 그래야 하는데?" '엄마도 실패했으면서.' 뒷말은 겨우 삼켰다.

"글쎄다……." 엄마가 아이스박스에서 맥콜을 꺼내 마셨다. "넌 그런 나이잖아. 몸이 막 근질거리는 나이."

"몸이 근질거려?"

"그래. 젊을 땐 또래 남자만 보면 온몸이 비틀리지. 그냥 그렇게 되는 거야. 몸이 시키는 일이지."

음료를 마시며 엄마가 범천을 바라봤다. 실눈을 뜨고 멀리, 어쩌면 자신의 젊은 시절을 바라보는지 몰랐다. 나는 닭살이 돋아서 몸을 일으켰다.

"젊긴? 난 내가 엄청 늙은이 같아. 애들도 싫고. 걸핏하면 울먹거리잖아? 시끄럽고, 말도 안 듣고."

"마음에 없는 소리." 엄마가 씩 웃었다. "그런 사람이 몇 년 씩이나 애들 태권도 가르쳐? 네 애 낳아봐라. 남의 애들보다 몇 배 더 예쁘지. 다 크면 몸도 마음도 의지되고."

"그래?"

"그럼. 결혼은 몰라도 자식은 꼭 낳아. 얼마나 든든한지."

엄마가 트림을 하자, 연한 수박 냄새가 코끝을 스쳐 갔다.

"뭘 그래?" 나는 투덜댔다. "취직도 못하고, 호랑이 저주 같은 거에나 걸리잖아. 언제는 나 땜에 돈도 못 벌어 이 모양 이 꼴이라더니."

깜짝 놀라서 엄마가 두 눈을 희번덕였다. 그녀는 음료를 바닥에 놓고는 내 팔을 꼬집었다.

"너, 그게 언제 적 얘기야? 10년도 전 얘긴데!" 남부끄러운 듯 엄마가 주변을 두리번거렸다. "화날 땐 무슨 말을 못 해? 그거 다 잊어. 그리고……."

"그리고?"

"돈 없는 건 내 팔자소관이지 너 때문 아냐. 너 없었어도 큰돈 못 벌었대. 산왕산 무당이 전에 그러더라."

범천을 내려다보며 우리는 각각 생각에 빠졌다. 뜨거운 햇살 속에서 갑자기 누군가 라디오를 켠 듯 소란이 일었다. 화려한 색깔의 래쉬가드를 입은 아이들 몇이 상류 쪽 잔디 위에서 폴짝거렸다. 어른들이 우르르 일어나 그쪽을 향해 달렸고, 범천 위, 물살이 감기는 곳에서—입수 금지 구역이었다—허우적거리는 뭔가가 보였다. 그것이 두둥실 떠내려오고 있었다. 여자들의 날카로운 비명을 뚫고, 한 남자가 "119! 119!" 고함쳤다. 누구는 밧줄을 던지라 하고, 또 누구는 밧줄이 없다고 소리쳤다. 그러는 사이 그 허연 뭔가가 하류로 흘러왔다. 아래쪽에서 물놀이하던 아이 서넛이, 부모의 재촉을 받고는 천변을 기어올랐다. 통통한 허벅지며 종아리가 햇살을 받아서 희게 빛났다.

"어머, 애가 빠졌네! 어떡하니? 119 오려면 몇 분 걸릴 텐데!"

엄마가 앉은 채 동동거렸다. 나는 벌떡 일어나 개천을 향해 뛰었다.

"뭐 하게! 너 수영 못하잖아!"

다급한 외침이 두 귀에 꽂혔다. 풍덩. 나는 범천에 몸을 던졌다. 곧바로 손끝이 바닥에 닿았다. 꼬마들이 재밌게 놀 만한 깊이였는데, 패닉에 빠진 아이가 스스로 헤어날 만치 얕지는 않았다. 지금 생각해보면 어떻게 그런 몸짓이 가능했는지 모르겠다. 나는 빈 병처럼 물에 떴고, 잠시 태양을 보면서 눈을 찡그렸다. 그런 다음 늪지에서 먹이가 떠내려올 것을 아는 큰 범처럼 가만히 몸을 숨겼다. 파랗게 질린 아이의 얼굴이 물속으로 쏙 들어갔다가 나왔다. 커다란 눈동자가 나를 본 순간 빙그르 돌면서 흰자를 드러냈다. 나는 습격을 하듯이 턱을 내뻗고 가느다란 목을 왼팔로 감았다. 힘차게 헤엄쳐 천변에 닿았을 때, 주변 남자들이 아이를 잡아 올렸다. 마침 도착한 구급대원들이 입을 벌려서 기도를 확보하고는 심폐소생술을 시작했다. 근처에 몰려든 이들이 날 향해 엄지를 세웠고, 환성을 지르며 박수를 쳐주었다. 오직 한 사람만 내 팔을 꼬집었다. 엄마였다.

정신없는, 잔뜩 흥분한 이들을 남기고 우리는 돌아섰다. 집으로 도착해 샤워를 끝내고 나오니 참기름 냄새가 온 집에 진동했다. 엄마가 주방에 서서 신선한 육회에 통깨를 뿌려댔다.

"우리 태경이 잘했다. 엄마는 자랑스러워. 근데…… 너무 눈에 띄는 일 하지 마라. 그 손 나을 때까지. 응?"

두 눈을 찡긋하면서 엄마가 접시를 식탁에 올렸다. 그녀는 곁에 앉아서 나의 왼손을 불쑥 당겼다.

"이거 좀 뭉툭해진 것 같은데?"

나는 깜짝 놀라서 미간을 찌푸렸다. 정말, 손톱의 길이가 짧아져 있었다. 그게 왜 그토록 아쉬웠을까? 시무룩 풀이 죽었다.


사주카페에 손님이 끊이질 않았다. 하지만 특별히 한 맺힌 영혼은 없어서 심드렁한 채 오후를 맞았다. 불법 토토를 하다 걸려서 경찰에 출두한 사내를 상담하다가 산왕경찰서 뒷문을 보았다. 거기, 한 남자가 서 있었다. 깡마르고, 얼핏 내 또래인 듯 젊은 남자가. 이제는 사람이 서 있는 자세만 보아도 손님이 될지 아닐지 감이 왔다.

"아이고, 당신 두 손에 들쥐 귀신이 붙었네." 나는 마주 앉은 중년 남자를 질책하듯이 말했다. "원래 쥐라는 동물은 죽을 때까지 이빨이 자라. 그래서 뭘 자꾸 갈아대야만 적당한 길이를 유지할 수 있지. 습관이 참 무서워. 지금 걔들은 죽어

이빨이 자랄 일 없는데 뭔가를 긁고 있어. 바로 당신 재산이지. 집에 개 키워?"

"아니요."

남자가 고개를 흔들었다.

"개를 들여!" 나는 과감히 소리쳤다. "그리고 이제 불법 토토가 당길 때마다 그 녀석을 쓰다듬어. 마음이 차분해질 테니."

"쥐가…… 내 손에?"

믿기지 않는 듯 남자가 두 손을 내려다보았다. 내 진짜 손님이 경찰서 후문을 나와 오른쪽으로 방향을 틀었다. 카페에서는 보이지 않는 사각지대에 횡단보도가 있었다. 그것을 건너 조금만 걸으면 사주카페인 것이다. 중년 남자는 골치 아프게 굴지 않았다. 어째서 자기 손에 들쥐 귀신이 붙은 것인지 묻는 대신에 진지한 눈으로 나를 봤다.

"그치만 개라니, 고양이가 아니고요?"

"고양이도 좋지." 나는 답했다. "하지만 그것은 사람 손 타는 걸 싫어하거든. 개들도 쥐를 잘 잡아. 단번에 목을 부러뜨리지. 내 외할아버지의 증언이야. 가급적이면 유기견을 들여. 야생의 본능이 살아 있어서 촉이 좋거든. 매일 두 번씩 산책 꼭 함께 하고. 알았지?"

진짜 영업을 하기 위해, 나는 상담 비용을 받고 남자를 내쫓았다. 마음이 편치는 않았다. 왜냐하면 그 남자 손에는 들쥐의 영혼이 안 붙었으니까. 도박중독은 순전히 환경과 도파민 문제였다. 다만 내 눈에 몇 가지 영상이 보였으니, 그것은 젊은 시절의 남자가 정신과 병동에 드나든 것, 그리고 한강 다리에 한쪽 발을 높이 걸치는 장면이었다.

두 달쯤 영업하며, 나는 사람들이 현실적이고 논리적인 조언 따위를 싫어한다는 걸 알았다. 하긴 그런 얘기를 원할 것 같으면 뭐 하러 점집에 오겠는가. 실의에 빠진 손님과 불운을 나누며, 나는 비로소 내 동료들을—무당, 역술가, 타로술사 등—존중할 수 있었다. 우리 모두는 인생의 갈림길에 놓인 유약하고 예민하면서 겁 많은 이들을 상대하고 있었다. 그것은 사회적으로 아주 중요한 일이다.

중년 남자가 몸을 일으켰다. 그는 들쥐를 보듯 혐오스러운 눈으로 자기 두 손을 내려다봤다. 그렇게 멍하니 자동문을 나서다가 마침 들어온 젊은 남자와 부딪쳤다. 내 진짜 손님이 그를 향해서 고개를 숙였다. 여윈 몸에 낡고 헐렁한 티셔츠 차림으로, 그가 내 앞에 섰다. 지독한 땀 냄새가 카페의 나무 냄새를 모조리 잡아먹었다.

"저……."

말끝을 흐리며, 그가 손님용 의자를 돌아보았다.

"앉으세요."

나는 권하고 얼음물 한 잔을 가져왔다. 자리에 앉아, 남자는 그것을 천천히 비워냈다. 길고 가느다란 목빗근을 타고

126

땀이 한 방울 흘러내렸다.

"무슨 일로? 메뉴판은 여기 있습니다."

나는 코팅된 종이를 내밀었다. 올해의 운세는 만 원, 종합 운세는 3만 원, 궁합 5만 원, 개운開運 상담은 10만 원. 그 아래 붉은색으로 별표가 있고 '치성 및 출장=시가市價'라 적혀 있었다. 음료는 커피, 사이다, 우유가 있고 3만 원 이상 메뉴를 고르면 1회에 한하여 공짜로 서비스되었다. 남자는 메뉴를 한참 보더니 난처한 듯이 관자놀이를 긁었다.

"그 굳이 말하자면…… 개운 상담이라고 할까요?"

남자가 우물댔다. 그의 두 뺨은 병든 닭처럼 말랐고 구강은 조금 돌출됐다. 발음이 불분명해서 알아듣는 게 어려웠다.

"액운타파…… 그 액땜…… 부적을 써도 좋고요. 음료는 사이다로……."

남자가 덧붙였다.

"뭐, 무슨 일인데?"

답답해 울컥 반말이 치고 나왔다. 뒷말을 짧게 끊어도 항의를 받지 않는 게 이 직업의 좋은 점이었다.

"그게…… 제가 회사에 다니는데요. 아니, 다녔는데……. 뭐 대단한 일은 아니지만…… 제가 이런 일 겪게 될 줄은 정말 몰랐고, 하하. 근데 벌써 3년째여서……. 고용노동부에서는 기다려보라고 하고, 경찰에선 이게 고용노동부 일이라 해줄 게 없다고 해서……."

"에잇, 속 터져!"

나는 남자의 손을 끌어당겼다. 손가락 사이로 깍지를 끼었더니 상대의 입에서 "어엇!" 소리가 나왔다. 해쓱한 두 뺨이 발그레 물들었다. 나는 두 눈을 감고 정신을 집중했다. 수많은 닭들, 알들, 병아리들이 보였다. 누런 먼지가 날리는 공간, 묵묵히 서서 일하는 사람들, 그 속에 내 손님의 얼굴이 보였다. 누군가 험악한 말투로 그를 향해서 윽박질렀다.

"글쎄, 기다려보라고! 돈이 없는 걸 어떡해? 자꾸 이런 식으로 고용노동부 쫓아다니면 우리 일 다 끊어진다. 그럼 네놈이 책임질 거야? 인마, 동료들 밥줄까지 끊어놓는다는 걸 알아야지!"

배가 불룩한 60대 남자가 눈알을 희번덕였다. 얼마나 잘 처먹었는지 뺨에도 턱에도 두둑이 살이 붙었다.


"월급을 떼이셨구나?"

내가 말하자 손님의 두 눈이 벌어졌다.

"그, 그걸 어떻게……. 고용노동부에도 가봤어요. 근데 제가 실제 일한 시간이랑 근로계약서에 기재된 시간이 달라서…… 일부 임금만 인정된다고 하더라고요."

남자가 내 눈치를 흘깃 살폈다.

"처음 계약서 쓸 때 그렇게 하자 해서……. 안 그랬어야 하는데, 그땐 아버지 수술 앞두고 있어서 진짜로 일이 급했어요. 3개월 정도는 돈이 잘 나왔는데……. 갑자기 그렇게 모른 체할 줄 몰랐죠."

밀린 급여 1,200만 원 중 남자가 돌려받은 건 63만 원에 불과했다. 임금채권의 소멸시효는 3년이고, 그 이상은 사업주에게 책임을 물릴 수 없도록 돼 있었다. 법은 효율을 추구하니까.

"새로운 직장서 일하느라…… 고용노동부나 경찰서를 찾아다니진 못했어요. 집안일들도 많았고. 어차피 이렇게 된 거…… 할 수 없죠. 다, 다신…… 이런 일 겪기 싫어요. 액운을 떼어낼 부적 한 장만……."

남자가 입을 앙다물었다. 파르르 떠는 그 모습이 감기를 앓는 수탉 같았다.

"부적이라."

나는 손끝으로 탁자를 두드렸다. 남자가 휴대폰 주머니에서 카드 한 장을 꺼냈다. 제기랄, 그 신용카드는 왜 그리 마모됐는지 꼭 주인의 모습을 닮아 있었다. 가엾은 남자의 통장에서 돈 10만 원을 뽑아내는 게 벼룩의 배에서 간을 내먹는 것처럼 치사스러웠다. 마른 콧물을 훌쩍이고, 나는 카드를 받아서 결제했다.

"이게 복채는 복챈데, 부적 값은 아니고 출장 값이에요."


마침 그날은 엄마의 K3를 빌려 타고 출근했다. 전날 늦도록 과음을 한 탓에 숙취에 시달렸던 거다. 두통을 앓으며 조 깅은 마쳤으나 쪽잠이 길어졌다. 지각할 위기에 처한 터라서 별수가 없었다.

머뭇거리는 손님을 이끌고 공영 주차장 쪽으로 걷는데 마음이 싱숭생숭했다. 날씨가 쨍해서 꼭 소풍을 나온 기분이었다. 그러고 보니 내 또래 남자랑 나란히 걷는 게 오랜만이기도 했다.

"이럴 필요는 없어요. 부적 한 장만……."

남자가 허둥댔다.

"가만있어요. 이게 부적보다 더 낫다니까."

나는 손님을 조수석에다 태웠고, 손을 뻗어서 안전벨트를 채워줬다. 다행히 회사가 멀지는 않았다. 산군산업단지 뒤편 산왕산 능선 아래, 그 회사가 있다고 했다. 시내를 벗어나 국도를 달리자 시골 느낌이 물씬 났다. 벼가 자라는 논들과 버려진 밭들. 근처엔 민가도 없어, 까딱 실종이라도 되었다가는 변변한 수사도 못 받고 사건 종결을 당하지 싶었다.

목적지가 가까워질수록 손님의 표정이 굳어졌다. 앙상한 몸에서 어쩌면 그렇게 땀이 솟는지 신기할 지경이었다. 그의 낡은 티셔츠는 겨드랑이와 목 부분이 반원형으로 젖어갔다. 나는 언젠가 보았던 범죄영화의 한 장면을 떠올렸다. 잔혹한 악당이 어여쁜 여자를 양계장 분쇄기 안에 넣어서 닭의 모이로 만드는 것이었다.

"겁먹지 말아요. 오늘 특별히 나쁜 계시는 없었어."

조수석 쪽을 보면서 웃었다. 손님은 웃지 않았다. 여윈 손으로 안전벨트만 꼭 잡아 쥘 뿐이었다.

멀리, 우리의 시야에 큰 건물 몇 채가 들어왔다. 거대한 간판에 '오동통 양계센터'라 적혀 있고, 그 밑에 '건강한 사회를 위한 외길 30년' '정직한 기업' 등 광고 문구가 번듯했다. 기차처럼 길쭉한 건물이 늘어선 걸 보니 대강 따져도 300평 부지는 넘지 싶었다. 문득, 익숙한 악취가 코를 찔렀다. 그것은 산군신도시의 세련된 단독주택에서 큰 개의 숨통을 끊어놨을 때 맡았던 것과 비슷했다.

"무슨 냄새 안 나요?"

내가 묻자, 손님은 고개를 흔들었다.

"확실하네."

나는 액셀을 힘주어 밟았다. 뿌연 먼지를 일으키면서 K3가 주차장 안으로 들어섰다. 말이 주차장이지 황량한 공터로, 근방 1km 안의 건물이라곤 그 양계센터뿐이었다.


"어서 와요. 날 믿으래도?"

손짓해 불러도 남자는 망설였다. 그는 회사 입구에 위치한, 정말로 버스가 다닐까 싶은 정류장 기둥을 붙잡고 서성였다. 그가 도무지 앞장서려고 하질 않아서 나는 내 선글라스를 그에게 씌워줬다.

"자, 가요."

시원스럽게 앞장을 섰다.

"아이, 안 되는데……."

두 발을 구르며 남자가 따라왔다. 양계장 입구엔 차량용 차단기뿐 지키는 사람이 없어, 우리는 아무런 제재도 받지 않고 안으로 들어갔다. 별안간, 머리 위에서 천둥이 치는 듯 커다란 소리가 울려퍼졌다.

"야! 이경춘, 인마 왜 왔어. 또 말썽 부릴 거야?"

"아, 아니에요. 전 그냥…… 따라온 거예요."

남자가 차량용 차단기에 박힌 인터폰 버튼을 꾹 눌렀다. 그는 자신의 결백을 주장하듯, 높은 곳을 향해 두 손을 흔들 었다. 쇠봉에 달린 CCTV와 스피커 등이 그제야 내 눈에 띄 었다.

"따라오다니, 누굴?"

스피커 속의 남자가 말했고 곧이어 삐거덕거리는 소리가 들렸다.

"어서 가요. 여기까지 걸어 나오려면 시간 좀 걸릴 테니 까."

남자가 내 손을 잡아끌었다. 도망을 치려나 싶었는데 뜻밖 에 방역실 쪽으로 데려갔다.

"닭들은 예민해요. 수만 마리가 한 공간 안에 살아서, 몇 마 리만 병에 걸린대도 모조리 살처분입니다."

방역실에서 나온 나에게 그는 방역복과 함께 장화를 내밀었다. 그리고 자신도 방역실로 가 소독을 했다. 나는 남자의 태도가 달라진 것에 놀랐다. 왜일까? 기왕 이렇게 된 거, 한 번 부딪쳐보자고 마음먹었을까? 그가 소독을 끝내고 나오는 것과 동시에 웬 남자 하나가 모습을 드러냈다. 쉰 살쯤으로 보이는 대머리였다.

"경춘이 인마, 너 누굴 데리고 온 거야? 시청 직원? 카메라 없는 걸 보니까 기자는 아닐 테고. 짜식 뭐 어울리지 않게 선글라스를 꼈어, 건방지게."

"시끄럽다. 사장 어딨어? 나오라고 해."

내가 나섰다.

"근데 이…… 새파랗게 젊은 년이 어디서 반말질이야?" 대머리가 발끈했다. "그리고 우리 사장님이 그렇게 한가한 분인 줄 알아? 용건 있으면 떠들고 냉큼 꺼져!"

"말이 안 통하네."

나는 성큼성큼 걸어서 곧바로 보이는 양계장 문을 열었다. 끝에서 끝이 보이지 않을 만큼 긴 공간에 닭들이 빽빽이 들어차 있었다. 참 신기했다. 그렇게 많은, 살아 있는 닭을 보는데 내 호랑이 영혼은 식욕을 느끼지 않았다. 닭들은 서로를 마주 보면서 울었고 알들을 낳아댔다. 내가 잠시 서 있는 동안도 많은 알들이 덱데굴 굴러서 컨베이어벨트로 쏟아졌다. 먼지들 때문에 눈이 빽빽했다. 방역마스크를 끼었음에도 불

구하고 끔찍한 냄새에 속이 울렁였다.

"어딜 함부로 들어가! 나오지 못해?"

훼방을 놓는 대머리 남자를 간단히 밀쳐냈다. 순간, 익숙한 악취가 느껴졌고, 문득 한 영상이 내 눈을 스쳐 갔다. 돌아서, 나는 호랑이 영혼이 이끄는 대로 걸었다. 혼자선 안 되겠다 싶었던지, 대머리 남자가 사무실 쪽으로 뛰어갔다.

"뭐야. 사람들 불러오려나?"

혼잣말처럼 중얼거리니 손님이 곁에서 고개를 끄덕였다. 그는 두 발과 두 손을 모은 채 어깨를 옹송그렸다.

"크기만 하지 공장식이라 일꾼들 별로 없어요. 서너 명이나 올까. 하지만 모두 한 성질 하는 전과자들이라…… 무서워요."

"흥, 난 안 무서워!"

심드렁하게 외치곤 어슬렁어슬렁 걸었다. 눈앞에 색다른 건물 하나가 나타났다. 그것은 유독 층고가 낮았고 면적도 작았다. 나는 다가가 문을 열었다. 위생복 차림의 일꾼 한 명이 놀라서 돌아봤다. 그곳엔 온통 샛노란 병아리뿐이라 순간적으로 기분이 좋았다. 어린 것들이 삐약삐약 노래를 부르며 아장아장 걷거나 서 있었다. 넓고 새카만 컨베이어벨트 위에서. 그리고 그 노란 병아리들은 아래로 후드득 떨어졌다. 빠르게 회전하는 칼날 속으로. 병아리들은 그 즉시 피를 튀기며 으깨졌다. 1초, 어쩌면 0.5초쯤 펄떡거리는 물고기 비늘 모양의 작은 심장을 본 것도 같았다. 더 참지 못하고 나는 문 옆에 구토했다. 점심에 먹었던 음식들이―쯔란을 뿌린 생生 양고기와 레몬을 넣은 탄산수―잘게 부서져 나왔다. 놀란 직 원이 달려와 나를 밀어냈다.

"뭐야! 경춘이가 누구랑 왔다고?"

한 시간쯤 전, 사주카페에 앉아 영상으로 본 그 인물이 배를 내밀며 나타났다. 뺨이며 턱살이 멧돼지처럼 두둑한 60대 중반의 남자였다. 그의 뒤로 방역복 차림의 덩치 큰 청년들 서넛이 따라왔다. 모두 다 험악한 표정을 짓고 있었다. 나는 마스크를 벗어 입가의 더러운 토사물들을 닦았다.

"긴말할 필요 없고, 이 사람 밀린 돈 내놔요. 월급!"

내가 말하자 60대 남자가 주변을 둘러봤다. 호기로운 그 표정이 마치 새로운 도전자를 맞아들인 멧돼지 두목 같았다.

"너 누군데? 경춘이 누나라도 돼?"

사장이 불룩한 배를 내밀었다.

"뭐어? 어딜 봐서 내가 이 사람보다 늙어 보여? 누나라니! 닮지도 않았다고." 신경질이 나 언성을 높였다. "우리는 피 한 방울 안 섞였어! 난 무당이라고."

얘기한 뒤에 약간의 회의감을 느꼈다. 왜냐하면 난 무당이 아니니까. 신神이잖아? 그것도 호랑이인. 하지만 인간들은 스스로 신이라 밝히는 타인을 불신한다. 우습게도 그 신을 섬기는 무당이라면 신뢰하지. 반짝, 사장의 눈이 빛났다. 한쪽 눈썹을 으쓱이면서 그 늙은 남자가 느물댔다.

"3년이 지났잖아. 돈 내줄 의무는 없지. 근로계약서 읽어보라고. 고용노동부에서도 다 끝난 얘기야."

그런 다음, 그가 턱짓을 하자 험악한 표정의 덩치 하나가 움직였다. 그는 방역복 단추를 뜯어내 벗으며 날 향해 다가왔다.

"뭘 보고 섰어? 못생긴 년이."

굵고 짧은 팔로, 사내가 내 가슴을 떠밀었다. 나는 그대로 넘어졌고 바닥에 왼뺨이 쏠려 쓰렸다. 겨드랑이 밑 갈비뼈 몇 개에 뻐근한 통증을 느꼈다.

'큰일이다. 이러다 호랑이로 변신하는 거 아니야?'

몸을 웅크리며 걱정했다. 하지만 어이없게도 몸에는 아무런 변화가 없었다.

'왜 안 변하지? 설마, 밤에만 변하나?'

당황하면서 옆집 남자를 때려눕혔던 그 밤을 회상했다. 호랑이 영혼에 대하여, 나는 약간의 배신감을 느꼈다.

'아니, 그땐 맞자마자 변신해 도와주더니만, 지금은 이렇게 세게 맞았는데도 왜 가만있지? 더구나 뭐? 못생겼다고? 망할, 지는 더 못생긴 게? 내가 얼마나 귀염상인데!'

순간 내 왼손 검지의 손톱이 움찔했다.

'분노를 조심하세요. 특히 억울함에서 싹트는 분노를……'

박수무당의 음산한 말투가 귓가에 울렸다. 아아, 못생겼다는 말이 억울해 호랑이 손톱이 반응을 한 거구나! 그때 깨달았다. 누구의 일을 돕더라도, 그게 온전한 나의 선의여도, 그 일에 완전히 공명해 억울해하지 않으면 호랑이 모드로 변신하지는 않는다. 그럴 땐 나 자신의 힘으로 해결할 수밖에 없다.

'뭐야, 맨주먹으로?'

심장이 철렁했다. 흙투성이가 된 날 보고 이경춘 씨가 뒷걸음질 쳤다. 그의 낯빛은 겁먹어 희게 질렸고, 입에서 가녀린 신음이 새어 나왔다. 그 소리가 덩치들의 구미를 자극한 모양이었다. 만만한 먹잇감을 발견한 듯, 날 밀친 덩치가 이경춘 씨에게 다가갔다.

"그만큼 말을 했으면 알아들어야지. 뭘 주워 처먹겠다고 또 찾아왔어? 이 덜떨어진 병신 새끼야."

덩치가 커다란 주먹을 상대의 명치에 꽂았다. 이경춘 씨는 끔찍한 고통에 비명도 지르지 못한 채 바닥에 구겨졌다. 내 가슴속에서 뜨거운 뭔가가 치솟았다.

"그 사람한테서 손 떼!"

그대로 달려가 뒤돌려차기로 덩치의 목을 찼다. 모랫바닥에 퍽 소리를 내면서 덩치가 쓰러졌다. 그는 작은 눈알을 희번덕거리며 깊은 신음을 흘렸다. 희뿌연 먼지가 공중에 흩날렸다.

"와…… 이게 되네."

좌우로 목을 꺾으며 감탄하는데,

"저년이!"

사장 뒤쪽의 또 다른 덩치가 달려왔다. 나는 재빨리 움직여 태권도 방어 자세를 취했다. 사내는 주먹을 뻗으며 달려왔고 나는 교묘히 물러나 손날목치기로 그의 턱 밑을 후려쳤다. 욱, 소리를 남기고 두 번째 덩치가 쓰러졌다. 사장 뒤에 선 세 번째 덩치가 달려오려다 멈칫했다. 나는 쓰러진 사내, 그러니까 두 번째 덩치의 곁에 쪼그려 앉아서 투박한 손을 잡았다. 잠시 침묵하다가 혀를 찼다.

"생활고에 쌀 훔친 걸로 징역을 살다니…… 너도 참 속상했겠다. 일자리를 준 사장이 고마운 마음은 알지만, 이런 일에 동원돼 사람을 상하게 하면 어떡해? 넌 전과가 있어서 상해죄 형량이 늘어난다고. 더구나 두 명 이상이 공동으로 타인을 때리면 가중처벌의 대상이 돼요. 몰랐지? 이제 알아야 돼. 네가 그렇게 감옥살이를 하면, 연로한 어머닌 누가 돌보겠어?"

당혹해 떨리는 눈으로, 덩치는 사장과 나를 번갈아 보았다. 그의 사정을 다 아는 건지 주변인들의 안색이 달라졌다. 나는 자리를 털고 일어나 사장을 향해 갔다. 그는 뒷걸음질을 쳤으나 뒤에 선 덩치의 몸에 부딪혀 멈추고 말았다.

"당신 말이야, 올곧게 살아." 나는 손가락으로 사장의 어깨를 쿡 찔렀다. "불쌍한 사람들 데려다 헐값에 부려 먹는데, 그러다 3년 내 세상 뜬다? 여기, 어깨에 사람들 원혼이 다닥다닥 붙어 있어. 뿐만 아니야. 병아리 원혼이 산처럼 쌓여서 바닥까지 늘어졌네. 정수리부터 발뒤꿈치까지 작은 산처럼 쌓여, 지금도 쉼 없이 꾸물거린다고."

내 말을 듣고, 사장은 가래를 잔뜩 끌어 올려서 뱉었다.

"어디서 겁박을 해? 누구는 아는 무당 하나도 없는 줄 알아? 나도 다 부적 쓰고, 굿도 해가며 하는 일이라고."

푸훗. 나는 웃었다.

"그렇담 그 무당 가짜네. 당신한테서 굿 값만 빨아먹고는 제 역할 못해주는. 아니라면 원혼이 이렇게 붙어 있을 리 없지. 그도 아니면 굿을 하기가 무섭게 악업을 쌓는 타입인가? 당신, 최근에 병원 다녀왔지? 그게 다 수많은 원혼이 악심을 품어서 그리된 거라고. 많은 사람이 생활 습관이나 유전적 문제로 병을 얻지만, 당신의 경우는 순전히 악행이 그 원인이야."

사장이 고개를 뒤로 젖혔다.

"병원이라니. 무, 무슨 병원?"

음흉스러운 그의 홍채가 실없이 번뜩였다.

"여기서…… 말해도 괜찮은 걸까?"

나는 손가락으로 덩치들을 쭉 훑은 뒤 사장의 가랑이 사이를 가리켰다.

"발기불능. 그게 잘 안 서잖아. 오줌도 질질 흘리고. 아이 지린내!"

콧등을 찡그리며 내가 막 손을 휘젓자 험궂은 인상의 덩치들이 깜짝 놀랐다. 누군가 헛기침을 컥컥 했다. 사장이 일꾼들을 향해 고함을 뻑 질렀다.

"뭐 구경났어? 어서 가 일들 해!"

미련이 남은 듯 힐끔대며 일꾼들이 각자의 위치를 찾아 갔다. 두 눈을 치켜뜨고 사장이 날 향해 핏대를 세웠다.

"그래서 뭐, 어쩌라고?"

"일단 이 사람 밀린 월급 내줘. 당장."

내 뒤에 쪼그려 앉은 손님, 이경춘 씨가 마른침 삼키는 소리가 들렸다. 그는 슬며시 일어나 다가왔다. 새근새근 숨을 내쉬며 내 팔을 붙들었다. 사장은 낭패한 듯이 작은 눈알을 굴렸다.

"그게…… 정말로 돈이 없어. 이번에 공장을 새로 짓고 또 여러 설비를 들이느라고 대출을 잔뜩 받았거든."

심드렁하게 나는 고개를 끄덕였다. 그리고 사장의 투실한 손을 잡았다. 어처구니없는지 사장은 잠깐 그대로 있었다. 그러곤 곧바로 내 손을 털어냈다. 나는 말했다.

"수작질하네. 골프 치고 룸살롱 갈 때만 쓰는 비자금 통장 있잖아. 당장 보내."

그 순간 사장의 낯빛이 달라졌다. 몇 분 후 내 손님, 그러니까 이경춘 씨는 자기 휴대폰 화면을 보면서 두 눈을 자꾸 비볐다. 계좌에 표시된 숫자를 손가락으로 헤아리면서 보고 또 보고 했다.

"이러면 됐지?"

사장이 쏘아댔다. 두 눈에 독기가 어려 있었다.

"되긴 뭐가 돼? 저 병아리들. 당장 기계 꺼."

나는 턱짓으로 작은 건물을 가리켰다. 당황한 얼굴로 사장은 한 팔을 휘저었다.

"그건 안 돼. 손실이 얼마라고!"

날이 더워서 나는 좀 짜증이 났다. 얼른 얘기를 마치고 K3에 올라타 에어컨 바람을 쐬면서 달리고 싶었다.

"저게 다 수평아리라 죽이는 거잖아." 나는 그의 사타구니를 힐끗 봤다. "그 악업이 쌓이고 쌓여서 당신 거기로 간다. 죽일 땐 죽이더라도 원혼이 되게끔 하지는 말아야지."

사장은 난처한 얼굴로 두 손을 저었다.

"그게…… 어쩔 수가 없어. 저놈들 알도 못 낳고, 키우는 데도 암놈들보다 시간이 걸린다고. 보기 흉해서 그렇지, 별거 아니야. 생각보다 금방 죽어. 저것들 사료로 만들면 식물도 쑥쑥 자라고 동물도 쑥쑥 자라고 얼마나 좋게? 여러모로 다 이익이지."

"그, 기계 있잖아요." 갑자기 이경춘 씨가 끼어들었다. "독일에서 개발한 거요. 달걀을 검사해 수평아리 될 것만 골라

내주는 것. 그 기계 쓰면……."

"야 인마, 돈이 얼만데!"

사장이 빽빽 소리를 내질렀다.

"그러지 마."

나는 사장 곁으로 다가갔다. 그리고 노린내 나는 그의 귓가에 빠르게 속닥거렸다.

"병원에서, 늙어서 그러는 거라 그랬지? 남자들 대부분 겪는 일이니 수술하자고. 근데 말이야, 수술이라는 게…… 그것도 운이거든. 의사들이야 물론 최선을 다하지. 하지만 수술을 하다가, 뭔가 알 수 없는 힘에 눌려서 수술실 전원이라도 꺼지면…… 그, 거기가 어떻게 될까? 응?"

"아이 씨팔. 나 진짜 이거 믿기 어려운데 말이야!" 사장이 험한 눈으로 날 노려봤다. "일단, 당신 명함 하나 내놔."

"명함은 없고, 산왕경찰서 뒤편에 내 가게가 있어. 언제든지 와."

"뭐? 경찰서?"

"그래. 산왕경찰서."

나는 고개를 끄덕였다. 숱 많은 머리를 쥐어뜯다가 사장이 입술을 깨물었다.

"그러니까…… 수평아리만 옳게 죽이면 된다는 얘기야?"

"그렇긴 한데, 무당한테 반말 지껄이는 그 나쁜 버릇은 어디서 배웠어? 사업 다 망치고 싶어? 테너로 이태리 유학 간

아들, 귀국 함 시켜볼까?"

"아니……요. 수평아리만…… 그러면 된다는 말입니까?"

굵직한 땀을 닦으며 사장이 내 눈을 쏘아봤다. 나는 흔쾌히 고개를 끄덕거렸다.

"그렇지! 수컷이 수컷으로 태어났다는 그 이유만으로 죽어야 한다면, 그건 억울하잖아. 안 그래? 병아리들이 쪼끄만 미물 같지만, 우리랑 똑같은 우주의 생물이거든. 세상에 아무리 가난한 사람도 투표권 한 장은 갖고 있듯이, 아무리 미물이라도 영혼을 가지고 있는 거야. 그게 나한테 매달려 악령이 되느냐 마느냐는 전적으로 내 하기 달려 있다고."

차가운 에어컨 바람을 쐬며 달리다, 나는 이경춘 씨를 산왕역 근처에 내려줬다. 그는 몇 번이나 고맙다면서 머리를 조아렸다.

"봐요. 부적보다 훨 낫지? 앞으로 용기 내 잘 살아요."

진심을 담아 축복하니, 기뻐서 웃는 손님의 얼굴에 생기가 번졌다. 그가 말했다.

"정말 영험하시네요. '액운타파 사주112'라더니, 진짜 경찰보다 낫습니다!"

늦은 오후. 사주카페로 돌아가 근무시간을 채웠다. 택배 물건이 자꾸만 사라진다는 중년 여자의 하소연을 듣고 CCTV

를 설치하라고 조언해주었다. 실망했는지, 여자는 입술을 삐죽였는데, 윗집 남자는 성질이 더러우니까 함부로 싸우지 말라고 덧붙였더니 두 눈이 커져선 고개를 주억거렸다.

집으로 돌아가, 나는 꼼꼼히 머리를 감고 목욕했다. 칼날에 함부로 으깨진 수평아리들의 사체와 알 낳는 암탉들 모습이 자꾸 떠올랐고, 코끝에 계속 그 역겨운 냄새가 맴돌았다. 저녁이 되어도 입맛이 없어서 빈속에 맥주만 홀짝였다.

"웬일이니? 호랑이도 다이어트를 한다니?"

퇴근한 엄마가 지친 모습으로 거실에 발을 디뎠다.

"그게 아니고. 속 뒤집히는 일이 좀 있었어."

나는 재빨리 TV를 켰다. 혼자일 땐 휴대폰을 보며 시간을 때웠지만 엄마랑 있을 땐 반드시 TV를 켰다. 왠지는 모르겠으나 혼자서 뭔가에 몰입해 웃고 떠들 때면 죄책감이 느껴졌다. 쉴 새 없이 떠들어 시끌벅적한 활력을 제공해야 할 의무가 느껴진달까? 외할아버지가 살아 계실 땐 그렇지 않았는데. 그때는 외할아버지의 콧노래만으로 집 안이 그득 찼다.

저녁을 먹는 엄마 앞에 앉아, 나는 TV 뉴스를 보았다. 마시던 맥주가 갑자기 목에 걸려서 차디찬 액체를 뿜어냈다. 콩나물이며 김치며 굴비구이가 젖어서 엄마가 질색했다. 하지만 매섭게 나를 혼내진 않았다. 때마침 보도된 뉴스가 우리 모녀의 정신을 사로잡았기 때문이었다.

"다음 소식입니다. 지금으로부터 두 달 전, 경기도 산왕시 모처에서 살인사건이 발생했습니다. 사건은 모종의 이유로 뒤늦게 알려졌는데, 최근 국립과학수사연구원에서 나온 검사 결과가 논란이 되고 있습니다. 이민규 기자가 보도합니다."

"네, 이민규입니다. 산왕시에서 타살로 추정되는 사망사건이 있었는데요, CCTV도 없고 증인도 없어서 경찰이 수사에 난항을 겪었습니다. 어렵게 수집한 증거물 1점의 분석 결과가 오늘 나왔는데, 놀랍게도 호랑이 털이었습니다. 다음은 국과수 한충원 과장의 인터뷰입니다."

"그러니까 저희는 과학적 분석 결과를 말씀드릴 뿐입니다. 그것은 시베리아 호랑이 유전인자를 지닌 호랑이의 털로……."

곧 마을 주민의 인터뷰가 이어졌다. 얼굴을 모자이크했지만, 우리는 그가 누군지 알아봤다. 맞은편 빌라 1층에 사는 아저씨. 혜미라는, 내 또래 딸을 키우는 50대 노무사. 기자가 그의 턱 밑에 마이크를 댔다.

"그게 뭐 문제예요? 누가 동물원이래도 다녀왔나 보지."

"그런데 말입니다. 호랑이 털이 발견된 곳은 피해자의 상처였다고 해요. 그런 게 가능할까요? 상식적으로."

"안 될 건 뭐 있어요? 바람에 날리고 그래믄 붙는 거지. 하여간 경찰들 기껏 알아냈대는 게……."

엄마와 나는 이어진 뉴스 꼭지를 한 귀로 듣고 흘렸다. 우리는 서로의 얼굴을 보면서 한참을 침묵했다.

# 6장
# 악취

해 질 무렵, 더위에 염증을 느끼며 카페의 문을 닫았다. 손님은 경찰서 업무 시간에 주로 몰리므로, 늦도록 사주카페를 지킬 필요는 없었다.

나는 집으로 돌아가 찬물로 몸을 씻었다. 엄마 몰래 에어컨을 틀고, 값비싼 흑염소 고기를 씹어 삼키며 더위에 지친 내 호랑이 영혼을 달랬다. 생식 위주의 편식은 설거지 시간을 극단적으로 줄여주었다. 접시와 포크를 씻어 건조대 위에 얹는데 휴대폰 벨이 울렸다.

"집이지? 미용실로 와. 수전 고장이다."

엄마의 말투는 날이 서 있었다. 뭐지? 손님이 염색약 바른 채 기다리기라도 하나? 재빨리 공구를 챙겨서 미애살롱에 갔다.

"뭐야, 염색 손님이 계신 줄."

숨을 헐떡이면서 가게로 들어선 나는 문가에 얼어붙었다. 악취. 양계장 사장과 핏불테리어가 풍겼던 바로 그 냄새기 미용실 안에 가득했다. 나는 긴장한 눈으로 가게를 둘러봤다. 손님은 딱 한 명. 수선집 아줌마가 쇼트커트를 치고 있었다.

'그렇게 안 봤는데, 아줌마 무슨 험한 생각을 하는 거지……' 의심하면서 샴푸대 수전을 두루 살폈다. 복잡한 문제는 아니었다. 부식돼 까닥거리는 수전을 제거한 뒤에 새 것을 설치했다. 그사이 손님이 머리 손질을 마치고 나갔다. 그래도 악취가 사라지지를 않았다. 설마…….

"엄마, 뭐 나쁜 생각해?"

"아이 깜짝이야!"

비질을 하던 엄마가 소스라치면서 가슴에 손을 얹었다. 그 사이, 악취가 거짓말처럼 사라졌다.

"왜? 뭐 보이니?"

당혹해하는 엄마를 보면서 나는 큰 충격을 받았다. 다른 사람도 아니고 내 엄마한테서 그런 악취가 나다니.

"보이진 않고…… 냄새가 나. 음모를 꾸미는 사람들 특유의 비린내 같은 거."

나는 축축이 젖은 수건을 모아 세탁기 안에 넣었다.

"어머!" 엄마가 손뼉을 쳤다. "신들려 그러니? 너 용하다.

나 방금 일건빌라 103호, 그 여자 미워서 못된 생각들 했는데."

그러더니 엄마는 마감할 생각도 않고 손님용 의자에 앉아 한낮의 일화를 들려줬다. 오후 3시쯤 됐을까? 엄마는 아침에 챙겨 간 나물과 달걀부침으로 밥을 비벼서 손님들하고 먹었다. 머리 순서를 기다리는 이웃 중에는 시장에 다녀온 이도 있어, 방울토마토와 자두 조금을 나누어 맛봤다. 신나게 수다를 떨던 중 누군가 반갑게 입을 뗐다.

"참! 규원 엄마는 좋겠다. 이번에 규원이 공무원 붙었잖아. 행정직이라고 했나?"

"응."

고개를 빳빳이 들고 규원 엄마 좀 뻐기데, 라고 엄마가 말했다.

"그 여편네가 이러는 거야. '우리 딸, 엄청 열심히 했거든.'"

그걸 그냥 웃고 넘겼음 좋았을 텐데.

"운이 좋네. 열심히 한다고 다 붙나?"

엄마가 덧붙였다. 그러자 규원 엄마는 경악한 듯이 눈을 치떴다.

"열심히 해서 붙은 거지 운은 무슨 운? 꼭 떨어진 사람들이 그런 말 하더라!"

"그 말을 듣는데 기분이 묘하더라고. 그 여편네, 태경이 네가 3년씩이나 경찰시험에 떨어졌단 걸 알잖아? 아니, 지금은 사주카페로 돈 버는 것도 다 알잖아. '운은 무슨 운' 그러는 게, 날 두 배로 엿 먹이는 거지 뭐야?"

엄마도 흥분해 받아쳤다.

"말 이상하게 하네? 우리 딸은 열심히 안 해서 경찰시험에 떨어졌단 기야, 뭐야?"

거기서 규원 엄마도 분위기를 좀 헤아렸으면 좋았을걸.

"그렇지 뭐야? 머리가 나쁘든가 열심히 안 한 거지." 입술을 삐죽이면서 작은 소리로 덧붙였다. "공부를 3년 했는데. 동네 거지도 붙었겠다."

"뭐어? 거지?"

엄마는 눈이 뒤집혀―그녀의 표현이었다―소매를 걷어 붙였다. 파마 롤을 말고 앉은 손님 등 몇이 두 사람 사이를 막아섰다.

"아이고! 말이 심하네, 규원 엄마."

"그래, 듣자니까 그렇다." 염색 중이던 다른 손님도 끼어들었다. "지금 딸 시험 붙어서 들떴나 본데, 나중에 후회한다? 얼른 집에 가. 찬물 먹고 속 식혀."

동네 사람이 두루 나선 통에 엄마는 화를 낼 명분이 없어졌다. 숨을 씩씩대며 기구를 정리하는데 분해서 속이 끓었다.

"진짜 오래간만에 눈물이 날 것 같더라고." 엄마가 푸념했다. "사람들이 말이야, 잘나갈 때는 다 제가 잘나서 그런 줄 알지? 겸손하지를 못하고. 어디서 내 딸을 후려쳐? 날 무시하는 건 참아도, 내 딸 그러는 거는 못 참는다!"

엄마가 손으로 머리를 쥐어뜯었다.

"그래서 무슨 생각했는데? 규원 엄마에 대해."

나는 바닥에 던져진 빗자루를 집어 머리카락을 쓸었다. 갑자기 표정을 바꾸어 엄마가 낄낄 웃었다.

"다음에 파마하러 오면, 두피에 약을 처발라 오래오래 지지는 생각! 열처리 기계로 아주 그 머리통을……."

"헤에?" 나는 놀라서 허리를 폈다. "큰일 나 엄마. 그 아줌마 피부 엄청 예민한데……!"

맞은편 거울을 통해 엄마가 나를 흘겨봤다.

"야. 누가 진짜 한대? 상상도 못 하니? 보자 보자 하니까, 이게 다 누구 때문인데?"

쑤움. 나는 마른 콧물을 들이켰다. 분위기나 바꿀 겸해서 나도 내 손님 얘기를 조각조각 늘어놓았다.


오후 3시 무렵, 뜨거운 햇살을 뚫고 한 여자가 사주카페로 들어섰다. 기다란 챙이 우아한 모자를 쓰고, 볼륨이 풍성한 장미꽃 무늬 원피스를 입은, 그녀의 정체를 처음엔 알지 못했다. 퍼렇다 못해 잿빛이었던 안색이 환하게 바뀌어 있었다.

"이게 누구야. 몸은 좀 어떠세요?"

반가운 나머지 벌떡 일어났다. 방금 상담을 하고 간 왕따 가해자 놈의 궤변에 지친 터여서 만남이 더 즐거웠다.

"좋아요. 편해졌어요."

여자가 입을 뗐다. 내가 자리를 권하니, 그녀는 불편한 기색도 없이 의자에 사뿐 앉았다.

"실은 지난주에 무리를 했어요. 남편이 해외 출장을 갔고, 저도 새롭게 시작한 일이 있어서…… 두 아이 돌보며 한 며칠 동동댔더니 방광염이 또 도지려 하더라고요. 핫팩을 붙이고 밤새 떨면서 잠을 설쳤는데, 어쩜 슥 넘어간 거 있죠? 의원님이 참 대단해요. 허준의 환생 같아. 난 진짜 한의학 다시 봤다니까? 세상에, 의사가 어쩌면 그렇게 내 말을 다 들어줘? 말투는 또 얼마나 다정한지, 우리 남편보다 훨 낫고요. 뭐…… 한의원 나름이겠지만."

풍부한 표정으로 쏟아낸 손님의 언변이 놀라웠다. 세상에, 이토록 활력 넘치는 사람이었단 말인가? 그땐 곧 쓰러져 죽을 것 같았는데.

"아이는 어때요? 이름이…… 정훈이었죠?"

"어머, 그걸 다 기억하시네." 손님이 즐거워했다. "맞아요. 꽤 좋아져서, 이제는 제법 장난도 친답니다."

"그렇군요. 근데 오늘은 어쩐 일로?"

나는 두 눈을 끔뻑거렸다.

"아. 경찰서에 참고인 조사를 받으러 왔어요."

손님이 말하곤 한숨을 쉬었다.

"왜요? 또 병원…… 무슨 일 있었어요?"

"아니요." 여자가 손을 저었다. "우리 애 물었던 개 있잖아요? 그놈이 죽어서, 피해를 입은 사람들이 죄다 용의자로 몰려 조사를 받고 있답니다."

속으로 뜨끔했지만 나는 표정을 잘 감추었다.

"그래요?"

"네. 그 주인, 보통이 아니거든요. 경찰도 조사를 하긴 하는데 형식적으로 그러는 것 같아."

"왜요?"

비밀을 털어놓는 양, 여자가 창밖을 돌아보았다. 아무도 없는 걸 확인했음에도 언성을 낮추었다.

"글쎄 그 개가, 다른 개한테 물려 죽었나 봐요. CCTV는 마침 고장이라서 소용없고, 물린 자국을 조사해보니까 고양잇과 들짐승 같다나? 근데 그 송아지만 한 개를 물어서 죽일 고양잇과 동물을, 보통 사람이 어떻게 키워요? 안 그래요?"

"그렇죠."

나는 고개를 끄덕였다. 한심하다는 듯 여자가 코웃음을 쳤다.

"고양잇과 동물이라니. 호랑이가 돌아다니는 세상도 아니고. 나 진짜 그 주인 속을 알 수가 없어요. 자기 개가 남의 집 귀한 애 다치게 한 건 괜찮고, 남이 자기 개 죽게 한 거는 그렇게 속이 상할까요?"

여자는 들고 온 종이 가방을 탁자에 올려놓았다.

"큰애는 친정에 맡겨놨고, 어린이집으로 작은애 픽업 가려고요. 산왕 시내 일등 명장이 하는 빵집인데, 맛이나 보세요. 케이크, 드시죠?"

"그럼요!"

나는 반가워하며 종이 가방을 받았다. 밀가루를 마지막으로 먹은 게 언제인지도 잊었지만, 엄마가 좋아할 것이 분명했다. 손님은 가뿐히 일어났다. 자동문 앞에서 버튼을 누르다 멈칫 내 쪽을 돌아봤다.

"어쩜 그렇게 용한지…… 아파트 단지에 소문냈어요. 실은, 시간 아끼려 우리 아파트 상가의 한의원에도 갔거든. 근데 선생님 침놓는 실력이며 간호사들 노련함이며 상대가 안 되더라고요."

"아, 그랬구나."

억지로 웃으며 고개를 끄덕였다. 용하다니, 내 얘기인 줄 알았더니만 한의원 얘기였어? 어쨌거나, 우리 동네 한의원이 신도시 한의원보다 낫다니 자랑스러운 일이겠지. 한 손을 입가에 얹고, 손님이 나의 귓가에 속닥였다.

"그때 여기 안 왔음…… 어찌 됐을까 몰라요. 방광염 극에 달해서 괴로울 때, 아파트 베란다에서…… 무서운 생각…… 나 했었어요."

손님의 눈가가 붉어졌다.

"별말씀을. 다 의원님 덕분이죠."

활짝 웃으며 콧등을 찡긋했다. 따뜻한 손을 뻗어와, 손님이
내 손을 꽉 잡고 흔들었다.

"고맙습니다. 정말 감사해요."

그녀는 깊숙이 고개를 숙였다.


"그러면 이제 몇 명 남은 거니? 목공소 부부에 양계장 총
각 그리고 방광염 손님까지…… 100명에서 4를 빼면, 아흔여
섯?"

미용실 문을 잠그고, 엄마가 돌아섰다.

"그렇다고 할 수 있지."

'에헴' 소리를 내며 나는 어깨를 으쓱였다. 나 자신이 조금
더 나은 사람, 세상에 꼭 필요한 존재가 된 것 같았다. 우리는
어두운 오르막길을 함께 걸었다.

"잘됐다. 빨리 사람 돼 편하게 살아야지. 언제까지 이렇게
마음 졸일 거야? 네 얘기 들어보니, 호랑이 귀신도 금세 야
코가 죽겠다. 오늘 일만 해도 그렇지. 따지고 보면 너도 다 할
수 있었던 일 아니냐?"

허리를 구부린 채로 엄마가 걸음을 재촉했다. 나는 눈살을
찌푸렸다.

"그런가?"

"그럼."

엄마가 힘겹게 허리를 폈다. 우리는 모퉁이를 돌아 평평한

골목에 들어섰다.

"생각해봐. 그 방광염 손님을 한의원 데려간 게, 꼭 호랑이 귀신이 나서야 할 일이냐? 양계장 청년 도와준 것도 그래. 네가 점집 아니라 심부름센터를 운영했어도 충분히 해결했지."

나는 꽤 기분이 나빠졌다.

"하지만…… 그 목공소 아저씰 생각해봐. 내가 사주카페를 안 차렸으면 어떻게 됐게? 또 그 수평아리들은?"

"그래. 그거는 그렇네."

웬일로 내 말에 동의하면서 엄마가 등짝을 토닥여주었다. 그녀는 어둠 속에서 스마트폰을 꺼내 사진 하나를 보여줬다.

"빨간 지붕 집 막냇동생이래. 어때? 타일 기술자란다. 89년생이니까 뱀띠. 나이는 너보다 여덟 살 많은데, 자기 동네를 꽉 잡고 있어서 돈 많이 번다고 해."

"무슨 소리야? 이건 어쩌고."

집 앞에 다다라 나는 내 왼손 검지를 내밀었다. 대문을 열면서 엄마가 못 본 체 고개 돌렸다.

"손이야 가리면 되지. 일단 만나봐. 사귀는 중에 멀쩡해질 줄 또 아니?"

우리는 좁은 마당을 지나 집으로 들어섰다. 벽이며 천장을 장식한 미국산 소나무 판자가 달구어졌다가 식으며 쿰쿰한 냄새를 뿜어냈다. 창문을 열고 선풍기들을 돌리라고 한 뒤 엄마가 먼저 욕실로 갔다. 나는 냉장고에서 차가운 맥주를 꺼내 식탁 앞 의자에 앉았다.

'그럴지도 몰라.'

단순한 생각이 머릿속에 차올랐다. 엄마 말이 맞다. 사람을 돕는 건 호랑이 기운처럼 대단한 것이 아니라, 그저 약간의 오지랖이나 사고방식의 전환 아닐까? 언젠가 96명의 한을 풀어주고 온전한 사람이 되면, 그때 내 인생이 어떻게 변할지 상상해보았다. 그러면 나는 답답한 붕대 따위를 감지 않고서 어디든 다니겠지. 괜찮은 남자랑 데이트 같은 걸 할 수 있을지 모른다. 하지만…… 그것이 내가 원하는 전부인가? 누구든 나의 정체를 의심치 않는 게? 아무런 힘 없는 평범한 1인으로서 세상을 살아가는 게? 그렇지는 않지. 나는 손 안의 깡통을 우그러뜨렸다.

"지금이 좋아. 호랑이 기운을 느끼는 특별한 시간들이. 평범한 사람 같은 건 되고 싶지가 않다고!"

깊은 밤, 대나무 매트에 엎드려 몸의 열기를 식혔다. 『20대에 꼭 읽어야 할 주역周易으로 돈 벌기』를 재밌게 보고 있는데, 산왕태권도 관장님에게 전화가 걸려왔다. 급한 알바가 필요한가? 아니면 또 경호원 일을 제의하시려나? 궁금해하면서 전화를 받았다.

"네, 관장님. 태경입니다."

"어, 그래. 경아……."

잔뜩 꼬여서 늘어진 목소리. 나는 긴장해 몸을 일으켰다. 스피커 너머로 쌉쌀한 소주 냄새가 풍겨오는 것 같았다.

"너…… 요전에 애 하나 구했담서? 범천에서."

관장님이 말했다. 아이, 또 뭐라고. 나는 배시시 웃으며 어깨를 흔들었다.

"별거 아니에요."

칭찬해주려고 전화를 하시다니. 휴대폰으로 영상을 찍는 사람들 몇 명 봤는데, 관장님 지인이었나?

"근데 그 티샤쓰…… 꼭 입어야 쓰겄냐?"

꼬인 발음이 더욱 늘어졌다.

"셔츠? 무슨 티셔츠요?"

"응. 그거…… 우리 태권도장 유니포옴. 호랑이 낯짝 그려진 것."

그제야 무슨 말인지 이해됐다. 멋지고 편한 면 티. 긴팔과 반팔이 넉넉히 있어 사계절 즐겼던 옷. 그런데 그게 뭐 어떻단 말이지?

"저그…… 말들이 많애."

스피커 너머로 한숨 소리가 들렸다.

"무슨 말이요?"

"알겄지만, 이 동네가 넓은 것 같아도 좁다. 오질라게 복잡하기만 허고."

"……"

"경이, 너. 산왕역 뒷골목에 점집 차렸다매?"

얼굴이 홧홧해졌다. 점집이 아니라 사주카페라고, 정정하려다 참았다.

"동네 학부모들이…… 좀 그래. 태권도장에서 무당을 키우느냐고…… 자기 애들도 무당 물드는 거 아니냐고……."

"아아, 안 입을게요. 그냥 편해서. 생각이 짧았어요."

재깍 대답했다. 모래 폭풍이 이는 것같이 대단한 소음이 스피커에서 들려왔다. 관장님이 휴대폰에다 입을 대고는 한숨 쉰 모양이었다. 깨끗이 씻은 겨드랑이에서 땀이 솟아나 두 팔꿈치를 들었다. 새처럼 날갯짓했다.

"에휴…… 미안하다."

"아니에요, 괜찮아요."

"괜찮기는 인마, 뭣이가 괜찮아!"

불쑥 소리치고 관장님은 전화를 끊었다. 나는 재빨리 휴대폰 전원을 끈 뒤에 대나무 매트에 몸을 굴렸다. 내 체열이 데워놓지 않은 시원한 쪽을 향해.


새벽부터 비가 내렸다. 올여름 들어서 첫 번째 장마였다. 오전 10시 30분. 나는 공영 주차장에다 K3를 세우고 장우산을 폈다. 무더위는 한풀 꺾였으나 습기가 대단했다. 얼른 카페에 들어가 에어컨을 켜야지, 그리고 뽀송한 바람을 쐬며 커피를 마실 거야. 바쁘게 걸음을 재촉하는데 카페 앞에 한

무리의 사람이 보였다. 굵은 빗줄기가 제법 퍼붓건만, 그들은 서성이면서 거리를 좌우로 살피고 있었다.

"아, 오셨네!"

"내가 첫 번째요."

"니는 두 번째."

들떠서 웅성거렸다.

"전부…… 사주카페에?"

다가가 물으니, 여러 사람이 반가운 얼굴로 고개를 끄덕였다.

"영업시간 좀 당기셔!"

누군가 소리쳤다.

"맞아요. 적어도 경찰서 문 여는 시간엔 맞춰야지."

또 다른 누군가 맞장구쳤다.

"뭐 필요한 거 없어? 탁자든 의자든 고장 나거든 말해. 거저 손봐줄게."

출입문을 열고, 가구수리점 사장이 빼꼼 나왔다. 우산도 들지 않고 손에 든 뭔가를 내미는데, 빨간 바구니에 든 포도였다. 어리둥절해하며 나는 그것을 향해 손을 뻗었다.

"손님들, 밖에서 기다리시기 뭣하면 우리 가게로 모셔도 좋아. 이것저것들 구경하셔도 괜찮아."

그는 말하고 자기 가게로 들어갔다. 나는 주위를 둘러보았다. 상황 판단을 할 것도 없었다. 목청을 가다듬고서 크게 소리쳤다.

"들으셨죠? 구경들 하세요. 1번 손님은 오시고."

말하자면, 내 사업은 바람을 탔다. 새로 온 손님의 입에서
우리 카페를 먼저 거쳐 간 손님들 얘기가 나왔다.

"정말 잘 맞힌다 하대요."

"용하다면서요? 병이 싹 나았다던데!"

"막힌 재운이 뻥 뚫렸다면서······."

진실에 과장이 섞인 간증이 수많은 사람의 귀와 입을 탔
다. 난 내가 짧은 기간에 이만큼 큰돈을 벌 수 있을지 몰랐다.
경찰이 되었더라면 꼬박 세 달은 모아야 했을 금액이 한 달
만에 싹 벌렸다. 한 가지 고민이라면, 한 맺힌 손님의 방문이
드물다는 것. 나는 크고 튼튼한 의자에 앉아 박수무당의 둥
근 얼굴을 떠올렸다. 이런 식이라면 폐업을 하기까지는 시간
이 걸리지 않을까? 3년. 어쩌면 5년. 하지만······ 그게 꼭 나
쁜 일이겠어? 내 안의 호랑이 영혼이 빙긋 웃었다. 그러면 우
리는 그만큼 오랜 시간을 함께 지낼 수 있잖아.

'다행이다. 경찰이 되지 않아서.'

손님이 썰물처럼 빠져나간 오후, 산왕경찰서 뒷문을 보면
서 생각했다. 세상에, 그게 다 무슨 말이야? 나는 스스로에게
물었다. 그토록 오랜 시간을 경찰이 되려 애써놓고. 시험에

탈락할 때마다 죽고 싶다고, 경찰이 아닌 오태경 인생은 의미가 없다며 펑펑 울어놓고.

역시, 사람은 뭐든지 경험을 해봐야 안다. 죄를 짓고 경찰서에 출두한 뒤, 처벌받으리라는 전망에 격노하면서 '액운타파 사주112' 카페로 찾아든 이들을 만나, 난 내가 얼마나 순진한 철부지였는지 깨달았다.

만약 내가 시험에 통과해 어느 경찰서 혹은 지구대에 배치되고, 이 노상 방뇨꾼, 장애인 폭행범, 보이스 피싱 사기꾼 등을 만났더라면 어땠을까? 근무한 지 3개월도 못 되어 인간 혐오에 빠졌겠지. 내가 반드시 법적 테두리 안에서 해결해야 하고, 내키는 대로 누구를 욕했다가는 징계를 받는 환경에 있었다면 엄청난 스트레스를 받았을 것이다. 너무나 몸이 아파 마침내 환청을 듣게 된 환자의 사정을 헤아려줄 순 없었겠지. 떼인 월급을 못 받아 괴로워하는 청년을 돕기 위해 내 근무시간을 바칠 수 있었을까? 산 채로 다져져 비료가 되는 수평아리라니, 경찰이 그걸 뭐, 어쩌라고.

하지만 운 좋게 사주카페를 열어 나는 내 의지대로 움직였다. 누구의 허가도 없이 출장을 나가고, 불의를 바로잡고, 나쁜 놈들을 향해서 저주를 퍼부었다. 그런 짓을 해도 무시무시한 민원 폭탄을 던지는 이가 없었다. 아니 던져도, 대체 누가 그것을 받아준다는 말인가. 설마, 내 호랑이 영혼이?

늦은 오후. 손님이 뜸할 때 도시락으로 허기를 채웠다. 얇게 저민 토끼 생고기에 레몬즙을 뿌려 간단히. 비가 너무 많이 내려서 통유리창이 뿌옇게 변했다. 빗물이 창가에 폭포수처럼 부딪혀, 도로며 경찰서 뒷문이 뭉개져 보였다.

바람 소리인가? 아니면 전철 지나는 소리? 나의 두 귀가 쫑긋 섰다. 가만, 귀가 서다니. 무슨 애니메이션도 아니고. 나는 손으로 귀를 만졌다. 주짓수를 익히느라고 함부로 뭉개진 귓바퀴들이 수제비처럼 얇아져 있었다. 그때 또 소리, 누군가 흐느끼는 게 들렸고, 나는 내 귀가 아주 짧고 보송한 털로 뒤덮여가는 걸 알았다.

"뭐야? 왜 변하는 거지?"

벌떡 일어나 파티션 뒤로 갔다. 커다란 거울을 들여다보니, 귀의 위치는 그대로인데 모양이 달라졌다. 그것은 조가비처럼 동그랗고, 털로—안쪽은 하얗고 뒤쪽은 황갈색—촘촘히 뒤덮여 있었다.

"왜 이러지? 나 억울한 생각 안 했는데. 상처 안 받았는데? 아니…… 내가 모르고 있나? 무엇이 상처인지를?"

당황한 손길로 묶었던 머리를 풀었다. 머리끈에 눌린 자국은 물을 발라 펴며 최대한 귀를 가렸다. 그러는 사이, 청력은 기가 막히게 좋아져 흐느낌 소리가 더욱 커졌다. 찰박찰박. 누군가 구둣발로 물길을 차는 소리가 들렸고, 물고기 모양 풍경이 흔들리면서 자동문이 쓱 열렸다. 퍼붓는 빗소리가 얼마나 대단한지 귀가 다 멍멍했다.

"저…… 계세요?"

누군가 물어왔다. 아니, 흐느꼈다. 나는 파티션 뒤에서 슬그머니 눈을 내밀었다. 상반신을 제외한 모든 부분이 쫄딱 젖어, 한 여자가 떨며 서 있었다. 가려린 목선 아래 보트넥 티셔츠를 입어 나란한 쇄골이 돋보였다. 카페의 조명이 몇 배로 밝아진 듯한 착각이 일었다.

'와…… 인형 아니야?'

그런 생각을 하면서 마른 수건을 찾아 건넸다. 여중 여고를 다니며 예쁜 애들을 여럿 봤지만, 이런 수준의 미인은 본 적이 없었다. 수건을 건네주는데 나도 모르게 두 뺨이 실룩였다. 이 여자, 울고 있는데 예쁘잖아. 그렇다면 웃고 있을 땐 얼마나 더 예쁠까?

"앉으세요."

머리카락으로 귀를 가리고, 나는 의자에 걸터앉았다.

"아니, 뭐 울 일이 있어? 그런 얼굴로. 울려면 내가 울어야지."

웃자고 한 말인데, 여자가 탁자 위로 와락 엎어졌다. 한 번 터진 울음은 그칠 줄 모르고 빗소리 속에 뭉개졌다. 나는 티슈를 상자째 건네주었다. 그것을 받는 여자의 흰 손이 발발 떨렸다.

"어떻게…… 떼낼 수 없을까요? 제발……."

밑도 끝도 없이 읍소했다.

'뭘 떼어내. 또 귀신 얘긴가?'

궁리를 하는데 두 귀가 쫑긋 섰다. 제기랄. 후닥닥 손을 올려서 귀를 가렸다.

"보살님도…… 듣기 싫으세요? 제 말."

발갛게 젖은 눈망울이 흔들렸다. 상처받은 그 표정이 또 그렇게 예쁠 일인가 싶었다.

"그게 아니고."

나는 자연스럽게 손을 내렸다.

"저…… 이게 중요한 문제는 아닐 텐데, 난 보살이 아니거든. 보살은…… 불교 용어야. '나무 관세음보살' 할 때 그 보살이지."

나는 틈틈이 읽어온 무속 서적 속 지식을 늘어놓았다. 내가 보살인지 호랑이인지가 이 여자에게 중요할 리는 없지만, 나에겐 중요하니까.

"그럼…… 뭐라고 불러요?"

여자가 훌쩍였다. 아차 싶었다. 전생에 호랑이였다고 밝히는 것이 현명한 일일까? 그게 어느 날 깨어나 사람들의 숨겨진 운명이 보인다 말하는 것이? 역시, 그렇진 않겠지. 그걸 알면서도 나는 손님 앞에서 특별한 면모를 드러내고만 싶었다. 이 대단한 미인이 오래 기억할 만한 인상을 남기고 싶어서. 아무래도 내 호랑이 영혼은 수컷인 모양이었다. 나는 서랍을 열어서 노트와 펜을 꺼냈다.

"무당……이라고 해야겠지. 이게 한자를 풀면……." 나는 종이에 무巫 자를 거꾸로 썼다. "하늘과 땅의 이치를 연결해 준다는 뜻이야."

삼색 볼펜의 빨강을 켜서 하늘과 땅을 뜻하는 두 선을 덧칠했다.

"그럼……." 여자가 티슈로 코를 풀었다. "여기 이거는 뭐예요? '사람 인人' 자가 두 개 있는데."

나는 오른손 검지로 人 하나를 가리켰다.

"이건 나야. 그리고 이건 당신."

나는 펜을 꼭 쥐고 두 사람 사이의 기둥을 덧칠했다.

"여기, 이 벽에 가로막혀서 답답해 울고 있지. 무당이란, 그 벽 너머로 손을 건네어 붙잡고 오도록 돕는 자야."

내가 탁자 너머로 손을 뻗자, 손님은 망설였다. 그러나 곧 자신의 한 손을 내 손 위에다 얹었다. 어떤 영상이 나의 눈앞을 빠르게 스쳐 갔다.

커다란 음악 소리가 귀청을 때렸다. 두둠두둠칫. 빠르고 기분 좋은 템포. 현란한 조명 속에서 한 남자가 춤을 췄다. 왼쪽 눈썹 끝에 사마귀가 있고 키가 큰 미남. 동작이 크지는 않았다. 적당히 세련된 성격을 어필하는 듯 은밀히 움직였다. 탄탄한 가슴 위 명품 브랜드 로고가 보이는 셔츠를 입었다. 남자는 웃으며 나를, 아니 내 손님을 봤다. 가까이 다가와 몸을 부비고 그 남자가 나, 아니 내 손님에게 키스를 하는 바람에 놀라서 손이 떨렸다. 장소가 갑자기 모텔로 바뀌더니만 두 남녀가 격렬히 서로를 탐하는 장면이 보였다. 나와 내 호랑이 영혼은 이 직업에 대하여 색다른 차원의 호감을 느꼈다.

장면이 또 한 번 바뀌고, 두 남녀가 투덕거렸다. 여자는 헤어지기를, 남자는 계속 만나길 원하고 있었다. 거리에서, 여자가 돌아섰고 남자가 커다란 손으로 가녀린 팔을 잡았다. 낯을 찌푸리면서 여자가 뿌리치는데, 상대는 놓지 않았다. 여자가 다른 손으로 남자의 뺨을 쳤다. 그러자 남자도 놀던 손으로 여자의 목을 쥐었다. 마구 흔들었다. 나는 놀라서 눈을 떴다.

"이런 쳐 죽일 놈이 있나!"

손님의 두 눈이 휘둥그레졌다.

"뭐, 뭐예요? 저, 말 한 마디도 안 했는데……."

어여쁜 얼굴 너머로 산왕경찰서 뒷문이 보였다. 빗물을 모두 쥐어짠 구름들이 파란색 하늘에 점점이 흩어졌다.

"떼내고 싶단 게 그놈이군? 왼쪽 눈썹 끝에 사마귀가 있는 남자."

내가 말하자 손님의 눈물이 뚝 그쳤다.

"정말이구나…… 진짜 잘 맞힌다더니." 새하얀 손으로 입을 가렸다. "어쩌면 좋을지 모르겠어요. 벌써 1년째, 수없이 전화를 걸고 문자를 남기고요, 집이랑 직장에 찾아와요. 부모님이랑 여동생 번호는 어떻게 알았는지, 내가 전화를 안 받을 때면 입에 못 담을 욕설 문자를 보내요. 스토킹으로 신고하고, 접근금지도 신청했고, 끝내는 재판정까지 갔지만."

손님이 또다시 격렬히 흐느꼈다.

"집행유예래요! 반성하고 있다고……. 죄질이 불량하지만 별다른 범죄 이력이 없는 초범이라며…… 그런 사람한테는 기회를 줘야 한대요. 망할 그 판사 년이!"

갑자기 여자가 고개를 쳐들었다. 목에 핏대를 세우며 작은 손으로 탁자를 쳤다.

"그렇게 판결 나면! 경찰이 해줄 게 없대요. 지금도 법원에 접근금지 신청하고, 경찰서 방문해 신변보호 요청을 했는데, 접근금지명령 어겨봤댔자 벌금 500만 원……. 그 사람 부자도 아닌데…… 대출받아서 벌금 내요. 오히려 저 땜에 빚쟁이 됐다고 책임지라고 나오는데…… 진짜 미칠 것 같아요. 아니, 죽을 것 같아요. 제발 도와주세요. 이 남자 떨어뜨릴 부적 같은 거 한 장만……!"

탁자 위로 무너져 여자가 또 한참 흐느꼈다. 문득, 이 여자한테는 여기가 마지막이라는 감이 왔다. 경찰과 사법시스템 모두로부터 외면을 당했기에……. 그녀는 지금 비바람 치는 벼랑에 혼자 서 있는 것이다. 나는 가만히 손님의 어깨를 다독였다.

"사람들이, 걸핏하면 부적 부적 그러는데, 그게 다 저승세계에 보내는 문서거든. '이만저만하니 저승 소속 누구를 잘 관리하시오' 하는 공문서 같은 건데, 죽은 사람한테나 통할까 산 사람한텐 소용없어. 일어나요. 함께 현장을 살핍시다."

아스팔트가 멀끔히 말라붙었다. 몇 시간 전까지 폭우가 쏟아졌다는 게 꿈속의 일만 같았다. 나는 원룸 건물의 좁은 주차장에 K3를 세우고 에어컨을 켰다. 핸들에 턱을 얹고 골목을 오가는 사람을 구경했다. 조수석 글러브 박스에서 챙 모자를 꺼내 쓰고 이따금 손을 넣어서 두 귀를 만지작거렸다. 그것은 여전히 보드라웠다.

미녀 손님이 사는 동네는 우리 산달동과 분위기가 엇비슷했다. 다만 지리적으로는 신도시와 더 가깝고 평지에 있었다. 낡은 다세대 건물은 거의 헐렸고, 깔끔한 분위기의 원룸이 많았다. 내 손님이 사는 '소담하우스'도 그중 하나였다. 규석으로 장식된 공동 현관에서 세련된 멋이 났다. 주차장 한쪽엔 주민들이 이용할 수 있는 택배함까지 갖춰져 있었다.

"사람들이 잘 모르는데…… 공동 현관으로 들어서는 것 자체가 주거침입이에요."

두어 시간 전, 손님은 나에게 건물의 내부구조와 주변 지리를 알려줬다.

"벌금이 500만 원인데 겁나지 않나 봐요. 경찰도 불러봤지만, 그가 순순히 자기 행동을 시인했다면서 풀어주더라고요. 도대체 그게 무슨 말인지. 남의 집 물건 훔친 걸 인정했다고 도둑을 풀어주나요? 그게 말이 돼요? 그러고 나면 다시 찾아와 너 뻔뻔하게 굴어요. 네 덕에 호적에 빨간 줄 그어보자며, 그렇게 되면 널 가만히 둘 줄 아냐며……. 화도 내보고 달래도 보고 울어도 봤는데 전부 안 통해요. 그냥 자기랑 만나래요. 근데 생각해보세요. 그런 남자랑 어떻게 다시 만나요? 본가로 도망갈 생각도 해봤지만, 그러면 가족들 다 힘드니까……."

나는 훌쩍거리는 손님을 다독여 집으로 들여보냈다.

"설마, 이렇게 끝이에요?"

황당한 눈으로 여자가 나를 보았다. 더위와 습기 때문에 나는 좀 얼굴을 찌푸렸다.

"상황 알았으니까 됐어요. 남자 얼굴도 알고. 여기서 치성을 드릴게요. 효험이 있기를 바랍시다."

"치성이라니…… 그거 언제쯤부터 효력이 발생해요? 당장 오늘이라도 그 남자 찾아오면 전 어떡하죠?"

"어, 그러면……."

공동 현관 앞에서 나는 좀 망설였다. 그 남자가 오늘 꼭 찾아오리라는 보장은 없었다. 내가 24시간 이 집을 지킬 수도 없는 노릇이고.

"경찰을 불러요. 그 후엔 날 부르고."

손님의 얼굴에 실망한 기색이 역력했다. 그녀는 지갑에서 5만 원짜리 두 장을 꺼내어 나에게 치성비 조로 줬다. 주차된 K3로 돌아와, 나는 계단참 창문을 보았다. 그녀는 202호에 살고 있었다.

좀이 쑤셔서 두 팔을 꺾어 스트레칭을 했다. 허기가 느껴져 챙겨 온 육포를 씹어 삼켰다. 저녁 6시 이후로 골목을 오가는 사람의 수가 늘었다. 교복을 입은 학생 하나가 휴대폰을 보며 지나갔다. 잠시 후, 후줄근한 정장 차림의 중년 남자도 휴대폰을 보며 느리게 걸어갔다. 나도 내 스마트폰을 꺼내 이것저것을 들여다보고픈 충동을 느꼈다. 뭔가 엄청 재밌는 것들이 그 속에 있을 듯했고―언제나 실망하고 또 기억에 남는 거라곤 없지만―나 혼자 고립된 것 같은 불안이 덮쳐왔다. 하지만 지금 넌 잠복 중이잖아? 내 안의 호랑이 영혼이 일침을 날려왔다.

문득 맵고 톡 쏘는 악취가 느껴져 코를 킁킁댔다. 그것은 처음 맡아본 종류의 악취라 흥미가 일었다. 소담하우스 건물 맞은편에, 바로 그 냄새 유발자가 서 있었다. 그는 머리끝부터 발끝까지 명품 브랜드로 멋을 냈고 키가 제법 컸다. 누가 보아도 20대였으며, 왼쪽 눈썹 끝에 사마귀 하나가 있었다.

"어떻게 알아내는지 모르겠어요. 공동 현관 비밀번호, 엄청 자주 바꾸거든요."

손님은 얘기했었다. 나는 남자가 어떻게 현관의 문을 여는지 봤다. 그는 담배를 입에 물고 스마트폰을 보는 체 건물 주변을 서성이다, 현관에 들어선 사람을 은밀히 촬영했다. 어떤 주민은 손이나 가방을 들어 번호판을 가렸지만, 어떤 주민은 조심성 없이 번호판을 눌러댔다.

"오, 삼, 일, 육!"

남자가 조용히 콧노래를 흥얼댔다. 그는 망설임 없이 번호를 누르고 건물로 들어갔다. 난 그냥 차에 있었다. 아직은 아무런 사건도 안 생겼으니까. 게다가 이 정도 일로 경찰에 신고했다간─손님의 말마따나─효과도 없을 거였다. 비록 여섯 번 탈락했지만, 나는 경찰 지망생으로서 형법 좀 읽어댔다. 경찰로 근무하는 지인들의 경험담도 꽤나 들었다. 누군가 겁먹고 흥분했다는, 단지 그러한 이유로 또 다른 자유 시민을 처벌할 수는 없는 것이다. 그것이 우리 법이다.

나는 차에서 내렸고, 계단참의 창문을 통해 상황을 지켜봤다. 해가 지면서 내 눈의 시력도 차차로 좋아졌다. 남자가 202호의 벨을 누르고 천장 한구석을 쳐다봤다. 아마도 CCTV겠지. 그는 뭐라고 소리치더니 주먹으로 문을 쳤다. 굵은 팔뚝에 핏줄이 붉거졌다.

"열지 마. 경찰에 신고해."

나는 중얼댔다. 아무리 실효성이 떨어진다 해도 경찰에 지속적으로 신고하는 건 중요하다.

"수사라는 건 말이지, 기록 싸움이니까."

언젠가 들었던 인터넷 강의에서 형법 강사는 말했다.

경찰에 신고는 마친 걸까? 내 손님이 202호의 문을 열었다. 하지만 내게는 연락이 오지 않았는데……. 나는 울리지 않는 휴대폰 화면을 본 뒤에 주머니 속에 넣었다. 계단참에 난 창문 안에서, 내 손님은 울고 있었다. 뭐라고 소리 지르는, 그 예쁜 얼굴이 공포로 물들었다. 남자가 고개를 흔들며 빈 정거리는 표정을 지었다. 내 손님은 두 손을 모아서 빌기 시작했다. 문득 엉뚱한 생각이 들었다. 만약 내가 독립을 한다면 이 건물에 세를 들어야겠다는 것이었다. 얼마나 건물을 튼튼히 잘 지었는지 방음이 기가 막혔다.

'뭐라는 거야? 젠장.'

궁금해 속이 타니까 두 귀가 쫑긋 섰다. 동네 사람들이 각자의 집에서 빚어낸 소음들, 그 다양한 짜증과 분노가 내 귀로 밀려왔다. 찌릿한 고통에 놀라 나는 손으로 귀를 막았다. 마치 안테나가 특정한 전파를 수신하듯, 내 손님의 슬픈 목소리가 그 모든 소음들 사이로 올라왔다.

"이러지 마. 부탁이야. 그냥 가줘!"

남자가 비웃었다.

"싫어! 난 너를 사랑한다고."

그가 내 손님의 어깨를 안으며 집으로 들어갔다. 비명을 지르면서 여자는 저항했으나 소용없었다. 곱게 틀어 올린 그녀의 머리채를 남자가 쥐고 흔들었다. 바로 그 순간 경찰차 한 대가 건물 앞에 멈춰 섰다. 진청색 제복 차림의 두 경관이 천천히 차에서 내렸다. 그들은 한여름 더위에 넌더리를 내며 공동 현관의 비밀번호를 눌렀다. 202호의 문이 닫히는 순간, 공동 현관의 큰 문이 열렸고, 경찰관들은 성큼성큼 계단을 올라갔다.

"경찰입니다! 신고가 들어왔는데, 좀 나와보시죠."

한 경찰이 202호의 초인종을 꾹 눌렀다. 그러나 정적이 건물 계단에 흘렀다. 또 다른 경찰이 문에 귀를 대보더니 주먹으로 두드렸다.

"계세요? 경찰입니다!"

벌커덕, 문이 열리고 사마귀 남자가 얼굴을 내밀었다. 그는 환하게 웃고 있었다.

"무슨 일이시죠?"

"신고를 받고 왔습니다. 주거침입 건으로 신고가 들어왔어요."

한 경찰이 말했다.

"주거침입이라니. 여긴 제 여자 친구 집인데……. 아, 혹시 그거 때문인가? 며칠 전 저희가 다퉜거든요. 아마 이웃 분이 신고를 하신 모양인데, 오해입니다. 저희는 화해했어요."

"그래요?"

또 다른 경찰이 물었다. 그는 남자의 몸 너머로 집 안을 기웃거렸다.

"아가씨, 괜찮아요? 지금 이 말씀이 사실인가요?"

그때, 남자가 몸을 홱 틀더니 내 손님을 보았다. 어떤 눈빛으로 보고 있는가는 오직 내 손님만 알 것이었다.

"사, 살려주세요."

가녀린 여자의 음성이 들려왔다. 돌연, 끔찍한 장면이 펼쳐졌다. 남자의 허리춤에서 단도가 나온 것이다. 순식간에 뾰족한 칼끝이 여자의 목을 스쳤고 두 경찰은 화들짝 놀라서 계단을 뛰어 내려왔다. 두 가지 모두 다 뜻밖의 일이라 어안이 벙벙했다. 경찰들이 공동 현관으로 나오는 것과 동시에 나는 건물 안으로 들어갔다. 경찰 하나가 내 어깨에 부딪혀 발라당 넘어졌다.

날듯이 계단을 올라, 막 닫히는 문틈에 발을 넣었다. 고개를 들어, 쓰러진 여자가 나를 봤다. 그녀는 새하얀 손으로 자기 쇄골을 감싸고 있었다. 손가락 사이로 피가 흘렀다. 문이 홱 열리더니만 사마귀 남자가 도로 나왔다.

"너는 또 뭐야?"

"사범님이다, 이 새끼야!"

나는 20년 동안 단련한 태권도 내려찍기로 남자의 손을 찼다. 피 묻은 칼이 복도 구석에 떨어졌다. 남자가 일어나 그쪽을 향해 가기에 뒤후려차기로 턱을 찼다. 상대는 그대로 기절했다. 긴장이 풀렸는지, 내 손님도 곧바로 의식을 잃고 말왔다.

"대박."

낯선 소리에 돌아보니 옆집 현관문이 열려 있었다. 문 뒤에 숨어 있던, 파자마 차림의 두 여자가 얼굴을 내밀었다. 각각 휴대폰을 들고 이쪽을 찍고 있었다.

"신고해주세요, 119! 사람이 칼 맞았어요!"

나는 소리치고 202호로 뛰어 들어갔다.


밤이 늦도록 경찰서에서 참고인 조사를 받았다. 왼손 검지와 두 귀의 변화를 들킬까 봐서 걱정했는데 다행히 그러한 일은 없었다. 담당 형사는 30대 중반의 남자로 어딘가 모르게 군인 같은 인상을 풍겼다. 원룸 복도에서, 두 경찰관이 언제 어떤 식으로 도망쳤냐고 묻기에 나는 목격한 그대로 말해줬다. 그는 긴장한 낯으로 귀를 기울였다. 하지만 어떤 가치 판단도 하지 않으려는 듯, 혹은 내게 그 판단 여부를 전하지 않으려는 듯 신체의 움직임들을 견고히 제한했다. 그런 그의 모습을 보면서 여러 감정을 느꼈다. 나는 한때의 경찰 지망생으로서 그의 입장이 이해되기도 했고, 일반 시민으로서 그의 태도가 우스꽝스럽기도 했다. 대체 뭘 그렇게 조심하고 있어?

"모자 좀 벗지. 답답하지도 않나?"

갑자기 이렇게 묻는 나이 든 경찰이 있었다. 놀란 표정을 숨기고, 나는 괜찮다고 대꾸했다. 두피에 땀이 많이 났고 머리카락이 눌려서 벗기가 싫다고.

"손에 그 상처…… 오래가네."

나이 든 경찰이 무심한 투로 말했다. 그제야 나는 그가 우리 집으로 탐문을 나왔던 그 경찰이란 걸 알아챘다.

"아, 그러네요."

왼손을 바지 주머니 안에 넣었다. 신경이 쓰였지만, 어쨌든 그가 내 담당 경찰관은 아니었다. 그 재수 없던 신입 순경은 순찰 중인지 보이지 않았다.


집으로 들어섰을 때, 엄마는 웃는 얼굴로 나를 안아줬다. 그런 다음 내 팔뚝을 몇 번씩 후려치면서 대체 왜 그렇게 위험한 짓을 했냐고 화를 냈다.

"어떻게 알았어?"

스니커즈를 벗고서 거실에 발을 디뎠다. 양말 바닥이 축축해 얼른 씻고만 싶었다. 엄마는 식탁에 놓아둔 휴대폰 화면을 내 쪽으로 돌려줬다.

"이 봐라. 오늘 9시 뉴스에 나왔다. 모를 수가 있냐?"

나는 오래돼 삐걱거리는 나무 의자에 앉았다. 익숙한 뉴스 로고송과 함께 유명 앵커의 얼굴이 나왔고, 훌륭한 발성과 발음으로 '데이트 폭력 살인미수사건'의 핵심 사안이 소개됐다. 흑백 CCTV에 잡힌 경찰관들의 도주 장면이 잠깐 스쳐 갔고, 범인을 제압하는 한 시민의 모습이 선명한 화질로 이어졌다. 산왕태권도 로고가 박힌 면 티셔츠를 입고, 내가 태권도 내려찍기로 흉악범의 손에서 단도를 떨어뜨리는 장면이 슬로모션으로 두 차례 반복 재생됐다.

"경찰이 현장에서 피해자를 두고 도밍친 초유의 사태에 대해, 경찰 조직의 입장은 아직 나오지 않았습니다."

앵커는 냉정한 말투로 보도를 매듭지었다.

"얼른 씻어. 엄마가 특별히 생간 구해 왔다. 어르신들 드나드는 한우식당 알지? 단골들한테만 준다고 사장이 새침 떠는 걸 웃돈 주고 가져왔어. 세 시간 이내로 먹으란다. 씻고 나오면 딱 세 시간째야."

얼떨떨한 기분으로 나는 몸을 일으켰다. 앞치마를 두른 채 바삐 움직이는 엄마의 모습이 내 마음을 아리게 했다.

"엄마. 나 다시 경찰 도전할까? 엄마가 이렇게 좋아하는 줄 알았으면……."

"그럴래?" 돌아본 엄마의 얼굴에 생기가 넘쳤다. "얼마나 좋으냐? 세상 떳떳하고."

씁쓸히 웃으며 나는 욕실로 들어갔다. 선반에 휴대폰을 놓고 막 옷을 벗으려는데 화면이 번쩍거렸다. '관장님'이라는 세 글자를 본 순간 심장이 철렁했다.

"아, 티셔츠!"

손바닥으로 이마를 쳤다. 나는 허리를 굽실거리며 전화기를 귀에 댔다.

"관장님 죄송합니다. 다른 티셔츠들이, 아침에 전부 빨래통 안에 들어가버려서……."

"태경아! 고맙다!"

관장님은 오늘도 얼큰히 취해 있었다. 그러나 목소리가 어젯밤처럼 침울하지는 않고 화려한 불처럼 타올랐다.

"여기저기서 전화가 오고 난리여! 우리 산왕태권도장의 명예가 너로 인해서 드높여졌다! 그 내려찍기는 인마, 일품이었어, 일품! 입단 문의가 얼마나 많은지 전화에 불이 날 지경이다. 학부모들이, 특히 여자애들 키우는 부모님들이 아주 난리야. 우리 도장만 다니면 그렇게 되느냐고……. 산왕시뿐만 아니라 서울에서도, 경기도 협회에서도 전화를 다 받았다. 내가 너한테 아주 고마워!"

"하하, 관장님이 잘 가르쳐주신 덕분이죠."

똑같은 얘기를 세 번씩 반복하고서야 관장님은 전화를 끊었다. 조사를 받을 땐 무음으로 해두어 몰랐는데, 경찰시험을 함께 준비한 지인들 몇 명도 문자를 보내왔다. 그중에는 내가 나온 뉴스의 영상 링크를 보내온 이도 있었다. 씨익 웃으며 나는 그 링크를 클릭했다. 내려찍기와 뒤후려차기는 내가 보아도 폼이 썩 괜찮았다. 보도가 끝난 뒤에, 다음 뉴스의 섬네일 화면이 자그맣게 떠올랐다.

"산왕시 아동 실종사건……."

나도 모르게 미간을 찌푸렸다. 그리고 이끌리듯이 그 영상을 클릭했다.

"다음 소식입니다. 지난겨울 서울에서 초등학생이 실종된 사건에 이어, 경기도 산왕시에서 또 다른 아동이 실종된 사건이 있었습니다. 경찰은 동일범의 소행으로 보고 수사 인력을 확충했는데, 이렇다 할 진척이 없어 가족들이 하루하루를 눈물로 보내고 있습니다. 조기영 기자가 실종자 가족을 만나봤습니다."

곧이어 화면에 두 인물이 나타났다. 한 남자의 얼굴은 모자이크 처리가 되어 있었다. 가볍게 손을 저으며 그가 울먹였다.

"우리 아이가 겁이 많습니다. 제 발로 누구를 따라갔을 리 없는데…… 아이 생각에 잠이 안 옵니다. 제 아내는 정신과 치료를 받고 있고, 저도 생업을 이어가기가 어려운 상황입니다."

나는 차가운 물줄기 아래에 한참 서 있었다. 생간이 상한다고, 엄마가 재촉을 해서 겨우 밖으로 나왔다.
"배고프지?"
엄마가 의자에 앉아서 손짓했다. 식탁엔 커다란 접시가 놓여 있고, 그 위에 탱글탱글한 소의 생간이 있었다. 번들번들

윤이 났다.

"참기름하고 통깨는 일부러 안 뿌렸어. 종지에 담아놨으니 섞어 먹든가."

엄마가 싱긋 웃었다. 내 호랑이 영혼은 숟가락을 들고 소의 생간을 퍼먹었다. 아직 신선했고 무척 부드러웠다. 목초지에서 풀을 뜯어 먹은 암소는 아니라 최고급 풍미를 느낄 순 없었지만, 그래도 핏물 뺀 고기에 비교할 바는 아니었다.

"어머, 근데 너 귀가 왜 이러니?"

갑자기 손을 뻗어서 엄마가 내 귀를 힘껏 당겼다.

# 7장
# 또 다른 짐승

새벽 조깅을 마치고 욕실 거울에 비친 두 귀를 보았다. 일주일 정도 시간을 거치며 귀는 서서히 원래 모습을 되찾았다. 황색과 흰색의 털들이 조금씩 빠지며—마치 털갈이를 하듯—귓바퀴 연골이 도드라지더니 여느 때처럼 울퉁불퉁해졌다. 역시, 타인을 위해 좋은 일을 하면 그 덕으로 변신이 회복되는 모양. 다만 첫 변신 때와 달리 회복에 시간이 걸린 건, 내 마음의 상처가 아무는 데에 그 정도의 시간이 걸렸기 때문인 듯했다. 그처럼 억울한 마음을 품고 있으면—그러니까 티셔츠를 그만 입어달란 관장님의 전화를 받았을 때처럼, 스스로 충분히 털어냈다고 믿는 상처에 의한 것이라도—신체의 일부는 호랑이로 변신한다. 억울한 마음이 크면 클수록

변화 부위가 많아진다. 기간도 늘어난다. 바로 이것이 내가
알아야 할 새로운 인생의 법칙이었다.

이른 아침인데, 엄마는 식탁 의자에 앉아 심각한 얼굴로
TV를 보고 있었다. 일주일이 지났음에도 나의 활약이 담긴
제보 영상이 끊이지 않고 나왔다. 이제 그것은 뉴스 프로그
램뿐 아니라 종편 방송사의 토론 프로그램에까지 나왔다. 전
문 지식인 몇 명이 토론자로 나서 경찰의 행태를 비난하고
나의 행동을 칭찬했다. 미온적 사건 대응을 반성하는 경찰청
단위의 사과문이 나왔지만, 뜨거운 비판 여론을 잠재우지는
못했다.

"잊을 만하면 나온다."

엄마가 물컵을 들어 올렸다 내렸다. 비어 있는지 입맛을
쩝쩝 다셨다. 그 컵을 받아 정수기의 새 물을 채워주고, 나도
한 컵을 받아 마셨다.

"새로운 강력 사건이 터지질 않아서 그래. 뭐, 좋은 일이
지."

나는 엄마의 맞은편 의자에 자리를 잡았다.

"생각할수록 용하다. 너 어쩜 그렇게 불쑥 나섰니?"

벌써 몇 번씩이나 물어본 것을 엄마가 또다시 물어왔다.

"너보다 한 뼘은 큰 남자가 칼을 휘젓는데, 겁도 안 났어?
호랑이 힘 믿고 그랬니?"

"몰라." 나는 고개를 좌우로 흔들었다. "겁이 날 새도 없었

어. 눈앞에서 사람이 피를 흘리니 이제 곧 죽을지 모른단 생각만 들더라고. 호랑이 힘은 무슨."

어이가 없어서 헛웃음이 났다. 나는 말했다.

"도대체 그 영혼이 무슨 속셈인지 모르겠어. 얼마 전까진 변신을 밤에만 하는 줄 알았는데, 두 귀가 대낮에 변한 걸 보면 그것도 아니고. 무당 말마따나, 내가 엄청 억울해할 때만 몸이 변하나 봐. 단순히 놀랐다거나 위기에 처했다거나 그럴 땐 변신 안 해. 완전히 제멋대로야."

시선을 TV에 꽂은 채, 엄마는 건성건성 고개를 끄덕거렸다.

"내가 볼 땐, 호랑이 그놈 그러다 갈 것 같다. 요번 일도 따지고 보면 너 혼자 힘으로 해결한 거지 뭐냐? 태권도 배우길 잘했지. 산신이고 뭐고, 그 호랑이도 제 할 일 없어지면은 슬며시 떠날 거야."

나는 좀 섭섭해져서 덧붙였다.

"아니 그래도, 그 원룸 계단 올라갈 때는 완전 날쌨다고. 호랑이 힘이 있기는 있어. 도움이 돼. 어쩌면…… 자기가 나설 때를 기다리는지 몰라. 혹은, 내가 잘해낼 거라고 믿었는지도……."

호랑이 역성든다고 아무 말이나 둘러댄 것인데, 무언가 또렷해지는 기분이 들었다. 그게 대체 뭘까? 호랑이 영혼이 나에게 원하는 것이……. 가만히 추측해보는데 "조용히 해봐!" 엄마가 소리쳤다. 토론 프로그램에서 시민 인터뷰가 이어졌다. 파마머리를 한 60대 여자가 기자를 향해 두 손을 내저었다.

"나는요, 도망친 경찰들 보고 너무 놀랐어. 세상에! 어쩌면 그럴 수 있지? 경찰이 우리 시민의 마지막 울타리 아니에요? 우리 애도 지금 학교 때문에 혼자 지내는데, 당장 집으로 데려올 판이야."

이번엔 인터뷰 대상이 30대 남자로 바뀌었다. 한여름인데도 넥타이를 맨 정장 차림이었다.

"칼 맞은 여자를 두고 도망쳤습니다. 일반 시민들도 그렇겐 안 해요. 어디 믿고 경찰을 부르겠습니까? 밤에 발 뻗고 자겠느냐고요. 경찰 채용 시스템에 문제가 있다 봅니다. 싹 뜯어고치고, 발차기로 범인 제압한 그런 사람을 고용해야죠!"

엄마가 단박에 일어나 손뼉을 쳤다.

"말씀 잘하시네! 아, 그렇게 되면 얼마나 좋아?"

나는 슬며시 일어나 내 방으로 갔다. 입술이 근질댔지만, 엄마에게 사실을 있는 그대로 털어놓을 순 없었다.


바로 어제. 전화 한 통을 받았다. 발신자 번호 앞에 낯선 지역 번호가 떠서 처음엔 스팸전화이거니 무시를 했다. 마침 손님과 상담 중이기도 했다. 서너 시간 후, 전화를 확인해보니 부재중 표시가 여러 건 찍혀 있었다. 도대체 누굴까 궁금하던 차 전화가 걸려와 한가한 틈에 받았다.

"안녕하세요, 오태경 선생님? 여기는 경찰인재개발원입니다. 잠시 통화 가능하실까요?"

"예? 예……."

심장이 떨려와 키페 문을 잠갔다. 파티션 뒤로 몸을 숨기고 바닥에 쪼그려 앉아 휴대폰 스피커에다 귀를 붙였다.

"뉴스를 통해 선생님 활약을 보았어요. 정말 용감한 일을 하셨습니다."

상대는 여자였고, 쾌활한 목소리 덕분에 기분이 좋아졌다. 그는 자신의 직함을 과장이라고 소개했다.

"이렇게 연락드린 건, 우리 원의 특별 채용 계획을 알려드리기 위함입니다. 대상은 경찰청장기 통합 무도대회 우승자들인데요, 오태경 씨도 함께하면 좋을 것이라는 경찰청 내부 의견이 있었습니다."

"네에……."

나는 조용히 대답했다. 심장이 목구멍 밖으로 튀어나올 것 같았다. 상대의 설명이 이어졌다.

"태권도·복싱·레슬링 등 종목 우승자 17인이 지난주 신체·적성검사 및 면접을 마쳤습니다. 오태경 씨가 경찰 업무에 뜻이 있다면, 특별히 이러한 검사를 받을 수 있게 됩니다. 어떠신가요?"

"아…… 좋은 말씀입니다. 감사한 제안이에요."

대꾸하는데 손끝이 덜덜 떨렸다. 기뻐할 엄마 얼굴 뒤로 3년 의 수험 생활이 눈앞을 스쳐 갔다. 눈시울이 뜨거워지며 막 승낙의 답변을 하려는 찰나, 내 왼손 검지가 팔딱거렸다. 두 꺼운 붕대를 뚫고 호랑이 손톱이 솟아 나왔다.

화장대 앞에서─그래봤자 책상 한 귀퉁이지만─침울한 눈가에 크림을 발랐다. 새삼 또 콧날이 시큰댔다. 신체검사라 니! 그딴 걸 받다가 호랑이 손톱을 들키기라도 하면 어쩌나? 경찰 채용은커녕, TV 뉴스의 가십거리로 전락하겠지. 얼마 전 위기의 시민을 구했던 그 영웅이 사실은 돌연변이였다 고 세상이 떠들썩할 거다. 산달동 살인사건의 유일한 증거물 '호랑이 털'의 주인공인 것도 곧 드러날 거야.

'꿈꾸던 일인데…… 재수도 없이!'

이를 악물고 왼손 검지를 흘겨보았다. 두 귀도, 팔도, 엄니 도 시간이 흐르며 원래의 형상을 찾았건만, 그것만은 본모습 으로 되돌아오지 않았다. 손톱이 짧아지거나 뭉툭해지는 작 은 변화만 있을 뿐이었다. 문득, 왼손 검지의 황갈색 털들이 더욱 길어졌다.

"그래, 나 억울하다. 생각도 못 하냐!"

소리치는데 두 귀가 쫑긋 섰다. 젠장. 나는 침대에 몸을 던 졌다. 두 발을 버둥거리며 우는데 문득 엉덩이 사이가 가려 웠다. 손으로 더듬으니, 세상에! 꼬리뼈가 꿈틀꿈틀 길어지면서 트레이닝팬츠 밖으로 나왔다. 코브라처럼 꼿꼿이 섰다.

"꼬리라니…… 아, 너무하네!"

나는 완전히 무너져 내렸다.


오전 10시를 조금 넘겼을 뿐인데, 도로가의 은행나무들이 더위에 시들어 잎사귀 끝을 말았다. 나는 사주카페의 문을 활짝 열고 하룻밤 묵은 나무 냄새를 맡았다. 전날 얼마나 소중한 기회를 날렸건 간에, 내가 이 공간을 좋아하고 오늘 만나게 될 손님들을—그게 누군지 몰라도—기다린다는 걸 깨달았다. 나는 차분히 커피를 만들어 수북한 얼음에 끼얹어 마셨다.

아침나절엔 임산부 폭행범, 보험 사기꾼, 우울증에 걸린 교사 등등을 상대하느라 시간이 바쁘게 지나갔다. 점심시간을 맞아, 나는 창가의 블라인드를 내리고 한숨을 돌렸다. 아이스박스에 담아 온 전어를 접시에 예쁘게 올려서 천천히 음미했다. 크기가 작아 손질할 필요 없다는 것이 그 종種의 매력이었다. 나는 전어의 꼬리를 손으로 집어 대가리부터 입안에 넣었다. 오도독오도독 씹어 삼켰다. 모두 일곱 마리였고, 곁들이로는 청양고추와 무순을 먹었다.

칫솔을 입에 넣고, 창가에 서서 블라인드를 올리다 깜짝 놀랐다. 웬 사내가 산왕경찰서 뒷문을 나와, 달리는 차들 사이로 이차선 도로에 발을 디뎠다. 그는 더위에 찡그린 얼굴로 성큼성큼 걷다 나를 보더니 삿대질했다. 씽긋 웃으며 자동문을 열고 안으로 들어왔다.

"어이, 시원타! 경찰서에선 에어컨 온도를 맘대로 낮출 수가 없어. 망할 산자부 놈들. 만만한 게 공공 기관이지."

낮고 울림이 있는 목소리. 나는 그가 우리 집에 탐문을 나왔던 늙다리 형사라는 걸 깨달았다. 그는 베이지색 면바지위에 주황색 줄무늬 골프셔츠를 입었다. 권하지 않았는데도 손님용 의자에 앉아 메뉴판으로 부채질을 했다. 그러면서 카페 내부를 흥미로운 듯 두리번거렸다.

"요새는 눈 깜짝할 사이 많은 것들이 변해. 여기가 전에는 목공소였는데 점집이 되어버렸군. 하긴, 가구 같은 건 인터넷으로 주문하면 그만이야. 그러나 사람을 만나고 대화하는 건 얼굴을 맞대고 해야 하지. 안 그럼 답답하거든. 내 주위엔 은퇴 후 무인 편의점 사장이 된 자도 있지만, 난 그런 업종이 얼마 못 갈 거라고 봐. 앞으론 점점 이런 가게가 많아질걸. 요샌 은행에 전화 한 번을 걸어도 ARS가 받는다고. 그게 얼마나 사람을 미치게 하는지……."

"무슨 일 때문에 오셨어요?"

양치를 마무리하고 나는 물었다. 오후 업무용 커피를 또한 잔 만들어 나가니, 늙은 형사가 얼음이 든 컵을 빤히 보았다. 처진 목울대를 꿀렁이면서 어찌나 군침을 삼키는지, 하는수 없이 커피를 내주었다. 나이에 어울리지 않게, 형사가 그것을 재빨리 비워냈다.

"거…… 큰 병원에 가봐야 하는 거 아닌가?"

그가 곁눈질로 내 왼쪽 검지를 가리켰다. 이도 좋지. 얼음을 바드득 씹어 삼켰다.

"손가락 말이야." 그가 계속 밀했다. "그렇게 오래 붕대를 감고 있다니, 치료를 받던 중 다시 부러졌나?"

"다 나았어요." 나는 말했다. "흉이 깊어서 감고 있을 뿐이에요."

"오?"

늙은 형사가 고개를 끄덕였다. 제법 그럴듯한 이야기로군, 덧붙이면서. 나는 대꾸를 하지 않았다. 부채질하던 메뉴판을 들어 형사가 훑어봤다. 노안이 심한지 미간을 찌푸렸다.

"그쪽이 꽤 용하다며? 경찰과 법원이 얼기설기 마무리한, 그런 사건을 해결해준다던데. 덕분에 우리 직원들 고생이 많아. 민원인들이 걸핏하면 여기 점집이랑 비교를 한다고. '경찰서 뒤쪽 무당은 이렇게 해주던데, 저렇게 해줬다던데.' 얼마나 얄밉게 조롱들 하는지……."

"벌써 기다리시는 분들이 있네요."

나는 붕대를 감은 손으로 그의 뒤편을 가리켰다. 부부로 보이는 초로의 남녀 한 쌍이 창밖에서 카페 안쪽을 기웃거렸다.

"상담을 하실 건가요? 점쟁이는 시간이 돈이라."

나는 손가락으로 메뉴판을 톡톡 쳤다. 늙은 경찰이 그런 날 보고 씩 웃었다. 순간 비릿한 냄새가 풍겨와 정신이 번쩍 났다.

"이걸로 하지."

그가 '올해의 운세'를 손가락으로 짚었다. 바지 뒷주머니에서 지갑을 꺼내 곧바로 만 원을 건네줬다. 꼬깃꼬깃한 종이 하나가 덩달아 따라왔다. 거기, 누군가의 생년월일과 생시가 적혀 있었다.

"2014년 3월……. 이제 열 살이네. 누구예요?"

"누군지가 중요한가? 그냥 봐줘. 올해 운세가 어때?"

형사가 물었다. 나는 어깨를 으쓱였다.

"당사자 아님 안 돼요. 이 업계도 사생활 보장이 중요하거든. 무슨 이유로 남의 운명을 읽어달라는 거예요? 형사님 손주의 축구 교실 경쟁자라도 되나?"

고개를 뒤로 젖히고 늙은 형사가 웃었다. 한 발을 구르며 손뼉을 치는 모습이 정말로 즐거워 보였다. 그는 굵은 손끝으로 눈가를 문질렀다.

"아니, 그딴 걸 묻는 사람이 있어?"

"말하자면 그렇다는 거죠."

나는 대답했다. 경찰이 손을 저었다.

"없어, 손주 같은 거. 마누라가 애 낳기 전에 도망갔거든. 자식도 없는데 무슨 손주……. 이야, 그러고 보니 그것도 옛날 일이네. 마흔을 넘기고서는 후처 자리에 앉겠단 지원자들도 없었어. 이 애는……."

경찰이 손으로 까칠한 뺨을 쓸었다. 그의 낯에서 미소가
흩어졌다.

"실종됐어. 3월이니까 어디 보자, 5개월 전이네. 아침밥 잘
먹고 학교 갔다가 학원, 피아노 학원에 갔다가 사라졌지. 젊
고 쌩쌩한 경찰 여덟이 눈깔을 뒤집고 CCTV를 살펴도 아무
흔적이 안 나와. 증인은 모두 겁먹은 어린애뿐이고, 그마저도
기억이 이랬다저랬다 하지. 난 애가 어디 있는지 알고 싶어.
사주를 보면 그런 게 나올까?"

마주친 형사의 두 눈이 맑았다.

"애가…… 그 애구나. 뉴스에 나온……."

나는 생년월일이 적힌 종이를 앞뒤로 살펴보았다. 그러나
무엇도 눈에 보이지 않았다.

"솔직히 말할게요."

나는 큰 숨을 들이켰다.

"저는…… 사주 풀이를 못해요. 간판엔 그렇게 적혔지
만…… 손님 끌기용이고, 할 수 있는 건 영혼을 보는 건데, 살
아 있는 인간이 눈앞에 있어야 돼요."

거칠고 험한 언사가 돌아오겠지 했는데, 형사는 말이 없었
다. 그는 바지 주머니를 뒤적이더니 자그만 지퍼 백 하나를
꺼냈다. 그 안에 머리끈이 있었다. 검은 플라스틱 리본 위에
큐빅들이 총총했다.

192

"학원 앞 문구점 근처에 떨어져 있었어. 애 엄마 말이, 딸물건 맞대."

"가지고 다녔어요, 이걸?"

"그래."

늙은 경찰이 물건을 쓱 밀었다. 그는 허연 머리칼을 손가락으로 넘겼다.

"수사가 안 풀리니까. 사람들이 잘 모르는데 우리가 일이 많거든. 이 사건 조금 보고 저 사건 조사하고 그러다 보면 무뎌져. 그래서 챙겼지. 걔가 수사 파일에 적힌 몇 줄 글자가 아니고, 진짜 살아 있었던 애란 걸 기억하려고. 그걸 보여줬을 때 걔 엄마 우는 얼굴도 떠올려보고, 뭐 그런 용도야."

내 가슴은 몽글몽글하고 뜨거운 것으로 가득 찼다. 이제껏 손님들을 대할 때와 달리 겁이 좀 났다. 손을 뻗어서 만지면 그 작은 리본이 바스라질 것 같았다.

"그러지 말고 꺼내 봐. 증거 분석 다 끝난 거야. 애 엄마 허락도 받은 거고. 밑져야 본전. 몰라도 괜찮고 틀려도 괜찮아. 한번 해봐."

형사의 말이 너무 따뜻해 마음이 움직였다. 나는 지퍼 백을 열어 머리끈을 집어냈다. 늙은 형사는 몸을 비틀어 창밖을 보았다.

"뭐랄까…… 그냥 퍼져버리는 거야."

그가 중얼댔다. 상담을 기다리던 손님들이 더위에 지쳐 사라졌다. 형사는 자신의 턱을 잡고는 좌우로 비틀었다. 우두둑 하는 소리가 제법 크게 났다.

"나이가 들어 그런가, 악착같이 물고 흔드는 걸 못 하겠어. 체력적으로 달린다고. 아가씬 젊어 모르지? 체력이 떨어지면 여기, 대기리의 창의성도 같이 떨어져. 시방팔방 뛰어다니다 벽에 부딪히면, 다음엔 어디로 가야 할지를 모르는 거야. 스스로한테 미친놈 뭣 같은 놈 욕을 하면서 끝내 이렇게 점집도 드나들고……. 다 됐단 소리지, 형사로서는."

차분히 숨을 고르고 나는 머리끈을 손에 쥐었다. 두 눈을 감고 정신을 집중했다. 하지만 시간이 흘러도 보이는 것은 없었다. 역시, 물건으로는 안 되나? 슬쩍 눈을 떴다. 형사가 일어나 창가에 놓인 나무 조각상들을 보았다. 기린과 코끼리, 호랑이와 얼룩말. 그중 호랑이를 집어서 자세히 살펴봤다. 그 행동에 의미를 부여해야 할까? 나도 모르게 손끝에 힘을 줬다. 그때, 뭔가가 눈앞을 스쳐 갔다.

"지지직 끓는데……." 나는 신음했다. "실내화하고 의자 다리. 여기는 학교 같고…… 피아노 소리 들린다. 신발 신고…… 문구점…… 강아지. 작고, 까맣고…… 따라가네. 구두, 갈색. 낡은 거. 머리끈, 떨어졌는데, 알아채지도 못해……."

눈을 떴을 때, 형사는 등을 보인 채 서 있었다. 그는 손에 쥐었던 호랑이 조각상을 가만히 내려놓았다. 이렇다 저렇다 말도 없이, 머리끈과 지퍼 백을 챙겨 카페를 나섰다. 이번에도 횡단보도를 무시한 채 이차선 도로를 가로질렀다.

나는 스르르 의자에 등을 기댔다. 아직 남은 꿈의 잔해를 붙잡듯, 머리끈이 보여준 것들을 톺아봤다. 그 갸름한 아이의 얼굴과 웃음소리. 순진하고 무해한 몸짓. 강아지. 그리고 낡은 구두. 그것이 범인의 것이란 확신이 들었다. 상표가 보이지 않는 싸구려 구두. 그다음 내 눈에 보인 것을 늙은 형사에겐 말하지 않았다. 왜냐하면…… 그것은 그의 모습들이었기에. 분노하고, 심문하고, 뛰어다니고, 욕설을 퍼붓고, 폭음하며 괴로워하는…… 늙은 홀아비의 침실이 보였다. 가구랄 만한 게 없었다.

곧이어 찾아온 손님은 양해를 구해 돌려보냈다. 아무래도 마음이 좋지 않아, 더 이상 상담을 진행할 수가 없었다. 머리끈을 통해 본 아이의 얼굴이 눈에 아른댔다. 느릿느릿 일어나 컵을 헹구고 청소를 하는 등 마감 업무를 보는데 또 한 번 풍경이 흔들렸다.

"죄송합니다. 오늘은……."

파티션 밖으로 나가서 손님을 보았다. 거기, 그녀가 서 있었다.


습한 햇살이 일렁거리는 8월의 한낮, 그녀는 터틀넥 셔츠를 입고 있었다. 밝은 녹색의 비스코스 레이온 소재로, 어깨에서 깎아지르는 소매 라인이 경쾌했다. 그녀는 작은 보석이 박힌 목걸이를 둘렀는데, 내가 그것을 보고 있자니 손가락 끝으로 더듬었다.

"드레싱 밴드를 붙였어요. 쇄골 언저리에." 그녀가 말했다. "원래 내 스타일은 아니에요. 여름엔 보트넥 티셔츠를 즐겨 입는데……"

"정말 예뻐요."

나도 모르게 입가에 미소가 어렸다. 누구를 위해서 그런 건 아니고, 그냥 그녀를 본 순간 기분이 나아졌다.

"벌써 퇴원했어요? 일주일밖에 안 지났잖아."

나는 말했다. 어색한 듯이, 그녀는 손가락으로 쇄골 부근을 매만졌다.

"수혈하고…… 혈관을 꿰맸는데 다행히 외경정맥이라. 경동맥이었음 어찌 됐을지 모른대요. 아마 죽었겠죠."

"아니, 죽을 팔자는 아니야. 그런 건 안 보였다고."

나는 손을 뻗어서 손님용 의자를 가리켰다.

"정말요?"

그녀가 자리에 앉자 새하얀 치마가 하르르 펼쳐졌다. 대답 대신, 나는 탁자에 놓인 그녀의 손을 잡았다. 눈을 감았다.

"여행 갈 거야? 바다 보인다. 아주 드넓은 바다."

"어머, 소름 돋아!" 여자가 손을 빼더니 가녀린 팔뚝을 문질렀다. "맞아요. 저…… 외국에 가려고요. 실은 인공지능을 전공해 일하는 중인데, 이참에 공부 더 하려 해요. 전부터 생각은 있었지만 부모님이랑 헤어지는 게 겁나서 안 갔는데, 상황이 이렇게 되고 보니…… 여기 사는 게 더 무서워서."

"흉기를 휘둘렀으니까 살인미수예요. 형량 꽤 받을 텐데?"

나는 말했다. 여자가 고개를 가로저었다.

"어디서 돈 구했는지 전관 변호사 샀더라고요. 저도 변호사 사무소 통해 알아봤는데, 살인 고의는 없었다면서 실연에 상심해 그런 거라고 변론할 거래요. 전과도 없고 젊으니까 운이 나쁘면 4년에서 6년…… 겨우 살 거라고."

"그래도 흉기를 소지했는데. 계획살인이잖아."

나는 눈살을 찌푸렸다.

"어머, 그런 걸 다 알아요?"

여자가 싱긋 웃었다. 두 눈에 장난기 비슷한 것이 어렸다.

"한때는, 경찰 지망생이었어요."

나는 솔직히 이력을 털어놓았다.

"그랬구나아."

여자의 두 눈이 크게 뜨였다. 나는 갑자기 짜증을 느꼈다. 많은 게 잘못돼 있는데, 내가 나서서 바꿀 수 있는 게 없었다. 뭐라고 위로의 말을 건네는 것조차 부적절하게 느껴졌다.

"저……."

손님이 탁자 너머로 흰 손을 내밀었다.

"오래 살까요? 한번 봐주세요."

고운 눈썹이 떨려와, 나는 그녀가 겁에 질린 걸 알았다.

"어디."

나는 여자의 손을 잡았다. 눈을 감고, 내 앞에 보이는 것들에 집중하면서, 부디 나쁜 장면이 보이지 않기를 바랐다.

"얼마나 사는지 모르겠어. 하지만…… 녹색 눈동자가 보인다."

"녹색?"

"응. 어린앤데, 남자애야. 안고 아주 행복해 보이네. 그 애가 아들인지 손자인지는 몰라. 이 정도로도 될까? 보이는 것들만 말해줄 수가 있거든. 무얼 더 보고자 해도 그렇게까지는 안 돼."

나는 말했다.

"괜찮아요. 그것으로도."

여자가 활짝 웃었다. 그 얼굴이, 내가 기대한 것만큼 특별한 미美의 경지를 드러내지는 않았다. 다만 내가 아는, 그러나 한참 잊었던 감정을 드러내면서 빛났다. 그것은 희망이었다.

저녁을 먹고 엄마와 거실에 앉아 TV를 보았다. 내가 뉴스에 나온 이후, 엄마는 집에서 에어컨 켜는 걸 허락해주었다.

"열대야 예보 때만이야. 온도는 27도로 맞춰."

엄격한 조건이 붙었지만 그래도 조금 숨통이 트였다. 우리는 종편 방송사에서 제공하는 트로트 프로그램을 보며 노래를 따라 불렀다. 얼린 두리안과 차가운 수박을 집어 먹으며 한창 즐거운데 화면 아래로 두꺼운 줄자막이 흘러 지나갔다.

경기도 산왕시 실종 아동 발생…….

붉은 바탕에 하얀 글씨를 읽는데, 엄마와 나의 휴대폰 두 개가 동시에 울렸다. 긴급 안내 문자가 화면에 떠 있었다.

산왕시 산달동에서 실종된 김미주(여, 10세)를 찾습니다. 127cm, 25kg, 하얀 티셔츠, 청바지, 하얀 운동화. ―산왕경찰서

"미주? 어디서 들어본 이름인데……."

눈살을 찌푸리면서 휴대폰 화면을 들여다보았다. 엄마가 손뼉을 치더니 나를 돌아봤다.

"어머, 옆집 애 이름 아니냐? 열 살쯤 됐고, 키가 딱 고만했 던 것 같은데!"

등골을 훑으며 소름이 쭉 끼쳤다. 순간, 옆집에서 끔찍한 비명 소리가 들렸다. 새끼를 잃은 동물들이나 낼 법한 소리 였다. 엄마와 나는 현관을 박차고 나갔다. 사정을 알 만한, 역 시 긴급 문자를 받은 이웃 몇 명이 골목에 얼굴을 내밀었다. 잠시 후. 옆 건물 201호의 현관문이 열리더니, 한 여자가 미 친 듯 울면서 계단을 내려왔다. 구르듯 하는 발길이 엉겨 몸 을 휘청대며.

"어디 가요?"

엄마가 대뜸 나섰다.

"겨, 경찰!"

슬리퍼 신은 발을 끌면서 미주 엄마가 헐떡였다.

"야, 차 키 갖고 와."

엄마가 내 팔뚝을 찰싹 쳤다. 나는 얼른 집으로 돌아가 차키를 챙겨 왔다. 다시 밖으로 나왔을 때, 엄마의 모습이 보이지 않았다. 엄마는 스니커즈를 구겨 신고는 미주 엄마를 뒤쫓고 있었다.

"미주 엄마! 우리 차 타! 태경아 뭐 해? 차 얼른 시동 걸어!"

이웃들이 길가로 비켜서 빨간색 K3가 출발할 수 있게 해주었다. 나는 잠시 차를 멈춰 미주 엄마를 조수석에다 태웠다. 엄마는 뒷좌석에 올라탔다. 산왕경찰서를 향해, 우리는 내달렸다. 몇 차례 신호 대기를 하며 살펴보니 미주 엄마는 얼굴이 파랗게 질린 채 온몸을 떨고 있었다. 내가 안전벨트를 매주려 하자 방어적으로 몸을 움츠렸다. 그러나 내 의도를 알아차리고 자기 손으로 벨트를 맸다.

경찰서 안에 들어섰을 때 그 늙은 형사와 눈이 마주쳤다. 그는 나의 등장에 놀란 듯했는데 재빨리 눈을 피했다. 새로운 실종 아동의 엄마와 마주친 것이 불편한 모양이었다. 미주 엄마는 붉어진 눈을 부라려 경찰서 내부를 둘러보고, 다른 형사와 마주 앉은 전남편 쪽으로 달려갔다. 그러더니 벌어진 셔츠를 쥐고 막 흔들었다.

"정말 미주야?"

핏발 선 두 눈이 번뜩였다. 남자는 말이 없었다. 부은 얼굴에 울음의 흔적이 역력했다.

"정말로 미주냐고!"

여자가 갑자기 남자의 뺨을 쳤다. 그래도 남자는 말이 없었다. 미주 엄마는 두 번 더 따귀를 내갈겼다. 미주 아빠가 휘청이면서 그대로 바닥에 주저앉았다.

"진정하세요!"

순경들이 다가와 두 사람을 부축했다. 미주 엄마가 거세게 몸부림쳤다.

"잘 키운다며! 니가 나보다 훨씬 잘 키운다며! 애 하나를 똑바로 못 보고! 우리 미주 어디 갔어. 어디 갔어어, 이 모자란 새끼야!"

그리고 미주 엄마는 졸도해버렸다. 놀란 순경들이 그녀의 상태를 살피며 구급대를 호출했다.


엄마와 나는 K3를 몰고 구급차를 따라갔다.

"굳이 이렇게까지 해야 하나?"

조수석 쪽을 흘깃 봤다. 차창의 손잡이를 쥔 채, 엄마가 고개를 끄덕였다.

"가야지. 그 여자한테 누가 있냐? 병원에서, 퇴원해도 좋다는 얘기를 들으면 집까지 데려다줘. 그게 도리야."

지금 와 생각하면, 그러지 않는 게 좋았을 것 같다. 병원에 따라가지 않고, 아니 그녀가 치료받는 걸 본 뒤에 지인 누군가에게 연락해주었다면, 그것으로도 충분치 않았을까? 그랬으면 나는 그 끔찍한 진실을 몰랐을 거고, 지금 이러한 가책을 느끼진 않을 텐데. 이따금 그때를 생각하면 한 가지 의혹이 내 정신을 사로잡는다. 혹시 엄마가 뭔가를 알고 그랬던 것은 아닐까? 모르겠다. 엄마와 더 많은 대화를 나누었어야 하는데……. 시답잖은 이야기 말고 진짜 중요한 이야기들을 나누었어야 하는데, 그런 후회를 자주 한다.


"누구에게나 일어날 수 있는 일입니다."

의사가 이야기했다. 키가 커서 침상에 누운 환자를 내려다보는 것만으로 목이 90도 정도 꺾였다. 두꺼운 안경이 얼룩져 있었다. 흰 가운 역시 얼룩졌고 파란색 바지는 끝단이 풀어졌다. 크록스를 신은 발뒤꿈치가 볼록하니 모기에 물린 자국이 보였다.

미주 엄마는 침대에 누워 울었다. 소리는 나지 않고, 눈에서 귓가로 눈물이 흐르는 고요한 울음이었다. 엄마가 그 여자의 앙상한 손등을 다독였다. 나는 고개를 갸울였다. 대체이 의사가 무슨 말을 하는 거지? 이 여자가 누구인지 아는 건가? 실종 아동의 엄마라는 것을, 구급 대원이 말해줬나?

"너무 큰 충격을 받으면 이러한 일이 생길 수 있습니다. 혹은…… 그냥 염색체 문제일 수도 있어요. 임신 초기엔 종종 그럽니다. 누구의 탓도 아니에요."

그 순간 미주 엄마의 눈빛을 지금도 기억한다. 그녀는 한 손을 아랫배에 얹었고, 눈썹이 흔들렸고, 더 무엇을 짜낼 수 없을 것 같은 눈으로 울었다.

"초기가 아닌데요."

목소리 끝이 갈라졌다. 그녀는 착오를 지적함으로써 결과를 바꿀 수 있다고 믿는 듯했다. 건조한 입술이 보랏빛으로 변했다.

"중기에도." 의사가 고개를 끄덕였다. "혹은 말기에도 그러한 일들이 벌어집니다. 임신 기간 전반에 걸쳐 그러한 일들이 벌어져요. 다시 말씀드리지만, 이러한 일은 누구에게나 생길 수 있습니다."

미주 엄마가 얼굴을 찡그렸다. 눈에 띨 만큼, 그녀의 콧등과 이마에 땀이 솟았다. 입에서 신음이 새어 나왔다. 그녀는 옆으로 몸을 웅크리다가 침대 밑으로 구를 뻔했다. 부들부들한 재질의 반바지 샅이 새빨갛게 물들었다. 간호사들이 달려왔고…… 나는 우두커니 서 있었다.

'대체 누구의 아이란 말이야?'

생각하던 중 구역질이 솟아 손으로 입을 막았다. 나는 힘

껏 달렸고 병원 밖 모퉁이에다 누런 위액과 두리안 조각을
쏟아냈다. 그러고도 한동안 헛구역질을 계속했다. 그것은 내
위장과 그 아래 딸린 모든 것들을 쏟아내야만 끝날 듯이 격
렬했다.

'돌이킬 수 없는 잘못을 저질렀네.'

시야가 갑자기 흐려졌다. 그러다 확 넓어지더니 빙빙 돌
면서 뒤집혔다. 몸의 가죽이 벗겨진 채로 컴컴한 길모퉁이
에 서 있는 것만 같았다. 춥고 무서워 이가 맞물렸다. 나는 주
머니 안에서 진동하는 휴대폰을 꺼내 살폈다. 모르는 번호가
떠 있었지만 받아서 귀에 댔다. 보이스 피싱 사기꾼이든 여
론조사든 뭐든, 나를 이 현실로부터 벗어나게 해준다면 힘주
어 붙잡고 싶었다.


"지금 어디야?"

"뭐, 무…… 누군데?"

되묻고 나서 알았다. 낮고 울림이 있는 목소리. 나에게 전
화를 건 것은 뜻밖에 그 늙은 형사였다. 그는 자신의 차를 몰
아, 산군신도시의 대학병원으로 달려왔다. 나를 데리러.

"어디로 가요?"

안전벨트를 묶으며 물었다. 온몸의 떨림이 그치지 않았다.

"비상이야, 비상."

늙은 형사는 곧바로 핸들을 틀었다.

"수색하러 간다. 가능한 수사 인력은 다 동원했어. 옆 도시 몇 군데에서 차출된 인원도 있지. 30분이면 올 거야. 적어도 걔들보다는 먼저 뭘 찾아야 돼. 아무튼 호랑이 손이라도 빌릴 처지니까."

"고양이 손이겠죠."

나는 말했다.

"아, 그렇지."

그가 웃으며 어깨를 흔들자 홀아비 냄새가 끼쳐왔다. 툭 튀어나온 데다 쌍꺼풀이 진 눈으로, 형사가 내 왼손을 힐끗 봤다.

"언제부터 변했어?"

질문을 이해하는 데 시간이 조금 걸렸다. 그는 내가 생각할 여유를 주지 않았다.

"호랑이 털이라니. 참 난감했을 거야. 그치?"

교차로에서 브레이크를 밟고, 늙은 형사가 룸미러를 만지작거렸다. 거울을 통해, 그가 날 보고 웃었다. 푸근한 인상 때문에 마음이 흔들렸다. 미주 엄마의 일 때문에 나는 약해져 있었고, 내게 일어난 마술적인 일을 모두 다 털어내고픈 유혹을 느꼈다. 하지만 동시에 이 모든 게 함정일지도 모른단 의심이 들었다. 신호 대기를 하는 시간이 느리게 흘러갔다.

"실은, 나도 이런 게 있다네."

전방을 주시하면서 늙은 형사가 손을 뻗었다. 그는 자신의 오른쪽 반팔 소매를 걷어서 어깨를 드러냈다. 푸르스름한 달빛 아래, 우둘투둘하고 두껍고 분명히 녹색인 피부가 보였다. 그것은 선명하고 싱그러운 연두가 아니라 건조하고 케케묵은 카키색이었지만 어쨌든 녹색의 한 계열이라고 할 수 있었다. 동그란 혹 깊은 그 직은 부위민 본다면, 그것은 얼추 악어의 껍질과 비슷했다.

"젊었을 때는 나도……." 신호가 바뀌자 형사가 액셀을 밟았다. "나 자신이 특별하다고 여겼지. 세상이 몰라주는 걸 억울해하기도 했어. 하지만 그래도…… 늪으로 가진 않았네. 그야 멋지지. 고요한 강가에 숨어 있다가……. 그거 아나? 악어는 심장에서 폐로 연결되는 동맥의 흐름을 조절할 수가 있어. 그런 이유로 물속에서 최대 2시간까지 잠수를 할 수 있지. 사람으로선 기껏 5분쯤이나 버틸까? 아무튼 그렇게 숨어 있다가 불시에 나타난 범인을 습격하는 쾌감, 그것은 말로 다 할 수 없지. 아무도 없는 곳에서 1미터가 넘는 꼬리를 휘둘러 비열한 악한을 때려눕힐 때, 그 희열은 경험해보지 않고선 모르는 거야. 하지만…… 알아? 그 힘에 기대다 보면 인간의 지혜를 잃게 된다네. 실제로 나는 많은 범인을 잡았고 높은 실적을 올렸지만, 자네한테만 말하는데…… 10여 일 동안 실어증 비슷한 증세를 겪었어. 동료의 말을 귀로 듣고 움직이기는 해도, 나 자신의 생각은 표현할 수가 없었지. 끔찍한 시간이었네."

나는 입을 꾹 다물었다. 궁금한 것이 많았지만 이 모든 게 치밀한 계략일지도 몰랐다. 나의 호랑이 영혼은 풀숲에 드러누운 채 방해꾼이 지나가기를 기다렸다.

"물론 난 아가씨 같은 능력을 얻진 못했어. 뭐가 눈앞에 보인다든가 하는 거 말이야."

형사는 손가락들을 얼굴 앞쪽에 휘저었다. 그는 잠시 침묵했다가 말을 이었다.

"선택은 자기 몫이야. 하지만 현명한 선택을 하는 게 좋지 않겠어?" 그는 다짐을 두듯 고개를 끄덕였다. "어쨌든 우리는 인간으로 태어났고 그건 큰 행운이야. 우리는 문명사회에 속해 있고, 여기선 모든 게 약속돼 있다고. 역사 속에서, 수많은 경험과 착오를 거치며 쌓아서 엮은 울타리지. 그것이 바로 법이야. 물론 나도 알아. 말이 안 통하는 놈들이 있지. 하지만 그런 놈들은 잡으면 돼. 정해진 법의 틀 안에서 처벌을 하면 된다고. 사적인 복수는 집어치워. 그건 짐승들이나 하는 짓이니까. 인간은 말이지, 짐승이 돼선 안 되는 거야."

"왜요?"

나는 물었다. 그 정도 질문은 괜찮을 것 같았다.

"왜냐니, 당연하잖아." 형사의 눈 밑 지방주머니가 흔들렸다. "우리들에겐 이성이 있어. 성욕을 이기지 못해 어린애들을 손대는 놈이나, 분노를 이기지 못해 범인을 때려죽이는 놈이나, 이성을 잃은 건 마찬가지지. 그런 인간은 짐승과 같

아. 생각해봐. 모든 범죄를 그런 식으로 처리한다면 우리는 아무도 믿을 수 없을걸. 문명의 빛은 사라지고 짐승의 암흑이 도래하지. 세상이 그렇게 되어선 안 돼. 어느 날 갑자기 전생의 짐승이 튀어나와서 인간의 미래를 좌우해서는 안 된다고."

부리부리한 눈으로 형사가 도로와 주변 건물을 두루 살폈다.

'하지만 모든 게 엉망이잖아. 문명도, 법도, 약한 사람을 지켜주지 않아. 거만하고 게으르다고.'

나는 입술을 삐죽거렸다. 어느새 몸의 떨림이 가라앉았다. 멀리서 반짝거리는 경찰차 미등이 눈에 띄었다. 얼핏 예닐곱 대는 됨 직했다.

"난 네가 그 남잘 때려죽인 걸 알아." 형사가 능숙한 솜씨로 핸들을 꺾었다. "과학적으로 밝혀낼 수는 없지만, 네가 실종된 아이의 의붓아빠를 살해한 것이 분명해. 난 네가 죗값을 치르게 만들 거다. 넌 그게 억울할 테지만, 그러고 나면 사회 속에서 함께 살아갈 자격을 얻게 되지. 변호사만 잘 구하면 형량도 조정 가능해. 그런 다음엔…… 남은 인생을 멋지게 사는 거야. 난 네가 이 사회에 기여하도록 만들 거다. 너도 그것을 원하지?"

마침내 차가 멈췄다. 전조등도 훅 꺼졌다.

"형사님, 엄청 웃기네요."

나는 안전벨트를 풀어냈다. 내 호랑이 영혼이 풀숲에서 몸을 일으켰다. 그것은 더 이상 방해꾼이 지나가기를 기다리지 않았다. 훌쩍 뛰어넘어서 자신의 길을 가기로 결정했다. 상대는 다 늙어 빠진 악어일 뿐이야.

# 8장
# 실종

동네가 한눈에 내려다보였다. 내가 새벽마다 조깅을 하는 거리. 경찰시험에 합격해 순찰을 돌면 모르는 곳이 없게 하려고 3년을 하루처럼 살펴온 이웃의 집들이 달빛 아래서 빛났다. 산군신도시 주민들이 어디든 편하게 이동하도록 깔아둔 내부순환도로를 타고 경찰차들이 모였다. 사복 차림의 형사들이 우르르 차에서 내려 좁은 골목을 막아섰다. 이제 무슨 일이 일어날까? 또 나는 어떤 역할을 맡게 될까? 그런 생각을 하면서 심장이 펼떡이는 걸 느꼈다. 그날 밤 동네 풍경은 유독 아름다워, 조깅 시간을 밤으로 옮길까 고민이 되었다. 멀리 신도시 불빛이 공연장처럼 화려했다. 이런 일만 아니라면, 형사들이 캠프를 열어 모의훈련을 하는 듯 떠들썩하고 정겨운 술렁거림이 넘쳤다.

나는 초임 순경 두 명이 주황색 고깔을 주변에 늘어놓는 걸 봤다. 그 주위로 키 크고 탄탄한, 작지만 옹골찬, 다양한 체형의 형사들이 서 있었다. 무덥고 습한 열대야 속. 그들은 좁은 보폭으로 제자리걸음을 하며 동료들과 골목 지리를 익혔다. 형사들이 제각각 지도를 살펴볼 때, 휴대폰 플래시의 불빛이 풍선처럼 둥그렇게 골목의 어둠을 살라냈다. 나는 그들이 서로를 향해 중얼거리는 소리를 들었다. 질문을 던지고 답하며 그들 중 몇 명이 낄낄댔다. 그 틈에 여경도 두엇이 있어서 나는 강한 질투를 느꼈다.

'너희가 뭘 알아? 우리 동네에 대해.'

주먹을 쥔 채로 두 눈에 힘을 줬다. 차에서 내려, 늙은 형사가 내 곁을 지나갔다. 그는 돌아서 나를 보고는 손짓했다. 웃고 있었다.

'도망칠 생각은 없어.'

나는 묵묵히 그를 따랐다. 어차피 모 아니면 도. 여기서 형사가 시키는 일을 하든지, 집으로 돌아가 미주 엄마의 상황을 떠올리든지 해야 했다. 모여 선 이들이 늙은 형사의 기척을 느끼고 돌아섰다. 그들은 조금씩 물러나 그가 들어설 작은 길을 만들었다. 무리의 중심에 선 남자가 누군가로부터 귓속말을 듣고 머리를 들었다. 인사 따위는 오가지 않았다.

"이 구역 전부를 수색한다!"

우두머리가 말했다. 소리를 치지 않았는데도 듣는 사람을 긴장시키는 카리스마가 넘쳤다. 한 무리의 경찰들이 그의 말을 잘 듣기 위해서 자세를 고쳐 섰다. 나는 그의 직위를 추측했다. 단언할 수는 없으나 지방경찰청 과장급인 총경, 최소한 계상급인 경정은 될 것이었다. 경찰대 출신이겠지.

서울을 거쳐, 산왕시에서 발생한 아동 실종사건의 수사가 지지부진했다. 그런 상태에서 새로운 아동이 실종됐다. 피습된 여자를 두고 도망친 일로 경찰에 대한 비토 여론이 들끓는 가운데, 대통령 선거가 7개월 남짓 남았다. 정권의 말년에 떨어진 발등의 불이었다. 미주를 하루빨리 찾지 못하면 경찰의 수사 능력에 대한 심층 기획보도가 유력 방송사의 저녁 톱뉴스거리가 될 터였다.

"애가 엄마를 보고 싶다고 했대."

늙은 형사가 나의 귓가에 소곤댔다. 미주의 뽀송한 얼굴이 눈앞에 떠오르더니 그 고운 음성이 기억났다. 형사가 계속 말했다.

"알았다고, 알았다고 하며 애 아빠가 자꾸 미루고, 친할머닌 만나선 안 된다 난리를 치니까 혼자 나섰나 봐. CCTV를 추적해 확인된 것은 버스 정류장까지다. 하차 지점."

그가 나를 친근하게, 신뢰하는 동료처럼 대해주어서 기뻤다. 숙련된 형사와 팀을 이루어 수사를 하는 건 내가 아주 어릴 때부터 꿈꿔온 장면이었다.

"애 아빠 집이 산군신도시에 있나 봐. 버스 한 번만 타면 바로니까, 애 딴엔 혼자도 괜찮다 싶었겠지. 열 살이니까. 계란프라이 만들어 밥 비벼 먹고, 환승 없이 버스 타는 것 정도는 해볼 법한 나이잖아."

늙은 형사가 말했다. 그사이, 우두머리가 고개를 빳빳이 세웠다.

"일단, 독신 남성의 거주지부터 최우선으로 뒤진다. 상황이 급박하지만 최대한 상황을 설명해주고 동의를 구하도록!"

왜인지 모르겠는데 내 가슴이 달구어졌다. 분명하고 힘 있는 통솔력이란 보는 것만으로 끌리는 데가 있었다. 늙은 형사가 옆에서 투덜거렸다.

"제길. 혼자 사는 게 뭔 죄라고. 홀아비인 것도 억울한데 말이야."

나는 어깨를 으쓱했다.

"어쩔 수 없죠. 실종된 게 어린 여자애고, 그런 경우엔 독신 남성이 범행의 주체인 경우가 많으니까. 뭐, 통계잖아요?"

늙은 형사가 고개를 끄덕였다. 그는 검지를 들어 내 얼굴을 가리켰다.

"너 말이야, 그런 걸 파고드니까 경찰시험에 떨어졌던 거야. 딴짓하느라 시험공부를 게을리하니까. 진짜 경찰이 되는 애들은 네가 지금 말하는 통계 같은 건 몰라. 주어진 과목 공부만 열심히 하지. 그런 다음, 현장에 던져져 중요한 모든 것들을 익힌다."

그 말을 듣는데 가슴이 훈훈했다. 몰매를 맞고 도망친 아버지를 만나, 내가 이제껏 놓쳐온 것들을 다시 배우는 기분이랄까?

"빨리. 2인 1조로 움직여!"

우두머리의 명령에 따라 경찰관들이 사라졌다. 휑뎅그렁한 골목에서, 우두머리가 이쪽을 보더니 움찔했다. 나는 늙은 형사의 뒤로 돌아서 자그맣게 헛기침을 했다. 걱정 말라는 듯, 그가 단단한 손바닥으로 내 어깨를 쳤다.

"누굽니까? 못 보던 얼굴인데."

우두머리가 턱짓으로 나를 가리켰다. 불신의 눈빛이 너무 멋져서 마음이 아렸다.

"군포 서에서 지원 온 인력인가? 아니면 의왕?"

우두머리가 물었다. 그는 휴대폰으로 전달받은 사진들을 획획 넘겨봤다. 늙은 형사가 손사래 쳤다.

"내가 아는 애야. 경시 장수생인데, 이 동네 살아. 저 아래 구역. 그 사라진 여자애 얼굴도 알고."

그의 말들에 거짓이 없어 놀랐다.

"민간인이란 얘깁니까?"

우두머리의 눈매가 험궂게 일그러졌다.

"그렇지. 힘 좋고 발 빠른 애야. 걸리적거리진 않을 테니까 좀 봐주게. 문제 생기면 내가 책임질 테니 걱정일랑 말고. 아,

고양이 눈이라도 빌릴 판이잖아."

"전 이거 모르는 일입니다."

우두머리가 다짐을 두고는 수하와 함께 사라졌다. '이거'라
고 하며 내 얼굴에 삿대질한 것이 마음에 안 들었다. '모르는
일'이라며 책임을 저버린 것도 멋없었다.

"어휴, 다행이다."

늙은 형사가 휴대폰 화면 속 지도를 살펴봤다.

"그러니까 우리 구역이 말이야,"

그가 불시에 화면을 내게 돌려서 짧은 비명을 내질렀다.

"야행성 안구거든요? 조심해주시죠."

등을 웅크린 채 눈두덩을 막 비볐다. 늙은 형사가 미안하
다면서 등을 토닥였다.

"요 다음다음 블록이네."

그는 앞장서 걸어 나갔다. 그러더니 잠시 멈춰서 골목을
바라봤다. 다세대주택과 연립 그리고 원룸 등 300여 세대가
빼곡히 늘어서 있었다.

"이 중에 독신자, 아니 독신남 가구가 73세대 있어."

늙은 형사가 말했다.

"자, 맡아봐. 어디서 냄새가 나냐?"

나는 떠름한 얼굴로 형사를 쏘아봤다.

"어떻게 알았죠? 내가…… 맡을 줄 안다는 것."

"허허." 늙은 형사가 웃었다. "그야 당연하지. 넌 호랑이잖

냐. 나도 옛날엔 냄새 꽤 맡아댔지. 나이가 드니까 능력이 전
같지 않아."

"하지만 말이죠." 나는 어깨를 으쓱였다. "잘 아시겠지만
지금은 밤입니다. 사람들이 직장에서 퇴근하거나 학교에서
귀가하여, 온갖 증오와 분노를 멋대로 내뿜는 시간이라는 얘
기죠. 예, 그러니까…… 이런 시간엔 누구의 집에서나 비릿
한 악취가 난다고요."

우리는 빠르고 예의 바르게 독신 남자들의 집을 방문했다.
난 내가 우리 동네에 대해 쥐뿔도 몰랐다는 걸 깨달았다. 산
달동 골목에 그토록 많은 지하실이 있는지도. 창문 크기의 현
관문이 달린, 변기와 싱크대가 한 공간에 놓인 방 안에 사람
이 살고 있었다. 가구도 가족도 없는 근로자, 병적인 술주정
뱅이, 파리한 안색의 수험생 그리고 이른 시간에 잠을 청하는
재활용품 수거꾼 등등. 아직 귀가하지 않은 사람도 꽤 되었
다. 그 경우, 늙은 형사는 세입자에게 전화를 걸고, 다시 집주
인과 통화를 하여 허락을 구한 뒤 문을 열었다. 정말이지 모
든 걸 설명할 여유는 없었는데도.

탐문 구역이 묘하게 얽힌 형사 두 명이 우리 골목으로 들
어왔다. 마음이 급해, 어떤 빌라의 현관에서는 넷이 동시에
머리를 들이밀었다. 재빨리 흩어졌지만 몇 마디 참견을 하기
도 했다. 우리─그러니까 나와 노형사─가 낡아 빠진 단독

주택의 지하 창고에 관심을 보이자, 그들 중 하나가 나를 향해서 주의를 주었다.

"거기는 집이 아니야."

"그래, 거주자 표시된 구역도 아니잖아? 딱 봐도 창고인걸."

또 다른 형사가 휴대폰 화면을 힐끗 봤다. 탐색 구역의 정보가 담긴 파일이 열려 있었다.

"하지만 여기서 냄새가 난다고요."

나는 엉덩이 사이에 손을 얹고 꿈틀거리는 꼬리뼈 위를 눌렀다.

"냄새?"

한 형사가 가던 걸음을 멈춰 내 쪽을 돌아봤다. 마치 내가 질 나쁜 장난, 엄청 예의 없는 말대꾸라도 했다는 듯이 낯을 찌푸렸다. 어둠 속에서 내 호랑이 영혼은 어깨를 으쓱했다. 네깟 게 열 받으면 어쩔 건데? 냄새도 제대로 못 맡는 게. 그리고 망할 난 네 부하도 아니잖아.

"냄새가 나요. 아주 고약한 냄새가."

나는 똑똑히 말하며 내 파트너를 돌아봤다. 늙은 형사는 망설이지 않고 단독주택의 좁은 계단을 내려갔다. 그가 사방 1미터 크기의 나무 문을 두드릴 때, 그 소리가 마치 내 상한 마음을 토닥이는 것 같았다.

"계십니까. 잠시 협조 좀 구하겠습니다."

안에선 답이 없었다.

"창고라니까."

형사 하나가 비웃었고, 또 다른 형사가 맞장구치듯 코웃음을 쳤다. 늙은 형사가 계단을 올라왔다. 나는 마주 걸어서 계단을 내려가 히름한 나무 문짝을 힘껏 찼다.

"너, 이 새끼……."

감 떨어지는 형사가 뭐라 하든 말든 부서진 문 틈에 머리를 넣었다. 벽을 더듬어 스위치를 켜니, 다리가 얽힌 남녀 한 쌍이 흡혈귀처럼 우짖었다. 열두엇 마리의 바퀴벌레가 은신처 속으로 사라졌다.

"뭐야, 약쟁이네."

늙은 형사가 눈살을 찌푸렸다. 그는 두 형사를 돌아봤다.

"야, 실적 주웠다. 얼른 챙겨."

"선배님은요?"

"마, 내가 이거 주워서 뭐 하냐? 낼모레 은퇴인데."

우리는 조그만 마당을 가로질러서 주택을 빠져나왔다. 모퉁이를 돌자 곧바로 다른 골목이 나타났다.

"이봐, 범. 머리 좀 굴려. 그 냄새가 다 똑같진 않잖아?"

세련된 원룸 앞에서 늙은 형사가 투덜댔다. 어느새 지친 것인지 숨을 헐떡였다.

"탄 냄새, 구린 냄새, 시큼한 냄새……. 내 기억 속에선 뭐 그렇게 좀 달랐던 것 같은데."

"물론 그렇죠." 나는 순순히 고개를 끄덕였다. "하지만 그게 뭘 보장하지는 않잖아요. 탄 냄새가 기분 나쁘긴 해도, 그게 꼭 아동 유괴를 뜻하냐고요."

"에잇 카악."

늙은 형사가 침을 뱉고는 다음 주소를 확인했다. 걸음을 재촉하면서 그가 덧붙였다.

"문 부수지 마. 우리가 다 물어줘야 한다."

"아 그건 경찰들 사정이지, 난 몰라."

"이 자식이, 어른 말씀하시는데. 그게 다 세금이야!"

혼을 내면서 늙은 형사가 비쭉 웃었다. 나도 골목을 걸으며 비슷한 표정을 지어 보였다. 나이 든 남자와 티키타카 장난을 치고 있자니 외할아버지가 생각났다. 좋지 않은 징조였다. 조금 더 마음의 경계를 단단히 해야 하는데.


툭. 투둑. 머리와 어깨에 비를 맞았다. 가벼운 이슬비라면 좋았을 것을 물방울들이 꽤 묵직했다. 바람이 불어왔고, 거리의 불온한 냄새 사이로 흙냄새며 중금속 냄새가 섞여 출렁였다. 미적지근한 빗줄기들이 거세게 쏟아져 티셔츠 자락이 몸에 붙었다. 가슴엔 포효하는 호랑이 얼굴이 인쇄돼 있고 등에는 산왕태권도 로고가 박힌 새하얀 티셔츠가.

"나요, 사범님 알아요."

문득 귓가에 미주의 음성이 울렸다. 내 머릿속에서 그 여린 음성이 울먹거렸다.

'……걱정해요? 이웃이니까.'

겁먹은 아이의 얼굴이 눈에 선했다. 죽은 의붓아버지에게 머리를 맞을 때, 묘하게 당겨지던 두 뺨의 피부와 힘없이 벌어지던 입술이.

'구해주세요! 살려주세요!'

귓가에 들린 소리는 내가 만든 환청인지 아니면 지금 호랑이 영혼이 캐치한 것인지 헷갈렸다. 빗속을 걸으면서 나는 추측과 상상을 계속했다. 미주가 지금 누군가와 이 골목 어딘가에 있고, 얻어맞거나―운이 좋다면 거기에 그칠 텐데―추행당하거나 살해당하는 장면이 눈앞에 겹쳐졌다. 내 후각은 고통스러울 만큼 예민해졌고 두 귀가 쫑긋 섰다. 빗줄기는 더 굵어져 앞이 보이지 않았다. 열대성 폭우. 여기저기서 형사들이 당황하는 소리가 들려왔다. 누군가 거칠게 욕설을 내뱉었다.

"철수! 철수!"

갑자기 그런 외침이 들렸다. 형사들 사이로, 비를 피해 달음박질치는 주민 몇 명이 섞였다. 그들 모두가 의심스러웠다. 시동을 켜 사라지는 차량들을 보며 낭패감에 휩싸였다. 지독한 악취가 여기저기서 풍겨왔다.

"물건. 뭐 없어요? 미주 꺼."

나는 주위를 두리번거려 늙은 형사를 찾았다. 그는 어느

다세대주택의 계단 아래서 검은 하늘을 올려다보고 있었다. 내 말을 듣더니 바지 주머니를 거칠게 쑤석거렸다. 난 얼른 손을 뻗었다. 오목한 손바닥을 간지럽히며 빗물이 얇게 고였다. 늙은 형사가 내 손목을 잡아채 계단 아래서 외쳤다.

"버스 정류장 근처에 떨어져 있었대. CCTV로 보니까 제 손으로 뺐다는데, 가방에 넣다가 떨어뜨렸나 봐."

그러면서 내 왼손에 뭔가를 쥐여 줬다. 호랑이 손톱이 붕 대를 뚫고 솟아서 갈고리 모양을 드러냈다. 황갈색 털도 덩 달아 비죽 나왔다. 헛기침을 하며, 형사가 고개를 돌렸다. 나 는 작고 가벼운 물건을 보려고 머리를 숙였다. 하얀, 무선형 이어폰. 두 눈을 감고 그것을 힘껏 쥔 순간, 서늘한 공포가 내 몸을 휘감았다.

"엄마……."

중얼대면서 울었다. 뜨거운 눈물이 빗물에 섞여 흘렀다. 폭 우가 퍼붓는 골목을 향해서 단박에 뛰쳐나갔다.

"뭐 보여서 가는 거냐?"

늙은 형사가 계단 아래서 소리쳤다. 숨을 헐떡이며, 나는 거리를 지그재그로 뛰었다. 오래된 연립과 다세대주택들 사 이를 빙글빙글 돌며 방향 감각을 잃었다. 허둥거리며 뒷걸음 질을 치는데 비릿한 악취가 코를 찔렀다. 쿵쿵. 언젠가 맡아 본 것이었다. 내가 알지 못하는 어떤 동물의 썩는 냄새…… 그것이 빗물을 뚫고서 풍겨왔다.

나는 냄새를 따라 걸어갔다. 건물과 건물 틈으로 비좁은 샛길이 눈에 띄었다. 그것은 두 사람이 겨우 교차할 만큼 좁았다. 대여섯 걸음을 내딛자 오른쪽 방향에 작은 주택이 보였다. 문득, 오래전 여름이 떠올랐다. 그날도 이렇게 비가 왔었지. 엄마는 가스 불 위에 찜통을 올려놨고, 식탁의 양푼엔 먼저 찐 석화가 수북했다. 목장갑을 낀 외할아버지가 작은 꼬챙이를 쥔 채 흰 김이 솟는 그것을 까주었다. 커다란 껍데기를 벗겨 실팍한 굴은 후후 불어 내게 주고, 석화를 뒤집으면, 아무것도 없을 것 같은 부분에 작은 껍데기가 있었다. 할아버지는 꼬챙이 끝으로 껍데기를 벗겨 주름진 입술로 작은 덩어리를 후룩 빨았다. 아주 맛나다는 듯 눈살을 찡긋하면서 나를 보고는 웃었다.

'꼭 그런 굴 같은 집이네. 껍데기 뒤에 또 껍데기가 붙어 있는.'

대문 손잡이를 꽉 쥐었다.

"마! 거긴 독신자 거주지 아니야."

어느새 따라왔는지 늙은 형사가 쏴붙였다. 그의 몸은 완전히 젖어 있었고, 축 처진 머리카락을 타고 빗물이 흘러내렸다. 그의 뺨에 새겨진 주름들을 따라.

나는 주먹을 쥐고 문을 두드렸다. 아무도 답이 없었다. 미주의 우는 소리가 머리에 가득 차 두통이 일어났다. 나는 닫

흰 대문을 움켜쥐고서 흔들었다. 그러자 엄청난 고철 소리가
폭우를 뚫고 동네를 흔들었다. 작은 집 현관문을 열고, 한 노
파가 어기적거리며 나왔다. 나는 흡, 숨을 삼켰다.

"저리 가! 쓸모도 없는 게."

언젠가 마주친 노파의 표정이 눈에 선했다. 찌릿한 충격이
등골을 타고 흘렀다.

"문 부서져! 문!"

우산도 쓰지 않고, 노파가 다가와 대문을 열었다. 탁한 홍
채로는 무엇을 제대로 볼 수도 없을 텐데 우리를 향해서 적
의를 드러냈다.

"어르신, 이 집에 누가 삽니까?"

늙은 경찰이 물었다.

"내가 살지!"

노파가 대답했다. 나는 그녀를 가볍게 밀치고 질퍽한 마당
을 밟았다. 서너 걸음 너머 집 안에 발을 들이자 어느 쪽인지
방문이 탁 잠겼다. 거실엔 밥상이 놓여 있는데, 숟가락 개수
가 셋이었다. 밥그릇 두 개는 반쯤 비워졌고 하나는 완전히
새 거였다.

"불쌍한 애를 거둬준 거야, 우리 아들이!"

꼬부라진 허리 위로 떡진 머리를 쳐들며 노파가 악을 썼
다. 나는 두 개의 닫힌 방문을 발로 차 부쉈다. 왼쪽은 빈방.
오른쪽 방 안에, 한 여자아이가 서 있었다. 얼굴이 파랗게 질

리고 머리카락이 잘린 채 입술이 터져 있어서 그게 미주라는 걸 깨닫기까지 시간이 걸렸다. 그 애는 하얀색 반팔 티셔츠를 입었는데 아래에는 청 반바지를……. 나는 그 남자가 미주의 바지를 입히려는 건지 벗기려는 건지 몰라 혼란스러웠다. 미주는 나를 보고도 소리를 지르지 않았다. 울지도 않았다. 다만 그 얼굴은 몹시 지쳐 있어, 꽤 오랫동안—아마 몇 시간 정도—울면서 악을 쓴 듯했다. 누런색 러닝셔츠를 입은 남자가 내게서 등을 돌렸다. 그는 바닥에 놓인 뭔가를 성급히 움켜쥐었다.

돌이켜 생각할 때마다, 그 순간은 느린 영상처럼 내 눈앞을 스쳐 간다. 나는 왼손을 뻗어 미주를 밀쳐냈고 풀쩍 몸을 띄워 그 남자 몸을 덮쳤다. 순간, 내 왼쪽 옆구리를 뚫고 뾰족한 것이 들어왔다. 큰 고통에 몸을 떨며 나는 이빨로 남자를 꽉 물었다. 작고 단단한 뼈들이 함부로 튀면서 으스러지는 소리가 들렸다. 나는 온통 털로 뒤덮인 데다 발톱이 치솟은 내 손들을 봤다. 그것이 그 마른 남자를 완전히 찢어발겨 온 방 안을 피범벅으로 만들었다. 잠시 후, 나는 경련을 일으키면서 바닥에 쓰러졌다. 그 망할 늙은 악어가 내 엉덩이에 테이저건을 쏘았던 것이다.

눈을 떴을 때, 희고 깨끗한 공간에 누워 있었다. 천장의 석고보드를 본 순간 병원이란 걸 깨달았다. 다만 궁금한 것은 어디의 병원일까 하는 것이었다. 일반 병원? 아니면 구치소 내부의 병원?

"아이쿠, 깨어나셨네."

낮게 울리는 목소리. 나는 두통을 느끼며 고개를 돌렸다. 그러자 친절하게도, 누군가 전동 버튼을 눌러서 침대 머리를 높여줬다. 늙은 형사였다. 그는 침대 옆 의자에 앉아, 들여다보던 책자를 내 눈앞에 흔들었다.

"미로 찾기야. 치매 예방에 좋다고 해서. 이게 호랑이 아가리에서 출발해 똥구멍까지 가는 건데, 생각보다 쉽지 않네."

어이가 없어서 웃음이 났다. 나는 고개를 돌려 엄마를 찾았다. 보이지 않았다. 불안한 마음이 더욱 커졌다. 놀랍게도 병실은 1인실이었다. 일반 병원이라면, 엄마가 이런 결정을 했을 리 없는데.

"미주는요. 집에 잘 갔어요?"

소리를 내는데 목이 좀 따끔했다.

"어느새? 걔도 지금 여기 있지. 병동은 다르지만." 늙은 형사가 말했다. "정신과 치료를 받아야 할 거야. 증언도 녹취해 둬야 하고."

여기 있다고? 여기? 그렇다면 일반 병원인가. 미간을 좁히며 궁금한 것을 물었다.

"걔 엄마는요. 회복이 됐나요? 둘이 만났는지……."

늙은 형사는 입을 꾹 닫았다. 그는 미로책자를 뒤집어 창턱에 올려놨다.

"그런 걱정을 다 하다니. 너는 참 기특한 호랑이네. 뭐, 이
제 그 능력은 사라진 듯해도."

"무, 무슨 말이에요?"

나는 묶인 채 왼손을 보았다. 붕대는 누군가에 의해 풀어
졌고, 검지는 평범한 사람의 그것이 돼 있었다. 촘촘히 털이
나 있던 부위만 황갈색으로 물이 들었을 뿐, 손톱도 원래의
크기로 작아져 있었다.

"아, 안 돼!"

이를 악물고 버둥댔다. 콧날이 시큰해지면서 눈물이 차올
랐다. 이렇게 슬픈데, 이렇게 억울한데, 호랑이 기운은 솟아
나지를 않았다.

"그게 말이야, 어느 날 왔다가 그냥 가버리지." 형사가 중
얼댔다. "받아들이기 힘들어. 꽤 섭섭하지. 나의 경우엔 여기
어깨에 흔적을 남겼는데…… 너의 호랑이는 연한 커피색 얼
룩을 남겼군. 뭐 아무튼, 이제 넌 죗값을 치를 거야. 선을 넘
었으니."

"선을 넘어요? 그놈은 아동유괴범이에요!"

힘껏 악을 썼다. 입 밖에 차마 못 낼, 그놈이 애한테 저질렀
을 법한 끔찍한 짓들이 떠올랐다.

"그래?" 늙은 형사가 돌출된 두 눈을 치켜떴다. "하지만 그
걸 누가 알겠어. 그놈은 죽었는데. 어린애의 증언을 듣기야

하겠지만……. 그 앤 '호랑이가 나타났어요' 같은 말이나 하고 있다고. 이건 경시 장수생 아니라 평범한 시민도 알 만한 얘기야. 그런 증언은 법정의 신뢰를 받을 수가 없지. '공소권 없음'이라고…… 잘 알지?"

나는 분해서 아랫입술을 잘근댔다. 배 속이 뒤집어지는 것 같았다. 형사가 말을 이었다.

"거기에 있던 게 나 하나뿐이기 망정이지! 바디캠을 찬 형사들이라도 마주쳤더라면 넌 꼼짝없이 해외 토픽에 인체 실험 감이야. 네가 분노를 주체 못 하고 이성을 잃는 바람에 우리 조직은 커다란 위기를 맞았다고. 무수한 조직원들의 힘겨운 노력이 그 결실을 잃게 됐어!"

늙은 형사가 혀를 찼다. 그는 천장의 에어컨디셔너를 흘겨보며 손수건으로 목덜미를 문질렀다.

"아니, 사람을 걸레짝처럼 찢어놓으면 어떻게 해? 그 불쌍한 할머닌 그 자리에서 졸도해 사경을 헤매고 있어."

"그래서 뭐라고 하셨어요?" 나는 물었다. "형사님은…… 뭐라고 보고하셨죠?"

늙은 형사가 한쪽 입꼬리를 실룩였다. 그는 손가락으로 나를 쿡 찔렀다.

"당연히, 네가 했다고 했지. 형사의 양심을 걸고 난 거짓말 따위 안 해. 있는 그대로 이야기하지. 네가 호랑이로 변신해 사람을 찢어발겼다고, 그렇게 보고했다."

"정말······요?"

가슴이 철렁했다.

"흐흐."

늙은 형사가 창턱에 놓아둔 볼펜을 쥐었다. 그는 그것을 뱅뱅 돌리며 손장난을 쳤다.

"그럴 수야 있나? 엄청 큰 개새끼가 뛰어 들어와 그놈을 물어뜯었다 했지. 물론 근처의 CCTV를, 그래봤자 몇 대 되지도 않지만, 다 뒤져도 그렇게 큰 개새끼 지나는 영상은 찾을 수 없었어. 그런 개새낄 키웠단 주민도 없고, 한 번이라도 봤다는 증언도 없는 거야."

"거짓말······하셨네요."

나도 모르게 두 뺨을 실룩였다. 늙은 형사는 언성을 높이며 신경질을 부려댔다.

"미친 사람이 될 순 없잖아! 세상은 거짓말쟁이를 싫어하지만 미친 사람만큼은 아니라고."

"그럼······ 전 어떻게 돼요?"

가슴이 두근댔다. 어쩌면, 집으로 갈 수 있나? 엄마는 지금 어디에 있지? 보고 싶다. 걱정하고 있을 텐데.

"바로 그게 문제야."

늙은 형사가 셔츠 주머니에서 담배를 꺼내 물었다. 그러나 불을 붙이진 않고 누런 이빨로 잘근거렸다.

"국과수 애들이, 그 찢어발겨진 시신에서 치흔을 찾아냈어. 그리고 침. 거기서 DNA를 뽑아냈지. 그걸 분석했다고. 일도 많은데, 걔들이 무슨 대단한 기대를 했겠어? 기껏해야 그레이트 데인이나 사모예드 같은 대형견 품종이 나오겠거니 했겠지. 우와…… 근데 거기서 뭐가 나온 거야? 호랑이, 그것도 시베리아 호랑이 DNA가 나왔지! 제기랄, 그것뿐이면 다행이게? 거기에 사람 유전인자가 섞였어. 그게 누구냐? 모른다. 그것이 국과수 입장이야. 우리나라에서 일반 시민의 DNA 수집은 금지. 그게 법이니까. 적어도 범죄자 중에는 없더라, 이것만 확인됐지. 그러나! 그 호랑이 DNA는 산달동 살인사건 피해자의 상처에서 발견된 것과 일치한다, 대략 이 정도."

이야기를 듣는 동안 온몸의 살갗이 화르르 타는 듯했다.

"그럼……." 나는 마른침을 애써 삼켰다. "저 집에 가요? 가도 돼요?"

늙은 형사가 입에 물었던 담배를 잡아 분질렀다.

"집에 꿀단지 묻어놨냐?" 그가 매서운 눈으로 나를 노려봤다. "다시 말하지만 난 네가 첫값을 치러야 한다고 생각해. 그러지 않으면 말이 안 되거든. 윤리적이지 않다고. 너도 그 정돈 알 거야, 경찰 지망생이었으니까. 우리 형법은 상대가 지독한 악인이라 해도 그 권리를 지켜주지. 적법 절차를 밟았더라면 무기징역쯤 살렸을 텐데, 늙다리 경찰이 부실한 대응을 하는 바람에 호랑이 따위에게 찢겨 죽임을 당했어. 허 참,

나 원. 호랑이라니. 너 지금 그것 때문에 저 위쪽이 얼마나 시끄러운 줄 알아?"

"하지만…… 어떡하시게요?" 나는 눈알을 좌우로 굴렸다. "그 DNA가 제 것이라고 보고하시게요? 절대 제 입으로는 자수 안 해요. 난 그놈이 무기징역 따위를 사는 게 정당한 처벌이라고 생각 않고요, 설령 내가 내 입으로 '그 호랑이가 나다' 말한다 해서,"

"그렇지. 바로 그게 문제야."

늙은 형사가 고개를 주억거렸다. 그러는 사이, 나는 내 행동을—만에 하나 법정에 서게 됐을 때—심신미약에 의한 과실치사로 주장해볼 수 있는지 궁리했다. 변호사만 잘 구하면 못 해볼 것도 없지 싶었다.

"아니, 그러고 보니까 대체 왜 묶여 있어요?"

그제야 이 어처구니없는 상황에 의문이 일었다. 나는 사지를 버둥거렸다.

"네가 발작을 할 수 있다고 생각하거든, 의사들은." 늙은 형사가 빙긋 웃었다. "네가 현장에서 그 커다란 개새끼, 뭐 이젠 호랑이로 밝혀졌지만 아무튼, 그걸 보고는 놀라서 발작했다고 이야기했어. 우리가 공히 인정하듯이, 사람이 호랑이 새끼로 변신해 난동을 부릴 수 있으니 묶어둬야만 한다고, 그렇게 말하긴 어렵잖아? 나도 참 골치가 아팠어."

형사가 병실을 나간 뒤 엄마가 들어왔다. 그녀는 울적한 표정이었으나 내가 의식을 찾은 걸 보고는 가슴을 크게 젖혔다. 손뼉을 치며 달려와 내 몸을 덥석 안았다.

"아이고 내 새끼. 우리 애기!"

축축한 숨결이 내 뺨을 간지럽혔다.

"아이, 내가 무슨 애기야."

웃으며 문 쪽을 흘끔 봤다. 혹시나 누군가 들었을까 봐 창피했다.

"그러게. 왜 말이 그렇게 나오냐?"

엄마가 왈칵 웃더니 손으로 눈물을 훔쳤다.

"근데…… 어쩌자고 나 1인실에다 넣었어? 실비보험도 안 나오는데."

걱정이 되어 물으니 엄마가 손으로 문 쪽을 가리켰다.

"아까 그 형사가 여기 묵으래. 자기가 병원비 내준다고. 민간인을 경찰 수사에 끌어들여서 미안하다나? 전기총이 아프긴 엄청 아파도 한 번 맞아선 부작용 거의 없단다. 참 나, 그 말을 누가 믿어? 깨어나 살아가 봐야 알지. 시집도 안 간 여자애를 이 지경으로 만들어놓고……. 내가 아주 고소한다고 방방 뛰었다. 능글맞은 영감탱이!"

그러면서 엄마는 내 왼손을 더듬었다.

"아이고, 이제야 털이 빠졌네! 100명을 도와야 한다더니, 큰 거 한 방으로 끝났나 봐. 퇴원하거든 바로 소개팅 약속 잡

자. 그 타일 기술자. 응?"

엄마가 활짝 웃었다.


우리는 곧바로 퇴원 절차를 밟아 집에 갔다. 이때가 아니면
또 언제 1인 병실에 머물러보랴 싶었지만, 병원에서는 환자
에게 날고기 식단을 제공해주지 않으므로 어쩔 수가 없었다.

집으로 돌아와서는 오후 내내 침대에 누워 쉬었다. 16시간
을 꼬박 잔 터라 엉덩이가 뻐근하다는 것밖에 불편한 점이
없었으나, '병원이었다면 이렇게 지냈을 거야' 하고 엄마가
고집을 부렸던 것이다. 황송스럽게도 두 번의 식사 역시 엄
마가 쟁반에 챙겨준 것을 먹었다.

"아무 생각도 말어. 눈 감고 쉬어."

빈 접시가 든 쟁반을 받아 나가며 엄마가 당부했다. 나는
알겠다고 대꾸했다. 그러고는 방문이 닫히자마자 휴대폰을
집어 뉴스를 검색했다. 유명 종편사의 특종 보도가 수백만
조회수를 자랑하며 맨 위에 떠 있었다. 음량을 최소로 줄이
고 가볍게 화면을 터치했다.

이른 새벽, 가는 빗줄기 사이로 한 기자가 나타났다. 노란
색 우비 모자 아래 머리카락이 젖었다.


"지난밤. 경기도 산왕시 모처에서, 실종된 김 양이 발견됐습니
다. 경찰에 따르면, 경기 산왕경찰서 외 2개 경찰서는 공조수사

를 벌이던 중, 한 주택에 납치돼 있던 김 양을 발견해 구조했습니다. 용의자로 보이는 A씨는 체포 과정 중 난동을 부리다 대형 동물의 공격을 받고 사망한 것으로 밝혀졌습니다. 한 경찰 관계자는 이번 수사에 경찰견이 동원되지는 않았다고……."

나는 또 다른 뉴스 영상을 클릭했다. 이제 비는 완전히 그쳤고 화면의 한 귀퉁이가 어슴푸레 밝아왔다. 카메라가 비춘 곳은 단독주택의 입구로, 삽을 든 인부의 모습이 언뜻 보였다. 더 이상의 진입을 금지하며 제복을 입은 경찰관들이 골목을 막아섰다. 기자는 버텨서 몸싸움을 하며 자신의 자리를 확보했다. 간결한 문장 사이로 가쁜 숨소리가 새어 나왔다.

"이곳은 경기도 산왕시, 실종되었던 김 양이 발견된 단독주택 앞입니다. 경찰은 이례적일 만큼 빠른 속도로 밤샘 현장 조사를 진행했는데요, 이 주택의 마당에서 어린 여자아이로 추정되는 2구의 시신과 더불어 개 세 마리의 사체가 발견됐습니다. 체포 과정 중 사망한 유력 용의자 A씨의 방에서는 잔인한 폭력, 고문, 살인 장면이 담긴 소위 '스너프 필름'이 수십여 편 발견되었다고 익명의 경찰 관계자는 밝혔습니다."

머리가 지끈거렸다. 나는 손을 떨면서 또 다른 뉴스를 클릭했다. 비슷한 구도에서 다른 방송사 기자의 보도가 이어졌다.

"사망한 용의자 A씨는 서울에서 직장을 다니다 사직하고, 올해 초 산왕시 모친의 집에 돌아온 것으로 알려졌습니다. 도시 한복판에서 이토록 끔찍한 사건이 발생한 것에 대해 주민들은 격앙된 반응을 보였습니다."

"죽여라!" "이미 죽었대요." "그래도 또 죽여!" 소리치는 주민들 모습이 모자이크 아래로 비쳤다. 기자가 말을 이었다.

"한편 경찰은 마당에서 발견된 2구의 시신에 대해 국립과학수사연구원에 부검을 의뢰, 사인을 밝힐 계획입니다. 익명을 당부한 경찰 관계자는, 경찰이 2구의 시신을 각각 지난해와 올해 초 실종된 유 양과 홍 양일 것으로 조심스럽게 추정한다고 밝혔습니다."

나는 이어폰을 끼고 소리를 키웠다. 분노한 이웃들의 모습을 뜨겁게 느끼고 싶었다. 미주의 친척으로 짐작되는 사람이 울부짖는 걸 여러 번 반복해 들었다. 유독 겁이 많아 보였던, 미주의 동그란 두 눈을 생각했다. 그 애 집 식탁에 마주 앉아서 우리가 나눴던 대화를 회상했다.

'다시 또 웃을 수 있을까, 그 애는.'

그런 생각을 하자 콧날이 시큰했다. 병실에서, 늙은 형사가 들려준 사건 정황을 또 한 번 되짚었다.

"영리한 아이였어."

형사는 말하고 창밖을 내다봤다. 고층이어서 산군신도시가 한눈에 보였고, 날씨가 좋아서 산왕산 능선 너머로 희미하게 청계산 줄기가 보였다. 그는 계속 말했다.

"버스 정류장에 내려 엄마 집 쪽으로 갔다는군. 익숙한 골목이라서 마음이 놓였대. 그런데 갑자기 웬 할머니가 튀어나와선 수레를 끌고 가더라는 거야. 몇 걸음 걷더니 아이를 돌아보고는 끙끙대면서 '이것 좀 밀어줘라' 그러더래. 다시 말하지만 영리한 애야. 학교에서 배운 게 있으니 다른 어른에게 도움을 청하려 주위를 둘러봤대. 헌데 아무도 없는 거지. 상대는 꼬부랑 할머니고 엄마 집은 겨우 두 블록 다음. 그래도 조금 망설였다나 봐. 근데 그 할망구가 갑자기 '뭐 해! 도와달라니까!' 소리를 빽 지르더라는군. 얼른 달려가 밀어줬대, 그 수레를. 좁은 샛길을 지나 대문 안으로 들어선 순간에 악몽이 시작됐지."

자동 재생 기능에 의해, 휴대폰에서 또 다른 영상이 흘러나왔다. 이번엔 호흡이 단정한 아나운서의 목소리였다.

"……경찰은 수색을 지휘한 경기남부경찰청 지휘관에게 1계급 특진을 추진할 계획이었으나, 범행 용의자가 잔혹하게 살해되는 등 여파로 취소하고, 담당 경찰관을 문책할 예정입니다."

문책이라니. 누구를? 그 우두머리를? 아니겠지. 내 머릿속에서 늙은 형사의 넓적한 얼굴이 떠올랐다. 병실을 나서기 전, 그는 침상과 연결된 내 손목과 발목의 구속 밴드들을 풀어줬다.

"너를 법정에 세울 순 없겠지. 하지만 감옥엔 보낼 순 있어."

"그게 무슨 말이에요?"

손목을 어루만지면서 나는 퉁명스럽게 받아쳤다.

"일단 좀 쉬어. 그리고 그 점집에서 보자."


똑똑똑. 갑자기 엄마가 방문을 두드려 베개 밑에 휴대폰을 넣고 잠이 든 체했다. 문을 빼금 열더니 엄마가 내 머리맡으로 다가왔다. 쪼그려 앉아, 그녀는 속닥거렸다.

"태경아, 우리 이사 갈까?"

"이사?"

나는 눈을 번쩍 떴다. 엄마는 놀라지도 않고 고개를 끄덕였다.

"원룸 올린다고, 우리 집 팔라는 업자가 많아. 아무도 모르는 동네 가 조용히 살자. 엄마 미용 기술 있으니 먹고사는 건 문제없지. 너 엄마 밑에서 기술 배워. 임대료 싼 동네 들어가 둘이 일하면 금세……."

"왜. 누가 뭐라고 해? 손님들이?"

나는 몸을 일으켰다.

"모르겠어." 엄마가 고개를 흔들었다. "실은 좀 지난 얘기야. 저번주에…… 너도 알지? 앞집 노무사 아저씨. 왜 뉴스에 인터뷰했었잖아. 호랑이 털이 동물원 어쩌고. 혜미 아버지 말이야."

나는 고개를 끄덕였다.

"그 아저씨가 글쎄 커트하러 와서는. 아니 생전 이발소나 가지 우리 가게는 안 오던 양반인데, 와서는. 갑자기 그 남자, 미주 새아빠 얘기를 하는 거야. 한창 뒷머리 밀고 있는데, 자기는 그 사람 잘 죽었다고 본다면서."

"그래?"

"응." 엄마가 언성을 더욱 낮췄다. "자기가 살면서 별별 험한 일 다 봤고, 세상을 알 만큼 안다 여겼는데 그렇지 않더라나? 세상에는 하늘이 있고, 다 인과응보가 있더라고, 아주 겸손한 마음을 갖게 됐다고 그러는 거야. 동네에 CCTV도 몇개 없고 밤길 어두워 딸 키우기 겁나는데, 태경이 있어 든든하다고. 나 그 말 듣는데 왜 그리 소름이 끼치는지!"

엄마가 겁먹은 눈으로 나를 봤다.

"나 네가 사람들 돕는 것 좋았는데, 그건 너 안 다쳤을 때 얘기야. 이번 일 겪으니까 막 무서워. 태경아 너 나를 어떻게, 어떤 엄마라 여겨왔는지 모르지만, 엄마는 다른 사람들하고 똑같은 엄마야. 너 다쳐 세상에 없으면 딱 죽은 목숨이다. 너 그거 알아야 돼."

어둠 속에서, 엄마가 울먹울먹 내 손을 더듬었다.

"응? 어째 답이 없어."

"아이고, 천하의 홍미애 여사가 왜 이러실까? 알았어요, 알 았습니다."

가볍게 웃으며 머리를 까닥였다. 엄마는 내 뺨을 더듬어 만지고, 두어 번 토닥인 뒤에 방을 나섰다.


하루를 꼬박 쉬고 사주카페로 출근해 여느 날처럼 청소를 했다. 둔부의 통증이 사라져 몸이 가뿐했다. 칼에 찔린 적 없 는 것처럼, 옆구리도 깨끗이 아물어 있었다. 다만 왼손 검지 는 누렇게 얼룩진 채로 그 평범한 형태를 유지했다. 나는 커 다란 의자에 앉아 얼음이 수북한 커피를 마시며 경찰서 뒷문 을 바라봤다. 가슴이 울렁거렸다. 이제 곧 손님이 찾아와 그 손을 잡으면, 내 호랑이 영혼이 정말로 사라졌는지 아닌지 알 수 있겠지.

"참 나. 평소엔 구름 떼처럼 밀려들더니, 기다리니까 안 와?"

거리를 오가는 사람들을 보며 나는 좀 투덜거렸다.

개수대에서 컵을 씻고는 파티션 밖으로 나오는데 산왕경 찰서 뒷문을 나서는 한 남자가 보였다. 그는 도로 이쪽저쪽 을 한 번씩 살핀 뒤 과감히 무단횡단을 했다. 자동문을 열고,

남자가 웃으며 들어왔다.

"어이 덥네. 나 방금 옷 벗었다."

늙은 형사가 손님용 의자에 앉아 메뉴판으로 부채질을 했다. 나는 입술을 삐죽거렸다.

"뉴스 봤어요. 책임성 문책을 한다더니만, 그건가요?"

늙은 형사는 불룩한 배를 흔들며 웃었다. 그는 시원스럽게 다리를 꼬더니 한쪽 발목을 덜덜 떨었다.

"뭐, 그런 거지."

늙은 형사가 입맛을 다셨다. 그는 두툼한 이맛살을 들어 올리며 나를 봤다. 개기름이 흘러 피부가 번들거렸다.

"여기가 네 감옥이다."

그가 말했다.

"뭐요? 그게 무슨 말씀이에요?"

"자리에 앉아."

마치 지시를 하듯 그는 단호한 투로 말했다. 두툼한 목을 움츠려 내 눈을 쏘아보았다.

"너, 눈알이 원래 그런 색이었냐? 아주 샛노랗다."

"눈이 뭐. 색깔이 뭐."

나는 휴대폰을 들고 셀카 모드로 두 눈을 살폈다. 원래 그것은 어두운 밤색인데 꽤 밝은 노랑이 되어 있었다. 마치 컬러 렌즈를 낀 것처럼.

"어, 왜 이러지?"

나는 파티션 뒤로 가 커다란 거울을 들여다보았다.

"그게 다 수행이 부족한 탓이야."

늙은 형사가 파티션 안까지 따라와 거울을 향해 삿대질했다.

"어떤 감정이, 불안하고 억울하고 아무튼 부정적 감정이 치솟을 적에 그걸 관리할 줄을 알아야 된다. 그 변신이라는 게…… 초기엔 2차 성징의 추이와 비슷하지. 아무 예고도 없이 이랬다저랬다 하거든. 안정기에 접어들 때까진 적응을 위한 연습이 필요해. 변신의 조짐을 예민하게 알아채는 그런 훈련들이. 만일 그러지 않으면, 넌 아무 데서나 불쑥불쑥 변신을 하게 될 거다. 사람들 앞에서 엄니가 돋고 꼬리가 길어져 흔들 테지. 여간 중요한 문제가 아니야. 관리하지 않음 곤란할걸."

"하지만…… 사라진 거라고 했잖아요. 내 능력. 그때 병실에서."

"거짓말이었어." 늙은 형사가 거울 속에서 킬킬댔다. "너도 좀 혼이 나야지. 손가락 그게 원래대로 돌아온 건 조정이 되고 있다는 뜻이다. 능력이 사라져 그런 게 아니고. 다 겪어보고서 하는 얘기야."

"그럼 아직…… 나, 호랑이?"

거울을 들여다보았다. 찢어져라고 웃는 내 입술 위로 희고 긴 수염이 돋아났다가 사라졌다. 기분이 너무 좋아서 하늘을 날 듯했다. 작은 날개처럼, 두 귀가 쫑긋 섰다. 겉에는 황갈색 털이, 안쪽엔 하얀색 털이 순식간에 돋아났다.

"이것 보라고. 네가 얼마나 미숙한 천방지축인지."

늙은 형사가 파티션 너머 손님용 의자로 돌아갔다. 나는 묶었던 머리를 풀어 귀를 가리고 그의 뒤를 따라갔다.

"그래서 나한테 뭘 원하는데요?"

가슴이 쿵쿵 뛰었다. 아직 내 안에 호랑이 영혼이 머물러 있는 게 기뻤다. 그래, 100명을 못 채웠으니까. 당연하지!

"너, 여기가 감옥이라고 했어. 나는 네 교도관이다."

늙은 형사가 불거진 눈알에 힘을 줬다.

"푸흡." 나는 좀 웃었다. "무슨 말이에요? 그게."

"앞으로 네가 나하고 함께 일해야 한다는 뜻이야."

늙은 형사가 답했다. 그는 굵직한 목을 비틀어 내 작은 카페를 둘러봤다.

"싫은데?"

나는 말했다.

"싫으면 죄 짓고 감옥에 안 가? 그러는 법은 없지."

늙은 형사가 빈정댔다. 나도 꽤 닮은 어투로 받아쳤다.

"안 가는 사람 많더만, 뭘? 어차피…… 내가 호랑이라는 걸 폭로할 수도 없다며. 거짓말쟁이가 될지언정 미친 사람이 되긴 싫다고, 그때 안 그랬어요? 병실에서? 이런 협박이 무슨 소용이 있어?"

"있지. 난 늙은 형사야." 돌출된 데다 쌍꺼풀이 진 그의 두 눈이 번뜩였다. "평생 사람을 쫓아다녔지. 이제부터 네가 어디에 있건 또 어디로 가건, 거기에 내가 있을 거다. 그래서 네가 저지른 끔찍한 일들을 끝없이 되새기게끔 만들 거야. 그럼 넌 결혼도 못 하고, 설령 아이를 낳아서 키운다 해도 과거를 들킬까 불안하겠지. 하지만 앞으로 딱 3년 나히고 고생하면,"

"그러니까 내가 왜요오."

"왜냐니."

늙은 형사가 인상을 찌푸렸다. 수없이 많은 할 말이 있지만 시간이 없어서 참는 것 같았다. 큰 숨을 고르고 그는 차분히 말을 골랐다.

"다시 말하지만 넌 죗값을 치러야 돼. 네가 죽인 사람들에 대해, 세상에 남은 그 가족에 대해, 너는 일말의 죄책감이 없냐?"

'가정폭력범과 최소 아동유괴범에 대해 무슨 죄책감⋯⋯.' 나는 속으로 구시렁거렸다. 내가 그 말을 입 밖에 내지 못한 건 '남은 그 가족'에 몰두한 탓이었다. 나는 미주 엄마의 배에 잉태된, 그러나 태어나지 못한 아기를 생각했다. 무슨 짓을 해도 씻을 수 없는 죄를 지었잖아⋯⋯. 늙은 형사가 말을 이었다.

"넌 이제 나랑 같이 움직인다. 억울하고, 소외된 사람들. 그러니까 우리 사법체제에서 완전히 잊힌 그런 이들을 돕는 거지."

"하지만 나도…… 하고 있다고요. 나름대로."

"우연에 기대고 있지 않냐. 그 돕는 사람들." 늙은 형사가 혀를 찼다. "아니, 이렇게 생각하자. 대체 너는 왜 여기다 점집을 열었냐? 하필이면 경찰서 앞에. 이제 와 말인데, 난 첨에 새로운 지구대라도 들어섰는지 알았다. 간도 크게 경찰서 앞에서 간판에 112…… 까불고 말이야."

"우이씨. 까불다니! 나도 엄연한 성인인데! 이런 식이면 일 같이 못 해요!"

"아, 미안."

늙은 형사가 두 손을 들어서 항복한다는 시늉을 했다. 나는 속으로 계산기를 두드렸다. 대체 이 늙은 악어가 어디까지 아는 걸까? 아니, 이 악어는 어떻게 자기에게 걸린 저주를 풀어냈지? 나는 솔직히 속내를 드러냈다.

"무당이 그랬어요. 100명의 한을 풀어주면 호랑이 영혼이 귀토를 하여…… 그러니까 안식을 찾게 된다고요. 온전히 사람의 모습을 찾고, 다시 내 인생을 살게 된대요. 형사님도…… 그런 얘기를 들었어요? 옛날에? 그래서 저주를 푼 거예요?"

"뭐 비슷하지." 늙은 형사가 고개를 끄덕였다. "내 경우엔 승려의 조언을 받았어. 우리 집안은 대대로 불교를 믿어왔거든. 불자의 목표는 세상의 고통과 번뇌를 벗어나 해탈의 경지에 이르는 거야. 그래서…… 나는 복수가 복수를 낳는 그러한 길로는 가지 않았다. 짐승의 길이 아니라 사람의 길을 택했어. 울타리 안으로 들어갔지. 하지만…….”

나는 뒷말이 이어지기를 기다렸다.

“솔직히 말해, 나 같은 사람이 또 있을 줄 몰랐다. 좀 혼란스러운데…… 그러니까 네가 원하는 것은 다시 사람이 되는 거냐?”

대답 없이, 나는 눈썹만 움찔했다. 호랑이 영혼과 헤어져 평범한 인간이 되는 건 싫었다. 100명의 한을 풀어주는 건 아무래도 좋고, 200명 300명의 한이라도 힘닿는 데까지 풀어줄 수는 있지만, 그 결과 도로 인간이…… 그것도 20대 여자가 되는 건 생각해봐야 할 문제가 아닐까? 어제만 해도 그랬다. 병실에서 털 빠진 왼손 검지를 보는데 하늘이 무너지는 듯 공포를 느꼈다. 경찰시험에 떨어졌을 때와는 비교도 되지 않았다. 그렇다면 나는 이 사주카페를 그만두고, 엄마 말마따나 어디 이사를 가버리는 게 좋지 않을까? 그러면 나는 사람들 한을 못 풀어주었으니, 영원히 호랑이 영혼과 함께 살 텐데.

“경솔한 생각 말아.”

늙은 형사가 말했다. 그는 돌출된 눈으로 나를 쏘아봤다. 마치 내 속을 다 알고 있다는 듯.

“짐승의 길은 고독하다. 세상 일에 무관심하고 타자의 고통 앞에서 무표정하며…… 자신이 그러한 성품을 갖고 있다는 그런 사실도 몰라. 특별한 힘에 취해서 살아가다 보면, 나중엔 입을 벌려도 말이 나오질 않는 거야. 어떤 상황에서 무슨 말을 하면 좋을지 전혀 알 수가 없어. 생각해봐라. 남의 말을 알아듣지 못하는 것과 네 뜻을 전하지 못하는 것 중에 뭐가 더 괴로울까?"

"······."

"좋아. 내가 물러서마. 네가 그 호랑이 영혼을 떠나보내기 싫다면, 그저 몇 번만 날 도와줘. 어차피 너도 이 점집을 계속 운영할 생각 아니냐? 부대낀다면, 나랑은 몇 가지 일만 같이 해줘도 좋아. 99명까지만 남을 도우면 너의 그 호랑이 힘은 유지할 수가 있잖아. 몇 번 도와주면, 나도 네 죗값을 사하고 놓아주마."

"논리가 이상하네요." 나는 고개를 갸웃했다. "내가 그 나쁜 놈들을 상하게 한 건 사실이지만,"

"죽였지."

"어흠." 나는 혓바닥으로 볼 안쪽을 문질렀다. "어쨌건 그 죗값을 왜 형사님이 결정하고 형사님이 사해줘요?"

"그러면 누가 하겠냐? 너의 존재는 철저히 비과학인데." 늙은 형사가 받아쳤다. "난 너를 처벌하기 위해 세상을 혼란스럽게 하긴 싫다. 엄청 길고 지난한 과학적 검증 절차와 재판 과정 따위를 기다리기도 싫고. 솔직히 말해, 난 그 모든 것들에 진절머리가 나. 그런 절차를 밟다간 내가 먼저 이 세상을 뜨고 말 거다."

우리는 각자 머리를 굴렸다. 침묵 끝에, 늙은 악어가 전략을 바꾸었다. 그는 능글능글 웃으며 나를 바라봤다.

"너……『서유기』알지?"

『서유기』? 그게 뭐였시! 어디서 들어봤는데 갑자기 생각이 안 났다. 같은 세 음절의 『삼국지』만이 머릿속을 맴돌았다. 아, 이거 상식인데. 그거는 분명한데. 나는 좌우로 눈을 굴렸다. 늙은 형사가 손바닥으로 탁자를 쳤다.

"왜 있잖아. TV 만화로도 나왔지. 그 무슨 보드를 타는 원숭이랑……."

"뭐예요? 그게."

나는 되물었다.

"아, 너는 그 세대도 아닌 건가? 정말 세월이 빠르구만. 뭐 그런 게 있어. 불교 법사가 원숭이랑 멧돼지, 물귀신 데리고 다니며 중생을 구하는 이야기."

"아, 맞다! 그런 게 있었지. 근데 뭐요?"

"내가 그 법사라고 생각을 해. 너는 그 원숭이고."

"호랑인데요?"

"비유하는 거야."

"그래도 원숭이 따위에. 자존심 상해."

늙은 형사는 그 말에 대꾸를 하지 않았다.

"멧돼지하고 물귀신도 모을 거예요?"

"난 지금 장난치는 게 아니다." 늙은 형사가 말했다. "젊은 날의 나 자신 이후, 그런 종류를 만난 건 네가 처음이야."

그 말이 어쩐지 만족스러웠다. 온몸의 털들이 산뜻하게 일어섰다.

"그런데 이상하네요. 전에는…… 인간의 길을 걸어야 한다고 그러셨는데. 짐승이 되어선 안 된다면서요?"

"맞아. 분명 너한테 그렇게 말했지." 늙은 형사가 고개를 끄덕였다. "솔직히 말해 좀 혼란스러웠다. 그 병실에서는 어쨌건 너를 혼내줄 필요가 있었고."

자동문이 열리고, 새로운 손님이 카페 안으로 들어섰다. 키가 작달막한 40대 남자였다. 언제쯤 상담을 받을 수 있냐고 묻기에 길어도 30분이라고 답했더니 늙은 악어가 손을 휘저었다. 적어도 두 시간은 걸린다고, 죄송하지만 상황이 그렇게 되었다면서, 그는 나 대신 양해를 구했다. 나는 손님에게 기한이 한 달짜리인 10% 상담 할인권을 내주었다.

"별 시시콜콜한 전략을 다 쓰는군." 늙은 형사가 비웃었다.

"뭐예요? 왜 두 시간씩이나 걸린다는 거야?"

부루퉁하게 물었다. 스트레칭을 하듯, 형사가 팔을 꺾었다.

"그날 김미주 그 애를 찾기 전엔…… 나의 신념이 확고했다. 인간은 누구나 갱생의 여지가 있고, 사회는 분명한 체계 속에서 순환되어야 한다. 피해자들의 고통은 안타깝지만 사건은 이미 벌어진 것이므로 훼손된 운명 안에서 자신의 인생을 찾아야 해……. 하지만 말이야, 네가 그 빌어먹을 아동유 괴범을 내 눈앞에서 찢어발겼을 때, 고백하는데 커다란 쾌감을 느꼈다. 어쩔 수 없이 너한테 테이저건을 쏘고, 나는 봤지. 쓰러진 네 입에서 엄니가 줄어들고 꼬리가 사라지고 사지의 수북한 털들과 피 묻은 발톱이 작아지는 것을. 그때 나의 신념이 함께 졸아드는 걸 느꼈다. 곧바로 지원 요청을 했지. 그리고 뒷주머니에서 손수건을 꺼냈어. 네 손과 입에 묻은 흥건한 피를 닦아주려다 생각을 바꿨지. 그게 무슨 소용이 있겠냐? 나는 죽은 그놈을 뒤적여 내 옷과 두 손에 피를 묻혔다. 그리고 놈을 보면서 생각했어. '와…… 이거 꼭 들개가 물어서 죽인 것 같은데.'"

늙은 형사가 고개를 돌려 산왕경찰서 뒷문을 보았다. 그는 한 손을 의자에 얹어 체중을 받치고, 얘기를 계속했다.

"나는 깨달았어. 내가 얼마나 그 모든 것들에 지쳐버렸는지. 자잘하고 치졸한 범죄들 그리고 끔찍한 범죄가 연일 계속되지. 일반적으로 행복해야 할 시간들, 가령 주말이나 여름휴가 때 혹은 석가탄신일이나 성탄절에도 살인사건이 벌어져. 애들은 사라지고 미친놈들이 이웃을 죽여대지. 그러면 경찰이 나서서 그걸 처리하는 거야. 이제 사법절차가, 하나도 빠짐없이 긴 시간을 소모시키는 번잡한 절차가 이어지지. 처음 사건이 벌어졌을 땐 사형을 구형하라고 들끓던 여론도 진정되고, 국회에서 만든 법률에 의거해 명석한 판사가 내리는 법 해석에 따라, 때로는 10년 때로는 5년 때로는 집행유예…… 그렇게 되는 거야. 그러면 가끔, 정말 이따금 이런 생각이 들어. '와, 나는 대체 무엇을 위해서 그렇게 개처럼 뛰었나. 우리 동료들은.'"

늙은 형사가 일어나 바닥을 발로 찼다. 그는 촌스럽고 굵은 허리띠를 만져 옷 태를 가다듬었다.

"너도 알 거야. 우리 법의 목적은 건강한 사회를 유지하는 것. 그러나 건강한 사회라는 건 시민 개개인이 행복한 사회를 말하는 것일까? 그건…… 뭐랄까, 무리 없이 잘 돌아가는 집단을 말하는 것은 아닌가? 물론 이것은 그냥 내 짐작이야. 60년 넘게 살면서 눈치챈 것이랄까? 우리 사회의 울타리를 엮는 이들은, 그 울타리 밖에 위험한 들짐승들이 서성이는 걸 원치 않아. 울타리 안에 넣어놓고, 그것들이 이따금 양이나 토끼 같은 걸 잡아먹어도, '에잇 씨팔 그러지 말라니까' 하면서 관리만 하는 거지. 관리. 그게 엄청 중요한 거야. 귀퉁이 쪽의 양이나 토끼를 내주면서, 그 들짐승들이 코어로 못 들어오게 하는 것."

그리고 형사는 팔목을 흔들어 금장 시계를 보았다.

"다시 말하지만, 네가 그 빌어먹을 놈을 찢어 죽일 때 이런 게 정의란 생각이 들었어. 결국 난 실패한 거지. 네가 입원한 병실을 나서면서, 초조한 얼굴로 서 있는 네 엄마와 악수를 하고 죄송하다고 빈말을 하는데 그런 예감이 들더라. '아, 내가 이 여자 속깨나 썩이겠네.' 그러나 이게 무슨 영웅 놀음은 아니야. 나는 나대로 돌보지 못한 피해자들에게 속죄하는 거고, 너는 너대로, 그 빌어먹을 놈들이 얼마나 나쁜 놈들이었건 간에 치러야 할 죗값이 있는 거지. 그래서 너랑 나, 우리는 손잡고 짐승의 길을 걷는 거다."

"뭐예요? 그럼 형사님이 법사 역할은 아니네."

나는 지적했다. 늙은 악어가 손으로 머리카락을 쓸었다.

"뭐래도 좋다. 네가 필요해. 이 세상엔 너의 그 능력이 절실한 사람들이 있다."

"사람들?"

갑자기 나쁜 예감이 밀려왔다. 나는 목을 길게 뽑고 카페 앞 거리를 내다봤다.

"누구 불렀어요?"

"곧 오실 거다. 여기서 보자고 해두었지."

"아— 이 옛날 남자, 순 멋대로네! 이렇게 막무가내로 나오시면은 어떡해, 아니 마음의 준비할 시간은 주셔야지!"

나는 흥분해 성질을 부렸다.

"그런 거 필요 없다."

늙은 악어가 헤벌쭉 웃었다.

"그냥 해. 뭐든 닥치는 대로 덤벼 해치울 때, 경험도 쌓이고 실력도 느는 거야. 게다가 아직 손님도 없잖아? 장사가 잘돼 미어터진다더니 헛소문인가?"

늙은 형사가 빈정댔다.

"와, 본인이 한 사람 쫓아냈으면서! 그리고 예고도 없이 하루를 쉬었으니까……. 참 기가 막혀서, 자영업이 얼마나 어려운 건지 알아요?"

나는 일어나 씩씩댔다. 파티션 뒤로 가 거울을 들여다보았다. 눈알이 샛노랗게 빛나는 게, 진짜 무슨 훈련이든지 하기는 해야 될 듯했다. 어깨를 늘어뜨리고, 원두를 갈면서 분을 삭였다. 커피를 두 잔 만들고 그걸 막 내가려는데 유리문에 달린 풍경이 흔들렸다. 나는 파티션 너머로 몸을 내밀었다. 한 사내가 나를 보더니 고개를 꾸벅 숙였다. 정장 바지에 연분홍 반팔 셔츠. 거기에 어울리지 않게 커다란 배낭을 멨다. 짧은 백발에 후리후리한 몸매가 초겨울 가지치기를 당한 플라타너스를 연상시켰다. 악어보다도 서너 살쯤은 더 늙어 보였다.

# 9장
# 완전한 변신

"경감님."

사내가 돌아서 악어와 손을 잡았다.

"아버님. 이런 곳까지 오시도록 해 면목 없습니다."

악어가 고개를 수그렸다. 두 남자는 한동안 말없이 서로의 손등만 토닥거렸다.

"'이런 곳'이라뇨? 말씀 참 섭섭하네."

나는 컵들을 탁자에 올려놨다. 2인분 커피를 컵 셋에 나누어 담은 것이었다. 빨대를 꽂고는 얼음과 찬물을 가득 섞었다.

"아, 실례."

악어가 사내를 손님용 의자로 안내했다. 그들은 기다란 의자에 나란히 앉았다. 살찐 악어와 메마른 나무. 어울리지 않는 조합이었다.

"지금으로부터 21년 전에, 내가 맡았던 사건이 있어."

악어가 입을 뗐다. 그는 조심스럽다 못해 쩔쩔매는 투로 손님의 안색을 살폈다.

"여섯 살 먹은 여자아이가 보이지 않는단 신고를 받았지. 놀이터에서 놀다가 사라졌다는 거야. 그게 내가 경사를 달고 3년째 되던 해인가? 신고 전화를 직접 받은 건 아니고 지구대 거쳐서 추석 연휴 지나……. 아무튼, 이분은 그 아이 아버님이야."

"아?"

나는 잠깐 입을 헤벌렸다. 커피잔을 들어 올렸다 스윽 내렸다.

"좀, 먼저 드세요."

"예."

더위에 지친 손님이 찬 것을 입에 댔다. 악어와는 달리 천천히 한 모금씩 그는 머금어 넘겼다. 나는 그런 태도를 관찰하면서 빨대를 쪽쪽 빨았다.

"그…… 우리가 일을 잘못해서…….."

악어가 손수건으로 이마의 땀을 훔쳤다. 허리를 곧게 펴더니, 사내가 곁에서 손을 저었다.

"그런 이야기 듣자고 온 것 아닙니다. 경감님 편에 들었어요. 용한 만신이시라고."

"만신萬神은…… 평생을 무속에 헌신한 인간들한테나 붙이는 칭호고요, 전 그냥 호랑이에요."

나는 어깨를 으쓱였다. 가벼운 농담을 한 듯이 콧등을 찡긋했다.

"그럼…… 뭐라고 부를까요. 호랑이 아가씨?"

"뭐, 나쁘지 않네요."

내가 웃자 사내의 눈매가 그윽해졌다. 입가에 미소 비슷한 것이 떠올랐다가 뭉개졌다. 햇볕에 그은 이마며 두 뺨엔 기미가 빼곡하고, 주름이 여기저기에 어수선하게 늘어져 있었다. 눈동자는 연한 갈색. 흰색이어야 할 공막이 부은 듯 충혈됐다. 그 때문일까? 선한 인상이 피로해 보였다. 노화로 인해 말려든 입술은 고집스럽게 다물려, 시종 뭔가를 참는 것처럼 보였다. 졸음 혹은 통증. 미소? 어쩌면 불안. 분노. 기타 등등.

악어가 사내의 신상을 간단히 알려줬다. 사는 곳은 청주. 전에는 큰 호텔 요리사였으나 지금 하는 일은 그때그때의 육체노동. 나는 그 사내가 쉰여덟이라는 사실에 놀랐다. 10년은 더 늙어 보였는데. 악어가 떠드는 동안, 사내는 자신이 메고 온 배낭을 뒤적였다.

"처음 얘기를 듣고는 거절했는데, 경감님께서 전화를 여러 번 하셨어요. 실종된 아이의 머리끈을 만져 검은 개 따라가는 걸 보셨다지요. CCTV에 찍힌, 경찰만 아는 정보를 이야기하셨다고……. 나도 이때껏 용하다 소문난 점집들 숱하게 다녔는데, 적중한 적은 없습니다. 몇 년 전엔 아이가 물에 있다고 하여 무당이 찍어준 저수지, 잠수부 고용해 뒤져도 봤는데 허탕. 산에도 가보고, 들에도 가보고, 유명한 사창가 골목도 뒤져가며…….”

“으흠?”

뜻밖의 얘기에 마음이 선뜩했다. 아랑곳 않고, 사내가 배낭 속에서 과자 봉지를 꺼냈다. 죠리퐁. 어릴 때 내가 좋아했던 것 중의 하나였다.

“여기, 우리 애 얼굴.”

사내가 돌연 봉지를 뒤집었다. 작은 사진 속 웃음 띤 얼굴이 튀어나올 듯 반짝였다. 사진을 찍기 전 뛰어놀았는지 두 뺨이 불긋했다. 머리카락은 양 갈래로 나누어 묶었고, 빨간 테 안경을 써서 똘똘한 인상. 그 옆에 성인 시기의 것으로 추정되는 포토샵 사진이 나란히 실려 있었다. ‘효인이를 찾아주세요’라는 문장이 하얀색 잉크로 인쇄돼 있었다. 실종 당시의 나이와 신체 특징 및 착의 사항이 사진 옆에 병기됐고 맨 아래에 ‘경찰청 국번 없이 112’라는 문구가 보였다.

“여기, 전단도 있습니다.”

사내가 배낭 앞주머니에서 종이 한 장을 꺼냈다. 그는 탁자에 나란히 놓인 아이 사진을 만지작거렸다.

“간명합니다, 과자 봉지 쪽이. 부스럭부스럭 주의를 끌기 좋고, 사람들 기분도 좋게 해주고요. 전단은 과자에 비해 값

싸지만, 아무래도 정보적 측면이 강해요. 부담스러워하지요."

사내는 몸을 기울여 다시금 배낭을 뒤적였다. 그리고 넓은 탁자에 몇 가지 물건을 올려놨다. 껍질이 찢기고 부러진 크레파스들과, 털끝이 엉긴 토끼 인형, 목둘레가 누렇게 변색된 여름 원피스와 알록달록한 구슬로 만든 목걸이 등등.

"만져보세요. 목걸이는 우리 아이가 직접 꿰어서 만든 것입니다. 엄마 생일 선물이어서 공을 꽤 들였지요. 뭔가가 보일 겁니다."

다짐을 두듯 사내는 고개를 끄덕였다. 두 눈이 반짝 빛났다.

"부탁한다."

악어가 끼어들었다. 나는 입술을 삐죽거렸고 시선을 피한 채 딴청을 부렸다. 두 손이 선뜻 움직여지지 않았다.

"안 보일 수도 있어요."

침울히, 나는 내 걱정을 털어놨다. 상대는 말없이 고개를 끄덕였다. 그의 시선은 내 턱 끝에서 미끄러져 딸의 물건들로 떨어졌다.

창밖에 음침한 바람이 불었다. 기상청에서 예고한 대로 장마전선이 긴 꼬리를 끌면서 지나고 있었다. 트럭이며 승용차들이 지정 속도로 경찰서 뒷문을 지나쳤다. 나는 허리를 세우고 숨을 골랐다. 눈을 감고, 손을 뻗어서 물건을 쓰다듬었다. 크레파스, 원피스, 인형, 목걸이……. 한참을 만지작거렸다.

"안 보입니다."

그 말을 하면서 긴 숨을 내뱉었다. 온몸이 땀에 젖었고 배 속이 울렁여 구역질이 치솟았다. 사내의 낯빛이 눈에 띄게 흐려졌다.

"그럴 리가……. 바닥에 떨어진 머리끈, 몇 달이 지난 걸 만 져도 보였다면서요. 다시 해보세요. 특히 이거. 저희 아이가 졸린 눈 비벼가면서 그 작은 손으로 엮은 겁니다. 참 좋아했 던 건데, 뭐가 보여도 보일 건데요."

"그 머리끈은 6개월 된 거고요, 이 물건들은 21년 전 거잖 아요. 일상의 정념은 생명이 없는 사물에 길게 묶이지 않는 듯합니다." 나는 차분히 대꾸했다. "게다가 이것은 엄마가 목 에 걸어서 만지작거린 물건……. 아이의 그날을 기록하지는 못했어요. 아이는 안 보입니다."

사내의 두 눈이 크게 흔들렸다.

"봤습니까? 우리 애 엄마를."

대답 없이, 나는 악어를 힐끗 봤다. 그가 묵묵히 고개를 끄 덕거렸다.

"뭘 봤습니까?" 사내가 비로소 나와 두 눈을 맞췄다. "얘기 해주세요. 만약 그 말이 맞는다면, 정말 큰 힘이 될 겁니다."

"아플 텐데요. 들으면."

사내는 세차게 고개를 내저었다.

"어차피 내가 다 아는 일입니다. 그런 건 안 아파요."

나는 한숨을 내쉬었다. 씁쓸한 커피를 마시고 단숨에 이야기했다.

"간호사셨네요. 병원 약물을 빼돌려, 왼손잡이라 오른팔 위에 정맥주사. 눈은 못 감았고."

"세—상에!" 사내가 악어를 돌아봤다. "말씀대로네요. 기가 막힙니다."

묵묵히 고개를 끄덕이면서 악어가 쓰게 웃었다. 그는 사내를 향해서 가만히 입을 뗐다.

"어떠세요, 효인이 아버지. 그 일을……."

"좋습니다. 맡겨도 되겠어요."

사내가 두어 번 고개를 끄덕였다. 그는 세심한 손길로 탁자 위 물건을 거두어들였다.


"무슨 얘기예요? 맡기다니."

실눈을 뜬 채로 두 남자에게 물었다. 아이의 물건들에서 흔적을 찾지 못했는데, 아직 내 일이 남아 있다는 건가? 어떤 것? 불안한 예감이 어깨를 짓눌렀다. 사내가 바닥의 배낭을 무릎에 얹더니 해진 책자를 꺼냈다.

"바로 여깁니다."

지도책을 펼쳐, 그는 한 도시를 손톱 끝으로 짚었다. 악어가 그 위로 고개를 숙였다. 얼결에 나도 머리를 내밀었다. 지도를 책으로 보는 게 얼마 만인지 몰랐다. 다양한 색으로 이어진 도로가 정교하고, 지형을 묘사한 녹색의 농담이 아름다웠으나, 손가락 두 개로 확대도 할 수 없는 걸 뭐 하러 가지고 다니나 싶었다. 책등이 두툼한 게, 무게도 웬만한 노트북만큼은 묵직할 터였다.

"휴대폰 지도론 작아서 보질 못해요. 어딜 갔었나 표시해 두기도 어렵고. 메모도 곤란하고."

내 속을 훤히 아는 양 사내가 중얼댔다. 그는 거스러미가 일어난 손으로 지도를 그어나갔다. 중간에 붙은 포스트잇에 반듯한 필체로 '살인사건. 1차, 2차, 3차'라 적혀 있었다.

"끄응."

악어가 묵직한 신음을 흘렸다.

"뭐예요? 이게. 무슨 살인사건?"

나는 놀라서 두 눈을 치떴다. 사내가 천천히 입을 뗐다.

"여기 이 국립공원에서, 연쇄 살인사건이 일어났습니다."

"정확히 말하자면 시체가 발견된 지점이지. 살인이 일어난 것은 아니고."

악어가 부연했다. 사내는 고개를 끄덕였다.

"여기서 발견된 시신 중에…… 아이가 있습니다. 내가 아는 애예요. 어떻게 아느냐 하면, 그러니까 우리들은, 전국에서, 애 잃어버린 부모들 말입니다. 여러 경로를 거쳐서 이따금 만나게 돼요. 언론 인터뷰를 하며 알게 되기도 하고, 어린이날, 행사 같은 데서도…… 보고."

사내의 음성이 흔들렸다. 그가 숨결을 고르는 사이에 악어가 말을 받았다.

"유감스럽게도, 산에서 발견된 분들은 실종자 신고가 돼 있었어. 혹은 가출인 신고가 돼 있었지. 그렇게 돌아가신 걸 모르고 말이야. 그게 벌써 수십 년 전에 벌어진 참극인데, 올봄 이 산에 케이블카를 설치하려고 지질조사를 하다가 우연히 발견됐어. 증거물 채취해 감식하니까 DNA가 나왔지. 범인은 교도소 안에 있었다. 제 마누라를 때려죽인 죄로 무기 징역을 살고 있었지."

"뭘 고백했대요? 그 인간이."

내가 물었다. 사내는 가느다랗게 한숨을 흘렸고, 악어는 묵묵히 고개를 내저었다.

"죽었어. 자살." 악어가 대답했다. "꼴에 모범수 인정을 받아서 가석방 날만 기다렸다나 봐."

"그놈이 유서를 남겼습니다." 사내가 말을 받았다. "알려진 것보다 더 많은 사람을 죽였노라고. 여죄를 고백하면서 세상을 뜨니, 자기 가족에게 피해가 없도록 해달라면서. 기자들한테……."

"에잇!"

불거진 눈을 찌푸리면서 악어가 고개 돌렸다. 나는 이맛살을 으쓱였다.

"거기 유서에, 아이 이름이 있던가요?"

"있기는." 사내가 쓴웃음을 지었다. "그냥…… 그렇게 끝입니다."

"뭐예요? 그게." 나는 악어 쪽으로 시선을 돌렸다. "무슨 논리야, 약 올리는 것도 아니고. 그딴 게 자백도 아니잖아요. 뭘 가족을 생각한다는 거예요?"

"그 속을 누가 알겠냐. 그러니까 사이코패스란 거야!"

악어가 받아쳤다. 사내가 곁에서 고개를 끄덕였다.

"그래서 그 형님이, 그러니까 이번에 발견된 그 애 아빠가 말입니다. 그분 말씀이 혹 우리 아이도 그렇게 되지 않았겠냐……."

"예?"

나는 두 귀를 의심했다. 아무리 친한 사이라도 그러한 얘기를 한다는 것이 기괴했다.

"끔찍하지요. 나도 압니다." 사내가 등을 구부렸다. "그런데 아가씨, 나도요, 축하해줬습니다. 그 형님한테요. 아 잘됐다. 이제 지은이가 엄마 아빠 품 찾아서, 얼마나 좋을 거냐. 잘 쉬겠다."

나는 대화의 흐름을 따라갈 수가 없었다. 도움을 청하려 악어를 보니, 그는 여전히 창밖만 보고 있었다.

"내 축하에 대한 답례였어요, 그 말씀이."

사내의 두 뺨이 상기됐다. 그의 관자놀이에 Y자 형태로 핏대가 불거졌다.

"그래 용남아. 너도 효인이 얼른 찾아야 될 텐데. 여 산에 혹 있나 뒤져봐라. 경찰들한테 부탁해서……. 그 너무 놀란 눈 마십시오." 사내가 날 보고 설핏 웃었다. "하기야, 이해가 안 될 테죠. 자식이 살인자 손에 죽은 걸 알았는데 이제라도 찾아서 다행이라는 그 아버지가. 그래 네 딸도 그렇게 죽었을는지 모르니 조사해보라고 권하는 그 마음이. 참 세상에, 안 겪어보고는 모를 일들이 있습디다."

"그래서 저한테 오셨어요? 그 산에 같이 가자고?"

나는 두 남자를 바라봤다. 늙은 사내들은 순순히 고개를 주억였다. 악어가 입을 뗐다.

"널 알기 전에는…… 연락을 드린 적이 없어. 나도 보직에 사건들 많았고, 무엇보다도 면목이 있어야지. 널 알고 이런저런 일 겪으며 결심했다. 내가 실패한 형사로 남더라도, 마지막의 마지막까지 후회는 남기지 말자. 무속에 기대는 미친놈 취급을 받더라도 가능한 것들은 뭐든지 다 해보자."

사내가 곁에서 이마를 긁적였다.

"처음엔 나도 꽤 황당했습니다. 난데없이 전화해 무당 이야기만 중얼중얼. 그러니 마음이 상해서 전화를 끊었지요. 그런데 밤중에 소주를 마시며 생각하니, 이게 무당만큼 적절한 사람이 또 없지 싶어. 정말 용한 무당인가만 확인하자고, 그런 이라면 부탁을 해보자고. 이렇게 시간만 죽이는 것보다 그게 안 낫나 싶어서……."

"참 나. 두 분 뭘 모르시네."

나는 단단한 의자에 기대어 팔짱을 꼈다. 천천히 고개를 젖히자 목에서 으드득 소리가 났다.

"무당의 능력을 시험해보다니. 그거 말이죠, 이 바닥에서 굉장히 무례한 짓입니다. 더러 동티를 입게 돼요!"

당혹한 눈으로, 두 늙은 남자가 서로를 보았다.

"으하하하하."

나는 폭소를 터뜨린 뒤에 조용히 덧붙였다.

"농담입니다."


우리는 다 함께 악어의 차를 탔다. 그것은 낡은 테라칸으로 여기저기에 찍힌 자국이 있었지만 SUV라 힘이 좋았다. 차의 색깔은 암녹색. 악어 중에서도 크로커다일 계통의 가죽색이었다. 나는 잠시 집에 들러서 출장을 위한 짐을 꾸렸다. 1박 2일이 될지, 3박 4일이 될지는 알 수 없었다. 넉넉한 사이즈에 신축성 좋은 산왕태권도 티셔츠들과 역시 신축성 좋은 청바지들을 챙겼다. 지난번 변신 때 신축성 없는 바지를 입었더니만 허리가 약간 뜯어져 있었다. 잘 때 편하게 입을 트레이닝팬츠도 두 개. 양말과 속옷도 빼놓지 않았다.

미애살롱에 들러 자초지종을 설명하니 엄마는 더럭 겁을 먹고 경계심을 드러냈다. 한 손에 파마 롤을 쥔 채 그녀는 나를 미용실 밖으로 몰아냈다.

"믿을 수 있는 거야, 그 사람들? 애 아빠란 사람이 진짜 실종된 애 아빠인지 어떻게 아느냐고."

"신문 기사들 봤어. 유튜브에 뜬 언론 인터뷰 영상도 봤고."

나는 말했다.

"그래도 그렇지. 이렇게 집을 떠나서, 꼭 그래야 하는 거야? 경찰들한테 맡기면 되지."

"물론 그 지역 경찰한테도 부탁해놓았대. 그 아빠 입장에서는 무속인 하나 더 섭외하는 거야."

"그래도……."

"왜, 무서워?"

엄마가 고개를 끄덕였다.

"뭐가?"

"아잇 왜 하필 실종이야……."

"그게 왜. 뭐."

"몰라. 엄마 겁나. 너 지금 이 모습이, 아휴 나는 그 소리 입에 못 낸다. 심장 떨려서."

"태경 엄마, 나 이거 좀 빨리 해줘. 짝짝이 되는 거 아냐? 앞통수 뒤통수가."

가게 안에서 손님이 소리쳤다. 목소리에 짜증이 묻어 있었다.

"응! 금방 가요!" 엄마가 발을 굴렀다. "야, 너 하필 일하는 때 와서."

나는 파마약 묻은 엄마의 손을 잡고, 두 눈을 마주 보았다.

"'너 다쳐 세상에 없으면 나는 딱 죽은 목숨이다.' 엄마 며칠 전 나한테 안 그랬어? 몸조심할게. 나 지금 엄마 말마따나 '딱 죽은 목숨' 도우러 가요. 전화 자주 할게!"

나는 골목 입구에 대기 중인 테라칸 뒤에 올라탔다. 악어와 효인 아빠가 차에서 내려 엄마와 인사를 나누었다.

"아휴, 얼마나 마음고생이 많으세요."

엄마가 효인 아빠의 손을 맞잡고 눈물을 글썽였다. 어이가 없었다. 언제는 가지 말라더니, 하여간 감정적이야. 악어는 엄마의 휴대폰 번호를 물어본 후에 자신의 자동차 번호판을 찍어 전송해주었다.

"걱정 마십시오. 제 자식처럼 돌보겠습니다."

그가 말했다. 테라칸 창턱에 팔을 얹고, 나는 조용히 혀를 찼다.

'형사 짬 대단하네. 협조를 구하는 스킬 좀 봐. 자식도 없으면서.'

고속도로를 달리는 동안, 사내는 조수석에 앉아 라디오를 틀었다. 조그만 소리로 흥얼흥얼 노래를 부르기도 했다. 내비게이션이 추천한 경로를 악어가 지나치자, 그는 차분한 어조로 길 안내를 도맡았다.

"내비가 최적화 경로를 추천해주잖아요? 그런데 때로는 두 번째 경로가 더 빠릅니다. 조금 덜 안전한 길이죠. 이런 시골은 정보가 부족하기도 하고."

악어는 미간을 찌푸렸다. 초행길이라 정신이 없는 모양이었다. 테라칸이 국도로 들어서자 사내는 안심한 듯이 고개를 끄덕였다.

"내가 말이죠, 안 가본 데가 없습니다. 우리 애 봤다는 제보가 오면 어디든 갔으니까. 심지어는 태국이랑 베트남까지 가봤어요. 나중에 우리 애 찾으면 여행사라도 차릴까 봐. 참 인생이 불공평합디다. 세상에…… 얼마나 많은 애들이 자발적으로 가출하는지 압니까? 얼마나 많은 부모가 애들을 버리는지?"

우리는 국도 변의 큰 정육식당에서 늦은 점심을 먹었다. 악어에게서 내 취향에 대해 들었던지, 사내가 육회와 생간을 푸짐히 주문해주었다. 브레이크 타임을 30여 분쯤 앞둔 때여서 직원들 표정이 나른했다.

조용한 복도 끝 내실에서 악어와 사내는 떡갈비 정식을 먹었다. 그마저도 고기보다는 된장찌개며 나물 등으로 수저를 움직였다. 내 앞에만 육회와 생간이 푸짐히 놓여서 우스꽝스러웠다.

"그러지 말고 좀 드세요."

내가 권하자 두 남자는 짠 듯이 손을 저었다.

"일부러 안 먹는 것이 아니야. 소화가 안 된다고. 우리 나이쯤 되면 이래."

악어가 이야기했다.

"그래요. 이제는 잇몸도 무너지고 아주 성가셔서."

사내도 덧붙였다.

"그러시다면, 뭐."

나는 쭈뼛쭈뼛 젓가락을 들었다. 귀한 음식을 먹기는 먹는데, 그다지 흥이 솟지는 않았다. 두 늙은 남자는 먹어야 사니까 먹는다는 투로 수저를 묵묵히 움직였다.

"저는…… 아버지를 잃어버렸어요."

갑자기 그런 얘기가 입 밖으로 나왔다. 식사를 하다 말고, 두 남자가 고개를 들었다.

"꼭 경우가 같다곤 할 수 없지만……." 나는 요령껏 사연을 요약했다. "그날이 마지막이었어요. 그래서 자식을 찾는 아버지 마음이 뭔지 잘 모릅니다. 우리 외할아버지는 따뜻한 분이었는데, 아마 그 비슷한 걸까, 생각해요."

다급한 손짓으로 나는 젓가락 끝을 흔들었다.

"아, 이건 내가 아버지를 잃은 사건이 아니고 아버지가 날 버린 사건일 수도 있겠네요."

"아버지가 버렸어도," 사내가 은빛 숟가락을 식탁 위에 놓았다. 그는 곧 자신의 말을 정정했다. "부모가 버렸어도, 그렇게 유기된 아이도 실종 아동에 속합니다. 그게 법이에요."

사내는 배낭 속에서 작은 가방을 꺼냈다. 지퍼를 열자 약봉지가 뭉치로 나왔다. 딱 봐도 10개가 넘는 알약을 그는 두 번에 나눠 삼켰다.

화장실에서 양치를 하고 밖으로 니오니, 악이가 길에서 담배를 피우고 있었다. 사내의 모습은 보이지 않았다.

"아직?"

나는 식당 안쪽을 흘깃거렸다. 악어가 고개를 저었다. 그는 새하얀 연기를 뿜어내 길 한쪽을 가리켰다. 횡단보도 앞 거리에 사내가 쪼그린 채로 앉아 있었다.

"뭐 하세요?"

나는 사내를 향해 다가갔다. 자세히 보니 그는 길바닥에서 뭔가를 줍고 있었다. 어린 여자아이의 웃는 얼굴이 담긴 전단을. 그는 발자국 찍힌 종이를 주워서 손으로 털었다. 그런 다음 가슴에 안아서 얼룩진 흔적을 닦아냈다.

"계속 움직여야 불안하지가 않아요. 잡생각도 안 들고."

사내가 일어섰다. 나는 주변을 지나는 이들을 향해서 삿대질을 했다.

"거, 너무하네! 받아서 버릴 게 따로 있지. 자기 딸이라면 어떻게……!"

"아니니까. 안 겪었으니까."

사내가 고개 숙였다.

우리는 다시 테라칸을 타고 출발했다. 주변 풍경이 점점 더 숲스러워졌다. 어디든 고개를 들고 바라보면 산의 능선이 뾰족했다. 도로와 가까운 나무는 더위에 시들었으나, 먼 산은 한 해의 절정을 맞아 정력을 마음껏 뽐내고 있었다.

"아직…… 결혼 안 했죠?"

기울어가는 해를 보면서 사내가 물어왔다. 악어를 향해서 묻는 것 같진 않았다. "네." 나는 대답했다. 연애도 못 한 지 오래되었다고 덧붙이면서 웃었다.

"할 겁니까?" 사내가 뒷좌석 쪽으로 몸을 틀었다. "자식을 낳아서 길러볼 생각 있어요?"

나는 어깨를 으쓱였다.

"모르겠어요. 엄마는 추천한다던데. 주변엔 아무도 결혼한 친구가 없어서요."

"요새는 다 그렇지. 결혼들이 늦어." 악어가 끼어들었다. "너무 똑똑해져서 말이야."

사내가 동의를 표하듯 고개를 끄덕였다.

"정말입니다. 무자식이 상팔자예요. 자식이라는 게 아주 애물단집니다." 그는 뒷좌석 쪽으로 얼핏 웃었다. "한 번 낳으면 무를 수도 없고 끝까지 책임을 져야 하죠. 내가 아는 사람 중에는 자기 집 마당서 앨 잃어버린 경우도 있습니다. 그게 정말, 사람이 뒤집어질 일 아닙니까? 하늘로 솟았는지 땅으로 꺼졌는지……. 그렇게 되면 세상 자체가 이렇게 기우뚱

해져, 땅을 밟으면 꺼질 것 같고, 보이는 것들이 다 헛것 같죠. 이웃도 믿을 수 없고."

"자식을 더 낳을 생각은 안 해봤습니까?"

갑자기 악어가 물어서 나는 놀랐다. 자식을 잃은 사람한테, 어떻게 그런 질문을 할 수 있지? 진짜 몰상식하고 예의 없는 영감이네, 속으로 욕하며 눈살을 찌푸렸다. 하지만 사내는 화내지 않았다. 룸미러 속에서, 그는 오히려 웃고 있었다.

"해봤지요. 왜 안 해봤겠습니까? 언젠가 TV에서 동물이 나오는 다큐멘터리를 봤습니다. 호랑이였던 것 같은데……수컷이, 새 수컷이 나타납니다. 인도의 넓은 초원을 다스리는 우두머리에게 도전해, 그놈을 죽이곤 새롭게 군주가 되었지요. 한 며칠 숨을 고르고, 이제 그놈이 무슨 짓을 하느냐 하면, 영역 내 암컷들이 낳아 키우던, 이전 우두머리의 새끼들을 다 물어 죽입니다. 몇 마리는 잡아먹기도 하고."

귀밑에 소름이 훅 끼쳤다. 인도의 초원에서 갑자기 옆집 남자가 모습을 드러냈다. 미주의 의붓아버지. 그가 불덩이 같은 눈으로 수풀 틈에서 나를 노려봤다.

"그다음에 성우가 뭐라고 내레이션을 하느냐……."

조수석에서 사내가 몸을 돌렸다.

"이제 암컷들이 발정기가 와서 새로운 수놈의 새끼를 배게 된다고 그래요. 나는 참 이해가 안 되었습니다. 아무리 짐승이라지만, 저 암놈들은 어떻게 저럴 수 있을까. 어떻게 제 새

끼를 물어 죽이고 그도 부족해 씹어서 삼킨 수놈과 짝짓기를
할 수 있을까. 안 그렇습니까?"

"그러네요."

악어가 대답했다. 사내가 말을 이었다.

"그런데 성우의 내레이션이 계속됩니다. 뭐라고 하느냐?
내가 아직도 정확히 기억해요. '이 암컷들은 알고 있습니다.
새로운 새끼를 낳는 것이 그러지 않는 것보다 이득이라는 것
을.'"

테라칸의 묵직한 엔진 소리를 들으며 우리는 잠시 침묵했
다. 창밖의 하늘이 조금씩 발그레 물들고 있었다. 사내가 입
을 뗐다.

"유전적으로 그렇단 이야기겠지요. 어떤 종으로서 말이에
요. 이득이었을 겁니다. 다시 직장을 잡고, 늦지 않은 때 새
여자를 만나 아이를 낳고…… 그러다 보면 새로운 자식 놈한
테 또 정이 들었겠지요. 아주 평범하게 살아가면서,"

"그런데 왜 안 그랬습니까?"

악어가 물었다. 웃으면서, 사내는 가만히 손사래를 쳤다.

"영…… 못 하겠더만요. 그 자꾸, 눈에 밟히니."

목적지인 국립공원에 도착할 때까지 우리는 모두 입을 다
물었다.


"정말 여기까지, 기어이 예까지 오게 되누만요."

주차장에 발을 딛고서 사내는 손수건으로 눈물을 훔쳤다. 한번 북받친 울음은 쉬이 그치지 않고 늙은 사내의 어깨를 여러 번 흔들었다.

"여기 없으면 좋겠는데…… 그러면 또 어디로 가야 하나……. 찾으면 좋겠는데, 그러면 그 자식 불쌍해 어떡하나……."

담배를 입에 물었다 뽑고, 악어가 사내의 곁으로 다가갔다. 그는 말없이 손을 움직여 사내의 등을 토닥였다. 힘껏 뿌리치며, 갑자기 사내가 성을 냈다.

"그때! 제대로 수사해줬으면 됐을 거 아닙니까? 어떻게 3일을 단순 미아로……. 도대체 '미아'라는 말 앞에 '단순'이라는 그게, 그런 단어를 붙일 수 있습니까?"

사내의 눈에서 불똥이 튀었다. 그는 주먹을 들어서 테라칸 차체를 쿵쿵 쳤다.

"그때 이렇게 말을 했어야 하는데……. 이렇게 오래 걸릴 줄 알았으면! 내가 애를 한 번 잃어보았음 그렇겐 안 했을걸, 처음이다 보니까, 내가 순경 앞에서 할 말을 못 했어요. 세상에, 여섯 살 겨우 먹은 걸 단순 미아라고, 추석 연휴나 지나고 보자는데 그거를 그냥! 집안사람들 모아서 동네나 뒤진, 그게 너무나 후회가 됩니다."

사내가 웅크려 자신의 가슴을 쥐어뜯었다.

우리는 숲으로 들어갔다. 국립공원을 관리하는 직원과 관광객들의 눈을 피해, 적당한 순간에 등산로를 벗어났다. 해가 저물며 큰 산이 조금씩 깨어나는 것 같았다. 기지개를 켜고 물을 마시고, 낮 동안 잠들어 있던 정령이 바람을 타며 노는 느낌. 그 바람이 나를 알아보고 놀라워 멈칫멈칫 내 몸을 어루만지는 느낌이 들었다.

"뭐가 보입니까? 점점 어두운데."

사내가 물으며 주위를 두리번거렸다.

"보여요."

나는 오르막길에서 걸음을 멈추고 돌아봤다. 사내는 놀라서 우뚝 섰다. 내 눈에서 뿜어져 나오는 샛노란 불빛을 멍하니 바라봤다.

"정말…… 아가씨, 호랑이……?"

"그렇습니다. 발밑을 조심하세요."

돌아서 다시금 앞장을 섰다.

"걱정 말아요. 짐이 되지는 않을 테니." 사내가 잘라 말했다. 자그맣게 숨을 헐떡이는 소리가 내 귀에 들려왔다. 그는 계속 말했다. "나도 산이라면 탈 만큼 타봤지요. 실종사건에 연루됐다는 동산들 심마니하고 가봤고, 조난당한 사람들 찾아준다는 전문 등산꾼 고용도 해봤고요. 덕분에 개하고 멧돼지 사체만 실컷 쑤셔댔지. 돈만 잔뜩 쓰고."

'좀 조용히 했으면 좋겠네.'

불만스러운 눈으로 악어를 돌아봤다. 나는 말했다.

"지금이라도 안 늦었어요. 등산로 따라서 주차장으로 가세요. 발견하는 거 있으면 알려드릴 테니."

"아닙니다. 내가 있어야죠." 사내가 고집을 부렸다. "그래야 알아볼 것이 아닙니까? 우리 딸인지 아닌지."

'대체 뭘 알아본다는 거야? 21년이 지났다고. 알아볼 만한 게 남았을 것 같아?'

나는 생각했다. 가슴속에서 화가 치밀었다. 이 사내 때문이 아니라 숲 때문에. 이 산의 뭔가가 내 호랑이 영혼을 쑤석거리고 있었다.

"어때. 냄새가 나냐?"

악어가 물어왔다. 숲속을 얼마 걷지도 않았는데 숨이 거칠었다. 하긴, 등산로도 힘에 부칠 나이인데 숲길이라니 말 다 했지. 게다가 사내의 커다란 배낭까지 대신 짊어졌다.

"나요." 어스름 속에서 대꾸했다. "여기가 유명한 관광지라는 게 믿기지 않네요. 주차장에서부터 계속 지독한 악취가 풍기고 있어요."

"악취라니?" 사내가 끼어들었다. "여기서 무슨……. 향기롭기만 한데요."

"그런 게 있습니다. 부지런히 걸으세요. 벌써 사이가 벌어지고 있거든."

악어가 조용히 사내를 재촉했다. 우리는 한참을 걸어서 그

곳에 다다랐다. 연쇄살인범이 숨겨둔 시체가 발견된 계곡 깊은 곳에. 악취에 이끌려 도착한 지점에 노란색 테이프들이 둘러졌고, 형광색 고깔 몇 개가 얌전히 놓여 있었다.

"진짜 지독한 놈이네. 주차장에서 여기까지 그 무거운 시체를 메고…… 몇 번씩이나!"

악어가 씩씩거리며 욕을 뱉었다. 그는 배낭을 던지다시피 하고 바닥에 앉았다. 사내는 자신의 배낭이 깨지기 쉬운 뭐라도 되는 양 다가가 껴안았다. 나는 주변을 두리번거렸다.

'여행을 하는 기분이었을까? 그 미친놈.'

수십 년 전, 배낭을 메고 이곳을 찾았을 한 인간의 표정을 나는 상상했다. 삽도 챙겼겠지. 갈아입을 옷. 마실 물도.

"자, 여기."

사내가 검은 봉지를 부스럭거리며 다가왔다. 나는 가만히 물건을 받았다. 그것은 토끼, 작은 인형이었다.

"우리 아이가 만날 껴안고 잠잤던 겁니다. 제 이모가 사준 것인데, 퍽 아꼈어요. 놀이터 갈 때는 흙 묻는다고 안 들고 가서 남았지요. 만져봐요. 무슨 느낌이 올 겁니다."

'카페에서도 아무 느낌이 안 왔던 물건인데.'

저항을 느끼며 인형을 받아들었다. 눈을 감고 정신을 집중했으나 역시, 무엇도 눈에 보이지 않았다.

'넋마저 흩어져 사라져버렸니? 아니면…… 정말 여기에 없는 거야?'

그런 생각을 하면서 주변을 거닐었다. 나는 악어를 보면서 고개를 내저었다.

"정말 안 되는구먼. 이렇게까지 해도."

사내가 고개를 푹 수그렸다. 목소리가 꼭 사그라지는 촛불 같았다.

"여기에 없는 건지도 모르죠."

위로하듯이 말했다. 웃는 건지 우는 건지, 사내의 어깨가 흔들렸다.

"그러면…… 다행이네. 그렇지, 그게 맞지. 아니면 우리 애 엄마가 효인일 찾아서 진즉에……. 안 그래요?"

어둠 속에서 사내가 악어와 나를 번갈아 보았다.

"효인이도, 애 엄마도, 내 꿈에 한 번을 안 나왔어. 죽었다면, 우리 애 엄마가 찾아서 지금쯤 같이 있겠지. 내 꿈에 찾아와 애 있는 자리를 짚어줬겠지. 근데 안 그랬어. 이제껏 안 그랬다고. 그 사람이, 죽어서도 우리 앨 못 찾으니까, 그래서 그런 거겠지. 그러니 효인이 아직은 살아 있다는 뜻인데……. 사방 천지를 다 뒤져도 그 얼굴 안 나오니. 이제는 또 어디로 갈꼬? 우리 효인이…… 아비가 안 간 데 있었더냐, 아니면 제대로 못 찾아 안 나왔냐. 생각해보면 그 이름 한 번을 크게 못 불렀네. 어쩌면…… 그 긴 세월 허송하였는가?"

나는 좀 어리둥절했다.

"그게 무슨 말씀이세요? 이름을 크게 못 부르다니. 이름을

276

왜 못 부르지?"

고개를 뒤로 젖히고 사내가 호호 웃었다.

"왜냐. 왜 실컷 못 불렀냐! 사람들 놀랄까 봐."

비칠거리는 사내를 부축해, 악어가 계곡 옆 바위에 앉혀주었다. 웅크린 그 모습이 자그만 벌레와 비슷했다. 사내가 울먹거렸다.

"우리 애 찾으러 다니면서, 나 이름 한 번을 제대로 못 불렀어. 사창가에서도 큰 역 앞에서도, 전단지 나눠줄 때는 조용히 손만 움직였지. 그저 사람들 기분 안 상하게……. 나 말이오, 얼마나 속이 탔는지 몰라. 아, 여기 어디에 우리 애가 있는데, 보이지 않는 구석에 붙잡혀 있는데, 제 이름 한 번만 크게 들리면 '아빠 나 여깄어!' 용기 내 나올 텐데……. 조용히 전단만 돌리니 절 찾는 줄 모르고, 유괴범 손에 붙들려 있는 거 아닌가. 어디 모퉁이에서 제 아빨 보고도 입 막혀 끌려가는 거 아닌가. 별의별 생각을 다 하면서 우리 애 이름, 효인아 효인아 한 번 크게 부르고 싶은데, 목이 아프도록 꾹 참으면서 그거를 못 한 거야. 행여나 경비원들이 나와서 쫓을까봐. 나 그게 여기에 너무……."

사내가 손으로 자신의 가슴을 꼬집었다.

"그러면…… 불러보세요. 여기서라도. 산이니까."

내가 말했다.

"어딜." 사내가 손으로 눈을 훔쳤다. "요새는 야호도 못 하게 하는걸. 짐승들 놀란다고."

그는 내가 돌려준 딸의 인형을 소중히 받아 안았다.

"한적한 기찻길 옆에서 기차 지나갈 때…… 차 세워놓고 불러봤지. 우리 애 이름. 하지만 생각해봐. 그런 곳에서 누가 듣겠어. 대체 그 누가 들을 수 있겠어……."

사내는 더 참지 못하고 아이의 이름을 불렀다.

"효인아…… 효인아…… 이효이인!"

그 소리는 뱀의 비명처럼 가녀렸고 너무나 맑아서 나무 위 올빼미 한 마리만이 날개를 파닥거렸다. 그의 곁으로 가, 나는 투박한 손을 잡았다. 그리고 강력한 충격에 바르르 몸을 떨었다. 뾰족한 바위들 위로 넘어지려는 나를 사내가 안아서 받쳐줬다. 언젠가 범천에서 엄마와 그러했듯이, 그의 접힌 두 다리에 머리를 얹고, 나는 두 눈을 번쩍 떴다. 별이 총총한 하늘에 온갖 장면이 펼쳐졌다. 놀이터, 발자국, 장난감, 자동차…… 너무 많은 사소한 것이 지나고, 여럿의 낯선 얼굴이 화내고 낄낄거렸다. 흔해 빠진 도시 풍경이 획획 지나갔고, 더 이상 무엇이 의미가 있고 없는지 판단이 되지 않았다. 나자신이 공중에 솟구쳐 샅샅이 흩어진 듯했다. 여기가 어디인지, 내가 누구인지 모를 그런 상태가 한동안 이어졌다. 내 입에서 겁먹은 울음이 비어져 나왔다.

"효인아……!"

사내가 내 손을 비틀듯 쥐어짰다. 뜨거운 그의 눈물이 내

278

이마와 콧등에 떨어졌다. 재빨리 몸을 일으켜, 나는 밤의 숲 속을 달려 나갔다.

'이효인, 맞아. 그건 내 이름이야!'

기쁨에 젖어 떨면서 달빛을 따라 달렸다. 유명한 국립공원 의, 딱 한 명 사람의 발길이 닿은 적 있었던 산골짜기를.

얼마나 달렸을까. 이제 나는 완전한 털 짐승으로 변했다. 발가락 하나를 제외하고는 신체의 어느 한 곳도 사람의 흔적 이 남아 있지 않았다. 왼쪽 앞발 검지. 나는 달리며 그것을 바 라봤다. 털이 수북한 네 개의 통통한 발가락 사이에, 오직 그 하나만 가늘고 밋밋했다. 발톱이 얇고 투명해 작은 물고기 비늘 같았다. 연약한 그것이 엄지와 중지 사이에 얹혀서 기 묘한 느낌을 자아냈다.

문득 끼쳐 온 악취에 놀라, 나는 우뚝 섰다. 서럽고 무서운 공포가 온몸을 조여와 이겨내려고 포효했다. 힘차게 그르렁 거리자 상수리나무 둥지에서 잠자던 새들이 꺅꺅댔고, 노루 와 멧돼지 반달곰들이 깨어나 경중댔다. 꼬리를 흔들며 어슬 렁어슬렁, 나는 그 악취를 따라갔다. 그것은 다가갈수록 더 짙어졌다.

길고 뾰족한 발톱들로 나는 상수리나무 아래를 팠다. 굵직 한 뿌리 몇 개가 우지끈 부러져 날아갔다. 깊이, 더 깊이 나는 팠다. 늙은 곰 하나를 묻을 수 있을 만큼. 그리고 놀라서 물러

섰다. 끔찍한 악취를 풍기는 그곳이 텅 비어 있었기에.

어슬렁어슬렁. 나는 주위를 거닐었다. 털이 수북한 고개를 비틀어 하늘을 바라봤다. 그 무엇도 나의 시야를 가리고 있지 않았다. 아, 이곳은 자연이 만든 공원. 비와 햇살과 세월의 흐름 속에서 작은 뼛조각 하나를 남기기에는 너무나 양지발랐다.

'억울해!'

나는 속 깊은 구덩이 속으로 몸을 던졌다. 분해서 버둥거렸다. 순간, 뭔가가 내 목을 쿡 찔렀다. 황갈색 털이 수북한 살찐 목덜미를.

잽싸게 몸을 굴려서 일어났다. 달빛을 받은 흙더미 속에서 자그만 뭔가가 반짝였다. 그것은 아주 가느다랬다. 나는 연약한 검지 끝에다 그것을 걸어 달빛에 비춰 봤다. 그 폭이 10cm를 겨우 넘을, 쇠막대 사이에 두 개의 작은 동그라미. 이것을 뭐라고 부르더라? ······안경. 그래, 이것은 빨간 안경테야!

훌쩍. 풀쩍. 나는 구덩이 속을 벗어났다. 상수리나무를 기어 올라가 힘차게 으르렁거렸다. 한 번, 두 번, 세 번······ 허리가 홀쭉해질 정도로 크게! 늙은 악어, 나의 유일한 동료가 그 소리를 들었으리라. 인간의 걸음으로는 1시간. 그러나 늙은이 걸음으로는 약 90분. 그 후에 그들이 도착할 터였다. 배 속이 뜨거워! 뜨거워! 나는 상수리나무를 풀쩍 내려갔다.

'억울해. 아아 억울해!'

경중경중 날뛰었다. 새끼를 품거나 잃은 모든 짐승들이 잠자는 숲을 헤치고 아래에서 위로, 위에서 아래로 빠르게 내달렸다. 낭떠러지를 굴러떨어져 차가운 계곡을 헤엄쳐, 깎아지른 듯한 벼랑을 기어 올라갔다.

"억울함을 조심하십시오."

언젠가 들었던 박수무당의 조언이 내 귀를 간지럽혔다.

"사람의 말도 알아듣지를 못하는, 미물이 되십니다."

으르렁! 나는 산천을 향해 우짖었다. 숲의 정령이 놀라서 나와 함께 내달렸다. 이제 막 시작된 이 여정이 어디로 이어질까, 또 언제쯤 끝이 날까? 짐작도 할 수 없었다. 서늘한 달빛만 끝없이 나의 앞길을 비춰줄 뿐.

"으르렁! 그르렁!"

내 거친 포효가 드높은 악산惡山을 쩌렁쩌렁 울렸다.

# 뒷이야기

숲속을 올라가는데 좀처럼 앞이 보이지 않았다. 9월로 접어들면서 새벽 공기가 선득했다. 고속도로를 달리는 동안 가루비가 끈질기게 날리더니 기어이 안개로 변하여 자욱이 숲에 앉았다. 악어는 거친 호흡을 쌕쌕 뱉으며 좁은 돌산을 올라갔다. 나는 그 뒤를 묵묵히 따라갔다. 갑자기 눈앞에 부처의 석상이 벽처럼 버텨 놀랐다. 그것은 나보다 두 배쯤 키가 컸고, 비만한 체구로 듬직한 기상을 드러냈다. 한쪽 손바닥을 드러낸 모습이 거절의 뜻으로 여겨졌다. 더 이상 올라가서는 안 될 것 같았다. 악어는 걸음을 멈추고 합장을 하더니 고개를 수그렸다. 부처의 다른 한 손이 나의 눈에 들어왔다. 그것은 아래로 다소곳하게 펼쳐져, 무엇이든지 누구든지―그러

니까 인간의 탈을 쓴 호랑이일지라도─ 관용의 자세로 다독
여줄 듯했다.

우리는 조금 더 산을 올라갔다. 멀지 않은 곳에서 스님들
이 목탁을 치는 소리가 들렸다. 무슨 불경을 읽는 소리도 가
늘게 들려왔다. 그 사내, 이용남 씨는 벌써 도착해 법당 안에
서 절을 올리고 있었다. 악어는 친분이 있는 듯, 작은 절의 주
지와 인사를 나누었다.

"스님. 제사를 맡아주셔서 감사합니다."

"별말씀을. 안개가 내려, 오시는 길이 힘들진 않으셨는지
요."

"전혀요. 먼 길은 보이지 않으나, 한 걸음 한 걸음 보이는
것도 길이라, 부처님 큰 뜻을 새기며 왔습니다."

"허허허. 불심이 더욱더 깊어지셨군요."

"이 또한 교만이 아닌지 모르겠습니다."

따분한 대화를 귓등으로 흘리면서, 나는 법당 쪽으로 갔다.
정면에 황금을 끼얹은 듯한 부처의 상이 보였다. 아까 산길
을 오르며 본 것과는 달리, 갸름한 얼굴에 기다란 눈매가 아
름다웠다. 그 아래 제단에 사과며 배, 포도 등 제철 과일이 풍
성했다.

하나의 위패가 제물들 뒤에 있었다. 여섯 살 아이 효인의 것
이었다. 문득 흐느끼는 소리가 들려, 나는 이용남 씨가 울고
있다는 걸 알았다. 벌써 온몸을 땀으로 적신 채, 그는 엎드려

두 손을 내뻗었다. 부처를 향해 들어 올린 투박한 손가락들이 떨렸다. 얼마 남지 않은 가족, 늙은 형제 하나가 곁에서 그를 다독였다. 법당 밖에서 숨을 죽인 채 우는 여자들은 죽은 아내의 자매들이라고 했다.

다시 변덕스러운 부슬비가 내리는 가운데 천도재薦度齋가 시작됐다. 안경을 쓴 주지 스님이 부처상 앞에서 제사를 주관하고, 그보다 젊은 스님이 옆에서 보조를 하는 모양새였다.

"이곳에는 불자이신 분도 있고, 그렇지 않은 분도 계실 것입니다." 주지 스님이 말했다. "오늘의 제사는 짧은 인생을 마감한 이효인 양을 위시로 지내는 것이나, 불교의 제사는 오직 한 영혼만 위로하는 것이 아닙니다. 슬프고 외로운, 모든 떠도는 영혼을 초대해 허기진 마음을 달래고, 추모하고, 부처님의 가르침으로 극락왕생을 하게끔 비는 것입니다. 살아서나 죽어서나 우리는 혼자가 아니고, 부처님과 함께 있다는 걸 기억하십시오."

그 말을 들으며 이용남 씨가 또 한 번 울음을 터뜨렸다. 그는 손 안의 염주를 쥐면서 고개를 끄덕거렸다.


"아이를 찾은 그날로 정했다는구먼. 제삿날 말이야."

악어로부터 그 말을 들은 건, 효인의 안경을 찾고 보름쯤 지난 후였다. 이용남 씨는 제사를 어떻게 지내면 좋을지 고민 중이었다. 악어는 그에게 남양주의 한 사찰을 추천했다.

"산속에 있긴 하지만 마을이 훤히 내려다보여. 고요히 흐르는 강물도 보이고. 그런 곳이라면 아이도 무서운 마음이 들지는 않겠지."

악어가 이야기했다. 자신이 그 절의 주지를 젊은 날부터 잘 안단 설명도 덧붙였다. 나는 태어난 이후 절이라는 곳엔 방문한 적이 없지만, 가을철이면 뉴스에서 익히 보아왔다. 단풍을 즐기는 사람들 뒤로 웅장한 산과 절의 풍경들이 펼쳐져 있었다. 그러나 아직 숲에는 단풍이 내리지 않았고, 여름의 기운이 가득했다. 나는 사람들이 절하는 것을 본 뒤에야 뒤늦게 엎드려 효인의 명복을 빌었다. 주지 스님이 마이크에다 입술을 대고 말했다.

"오늘의 영가靈駕께서 어린아이이므로, 아이도 알아들을 수 있게끔 『금강경』의 내용을 풀어봤습니다."

스님은 잠시 목청을 가다듬었다. 그러고는 아주 상냥하며 따뜻한 어투로 법문을 읽어나갔다.

"옛날 옛적, 바닷속에 눈먼 거북이가 살고 있었습니다. 이 거북이는 눈도 보이지 않고 하여, 바닷속이 답답하게 느껴졌지요. 물 위로 올라가 숨을 한 번 크게 쉬어보는 것이 소원이었답니다. 그러던 어느 날……."

모두가 밖으로 나와 법당을 한 바퀴 돌고, 마당 한구석에서 위패를 불살랐다. 그것으로 제사가 모두 끝나 우리는 뿔

뿔이 흩어졌다. 빨간색 K3를 몰고 한적한 강변을 달리노라니 무엇인가로부터 풀려나는 느낌이 들었다. 나는 황갈색 얼룩이 진 왼손 검지를 내려다보았다. 문신과 같은 그 얼룩만 아니면 평범하기 그지없는 손가락이었다. 악어가 알려준 몇 가지 비법을 따라 수행한 뒤, 나는 아무 데서나 변신을 하지 않게 됐다. 그런 일이 일어날 듯하면 재빨리 몸을 숨기거나, 내게 꼭 맞는 몇 가지 문장을 기도문처럼 외웠다. 엄마의 얼굴이나 산왕역 내부의 구조 같은 걸 떠올리기도 했다.

한참을 달려 나가다 338번 국도로 빠졌다. 길고 어두운 터널을 지나가는데 귀청이 찢어지도록 커다란 구급차 소리가 들렸다. 룸미러를 보니, 차들이 속도를 줄이며 도로가로 붙어 길을 만들었다. 나도 얼른 따라서 길을 냈다. 녹색등을 정신없이 반짝이며 하얗고 큰 차가 지나갔다. 불현듯 며칠 전 일이 떠올랐다. 그것은 여러 번 생각을 거듭해보아도 불쾌하고 또 황당한 일이었다. 왼쪽 눈썹 끝에 사마귀가 있는, 그 남자가 사주카페로 찾아온 것이다.

추석 연휴의 마지막 날이었다. 아침에 눈을 뜨자마자 끔찍한 한기를 느끼고 방 안을 둘러봤다. 창문은 꼼꼼히 닫혀 있었고 방바닥에도 미지근하나마 온기가 돌았다.

새벽 조깅을 하던 중 그때까지 본 적 없던 생쥐 떼를 목격했다. 얼핏 대여섯 마리로, 골목의 어두운 하수구 안쪽을 요령 있게 드나들었다. 그중 한 마리가 꼬리를 살랑살랑 흔들더니 새카만 눈을 빛내며 나를 노려봤다. 겨우 생쥐인 주제에. 나를. 이 호랑이를.

불길한 예감이 들어서 카페를 쉴까 했는데, 그런 식으로 상황을 피해 가는 게 자존심 상했다. 명절 연휴는 사주카페에도 대목이라서 문을 닫는 게 아깝기도 했다. 근래엔 산왕시 내에 소문이 제법 돌아, 경찰에 볼일이 없는 사람들도 여럿 찾아왔다. 나는 오전에 한 커플의 궁합을 봐주었고, 사표를 쓴 뒤에 노래방을 열겠다는 한 남자의 재물운을 짚어줬다. 벌써 여러 번 유산을 겪은 40대 여자의 찬 손을 잡아주기도 하였다. 그렇게 정신이 없던 참인데 그 남자가 나타난 것이다.

간도 크지. 위아래 새까만 명품 정장을 걸친 채, 그는 산왕 경찰서 뒷문 앞에서 카페를 쏘아봤다. 그러더니 곧 몸을 움직여 이차선 도로를 가로질렀다. 때마침 손님이 상담을 마치고 나가는 중이었다. 나는 곧 그의 정체를 알아봤으나, 그의 작심이 훨씬 빨랐다. 허리춤에서 단도를 뽑아내 그가 내 얼굴에 그었다. 꼼짝없이, 내 이마와 왼쪽 눈과 콧대를 가르며 핏물이 죽 흘렀다. 나는 좀 비틀댔다. 상황이 상황인지라 어쩔 수가 없었다. 한 손님이 카페로 들어서려다 비명을 지르며 도망쳤다. 놀란 남자가 눈을 돌린 찰나, 나는 태권도 뒤후려차기를 그의 턱에다 먹였다. 남자는 바닥에 쓰러져, 기민한

쥐처럼 나를 돌아봤다. 그는 시시각각 아물어가는 내 얼굴의 피부를 보면서 큰 입을 쩌억 벌렸다.

"귀, 귀신!"

이렇게 소리치면서 출입문 쪽으로 기어가는 걸 포박해 경찰에 신고했다. 구치소에 수감된 사람이 대체 어떻게 거리를 활보할 수 있냐고, 나는 출동한 경찰들에게 물었다.

"1심 재판 중이긴 한데, 보석으로 석방됐답니다."

출동한 경찰 중 하나가 사실관계를 확인하고는 답변해주었다. 그가 말하며 엄청 기막혀하는 게 나에게 위로가 되었다. 정말이지 어이가 없었다. 스토킹도 모자라 특수상해를 저지른 사람을 보석 허가로 풀어주다니. 진정 이것이 건강한 사회를 위한 법의 논리인가? 아니 대체, 법에 있어 나는 무엇인가. 다쳐도 죽어도 그 손실을 감당할 만한 값이 싼 소모품인가?

이 사건이 또 떠들썩하게 9시 뉴스를 장식했으므로 엄마는 몹시 불안에 떨었다. 그녀는 집을 팔고 이사를 가려 했지만, 우리 동네에서 벌어진 끔찍한 사건 때문에—언론에서는 '산왕시 아동실종사건'이라고 지칭했다—집값이 뚝 떨어져 원하는 금액을 받긴 어려웠다.

"하는 수 없지. 몇 년 더 주저앉을밖에. 아이고 아버지……."

엄마는 두 주먹으로 가슴을 쳤다. 난 정든 동네를 떠나지 않아도 되는 게 좋았다. 외할아버지의 추억이 곳곳에 남은 집도. 낮은 철문과 작은 정원 그리고 낡은 기왓장 하나에도 할아버지의 겸허한 삶의 태도가, 딸들과 손주들을 향한 그 깊은 애정이 스며 숨 쉬었다. 만일 범죄자 때문에 이사를 가야 한다면, 그는 우리 인생의 한때뿐 아니라 우리 삶의 터전을 훼손하고, 더 나아가 우리의 영혼을 훼손한 것일 테지.

요 며칠, 나는 집 안 곳곳의 사진을 많이 찍었다. 소중하고 예쁜 추억을 계속 남기려고. 사법기관으로부터 넉넉히 관용을 받는 그 젊은 남자가 또 언제 무슨 명목으로 출소할는지 모르지만, 그때까지도 나는 꿋꿋이 살아 있을 거다. 그러면 그때까지…… 그 못된 인간도 자신의 행동 하나하나를 반성해 나가길, 자신의 인생을 소중히 여기고, 거기에 집중하기를 원한다.


당연한 일이지만, 요즘도 나는 매일 사주카페에 출근한다. 오직 화요일에만 문을 닫고 엄마와 함께 집 안 대청소를 할 뿐이다. 그 나머지 요일엔 오전 10시 30분에 맞춰 카페 문을 열고, 청소를 하고, 산왕경찰서 뒷문을 보면서 커피를 맛본다. 다양한 손님들이 겪은 뜻밖의 불운에 귀를 기울이고, 점심시간이면 날생선이나 생고기 등으로 허기를 채운다.

"슬슬 올 때가 됐는데."

나는 빈 그릇들을 정리하고 카페 밖으로 나갔다. 온몸을 비틀며 스트레칭을 하는데, 도로가의 은행나무들이 누런 잎

사귀를 서너 장 떨구었다. 바람처럼, 한 남자가 산왕경찰서 뒷문에 모습을 드러냈다. 그는 날 향해 손을 저었고 조금의 거리낌도 없이 이차선 도로를 가로질러 왔다.

"교통법규 좀 준수하세요. 아무리 전직이라도 형사였는데. 주변에 아는 사람도 많지 않아요?"

핀잔을 주니, 악어는 짓궂게 웃으며 검지 하나를 입술에 올렸다.

"오늘은 추어탕인가 보네. 산초 냄새가 나는 걸 보니."

나는 손으로 코를 쥐고는 카페로 들어갔다.

"그럼 그럼."

악어는 기분이 좋은지 연신 싱글댔다. 대체 오늘은 누구를 만난 걸까? 형사도 전관이란 게 있는지, 이따금 그는 산왕경찰서 후배들을 만나 점심을 사주고 경찰 조직 내 최신 정보를 물어 갖고 왔다.

"어때. 다시 출장을 갈 수 있겠어?"

악어가 손님용 의자에 앉았다. 나는 어깨를 으쓱했다.

"이번엔 무슨 일인데요?"

"역시, 장기 미제야."

악어가 대답했다. 실룩거리던 두 뺨이 밋밋하게 늘어졌다. 나는 가만히 눈살을 찌푸렸다.

"그럼, 이 사건의 원인도 과거 경찰들의 뼈아픈 실책?"

"……그렇다고 할 수 있지."

악어가 대답했다. 그의 얼굴에 고통스러운 기색이 번졌다.

"장기미제전담반이 있잖아요? 나 같은 사람이 나설 것까지 있어요?"

"그게…… 정말 해결이 어려운 일이거든. 당장에 장미반 애들이 나서긴 어려워."

"장미반?"

"그래. 이름이 워낙 길잖아. 나는 줄여서 그렇게 부른다."

흥, 나는 코웃음을 쳤다.

"뭐야? 어떤 사건은 부실 대응해, 또 어떤 사건은 증거가 없어 안 돼. 칼을 든 범인을 보면 도망을 치질 않나……. 대체 경찰이 제대로 한 일이 있기는 한 거예요?"

그러자 악어가 발끈, 눈알을 부라렸다. 툭 튀어나온 데다 주름진 그것이 진짜 살아 있는 악어의 눈 같아서 간담이 서늘했다.

"아하하. 농담이에요. 한때 내가 경찰이 되려고 했던, 그런 사람인 건 아시죠?"

"진지하게 임해준다면 좋겠다. 이번 사건의 피해자는 다름 아닌 경찰이야."

악어가 대답했다.

"으잉?"

"잠복근무 중 목이 졸려 사망했다. 벌써 23년 전 일이야."

"아니, 증인 없었어요? 잠복이라도 그 동료 있잖아요. 2인

1조가 기본인데."

"그러게나 말이다. 항상 그 기본이 안 지켜지니 문제야."

우리는 잠시 침묵했다.

"그래서 뭐…… 어떡하시게요? 증거도 없다면서."

"없어." 악어가 커다란 손으로 머리를 긁적였다. "증거 분석이 끝난 유류품은 모두 태워졌다. 유족의 뜻이었지."

"고인이 쓰던 물건들은요? 그런 건 남았겠지."

입을 꾹 다물고 악어가 고개 저었다.

"그것도 없다. 유족이 전부 버렸어."

"아니 어떻게…… 가족인데. 그립지도 않나?"

"부모님은 모두 돌아가셨고 남은 건 아내뿐인데……." 악어가 한숨 쉬었다. "오죽 괴로웠으면 그랬겠냐."

"자식은요?"

"없다. 신혼이었어."

"이것 참……. 그러면 제가 도움이 안 되잖아요."

나는 말하고 악어의 어깨 너머로 시선을 돌렸다. 오후 상담을 원하는 손님이 짧게 줄을 서 있었다.

"가보자."

악어가 일어섰다.

"어딜요?"

"거기. 그 잠복했던 곳. 그리고 그분이 감시했던 대상을 만나보는 거야."

그분이라니. 당시에 악어보다 더 상사였던 모양이지? 나
는 고개를 끄덕이다가 멈칫했다.

"만나다니. 잠깐만. 그 감시했던 사람이면…… 범죄자 아
니에요?"

"글쎄." 악어가 고개를 갸울였다. "꼭 그렇다고는 할 수 없
지. 선배는 당시에 어떤 첩보를 받고 움직였어. 그 감시 대상
은 지방법원의 판사였지. 출세를 거듭하여, 지금은 야당의 저
명한 국회의원이다."

나는 말없이 입을 벌렸다.

"어때. 생각이 있냐?"

"아니요."

야무지게 대답했다.

"그럴 줄 알았다."

악어가 고개를 끄덕였다.

"뭘 그럴 줄 알아요?"

"웃고 있잖냐."

"내가요?"

"그래."

재빨리 손으로 뺨을 만졌다. 광대가 불룩거렸다. 정말, 웃
고 있잖아?

"나가자."

악어가 몸을 돌렸다.

"지금 바로요? 아무리 그래도 근무시간은 지켜야지. 물 들어올 때 노 저으라고, 요새 장사가 얼마나 잘되는데. 자꾸 자리 비우면 손님 다 떨어져요."

"잔소리 말고, 출장도 근무의 일부야."

악어가 내 상담 노트에서 종이 한 장을 찢어내 굵은 펜으로 글자를 썼다. 출장 중.

"붙여."

그가 말했다.


기다리던 손님들에게 10% 할인 상담권을 골고루 나눠준 후 카페의 문을 닫았다. 악어는 벌써 도로를 무단 횡단하여 산왕경찰서 뒷문 안으로 갔다. 나는 소신껏 교통법규를 지켜 횡단보도를 건넜다. 암녹색 테라칸이 주차장에서 성급히 머리를 내밀며 나오고 있었다. 악어가 창을 내리고 나를 향해 손짓했다.

"경감님!"

한 젊은 경찰이 악어를 보더니 거수경례를 올렸다. 흐뭇이 웃으며 악어가 헐거운 거수경례로 답했다. 나는 조수석에 타기 위해 그 경찰 앞을 지나쳤다.

"엇!"

경찰이 눈을 치뜨고 나를 보았다.

"아닛!"

나도 놀라서 두 눈을 찌푸렸다. 그는 언젠가 악어와 함께 우리 집에 탐문을 나온, 바로 그 경찰이었다. 그 싸가지 없던 인간! 나는 조수석에 앉아 쾅 소리가 나게끔 문을 닫았다.

"아이고 무서워."

악어가 장난스럽게 큰 몸을 웅크렸다. 나는 대꾸하지 않고 그 젊은 형사와 눈싸움을 계속했다.

"어디 가십니까? 이 여자분하고."

젊은 경찰이 물었다. 무언가 불만스러운 투였다.

"출장이야."

악어가 느릿하게 대답했다. 그는 자그맣게 휘파람을 불어 젖혔다.

"출장이라니. 은퇴하셨잖아요?"

"그게 말이지, 새로운 사업이 시작됐어."

악어는 운전석에 앉아, 젊은 경찰을 향해 손을 흔들었다. 뒷걸음질을 치면서 그는 멍하니 우리를 지켜보았다.

나는 고개를 돌리고 창문을 열었다. 9월이라도 한낮이라 햇볕이 강렬한데, 바람 속에는 한 가닥 서늘한 느낌이 있었다. 큰길로 나와 교통신호기 아래에 멈춰, 우리는 잠시 번화한 도시 풍경을 바라봤다. 으리으리한 아파트들을 배경으로 화려한 상가와 광장이 펼쳐져 있었다. 그 사이로 물결을 이루듯 수많은 인파가 오고 갔다. 멀리서는 옷차림 정도만 보일 뿐 표정은 읽히지 않아 을씨년스러운 기분이 들었다. 희미한 악취가 내 코를 자극했다.

"아…… 하늘 참 파랗다. 저것 좀 봐라."

악어가 과장된 탄성을 내뱉었다.

"가을 하늘이 다 그렇죠. 유난은."

차창을 내려서 나는 심드렁하게 고개를 젖혔다. 구름은 한 점도 눈에 보이지 않았다.

"가을 하늘이 다 그런 게 아니야. 오늘이 좋은 날이지."

악어가 이야기했다. 그는 내비게이션에 새로운 주소를 입력했다.

"경로 안내를 시작합니다."

산뜻한 어투로 내비게이션이 말했다.

"얼마든지."

악어가 대답했다. 부드럽게 핸들을 잡아 돌리며, 그가 내 쪽을 보고 웃었다.

## 작가의 말

비가 오고 있습니다.
올해 첫 장마여서, 대기는 습기로 가득하고
이따금 으스스 한기가 느껴집니다.

'어째서 아이들이 사라지는 걸까?'
소설을 쓰면서 여러 번 생각했습니다.
'아이들을 누가, 대체 왜 데려가는 걸까?'
골똘히 생각해보기도 했습니다.

궁금한 마음은 풀어지질 않고 답답하게 엉깁니다.
어둡고 무서운 추측에 마음이 움츠러듭니다.

우리의 이웃은 어떤 사람들이고
또 나는 어떤 이웃인가를 생각해봅니다.

길을 잃은 아이들이 언젠가는 편안하길.
그런 마음으로 이야기를 썼습니다.

예보된 장마는 8일간입니다.
그 끝을 기다립니다.

2024년 7월

허태연

# 호랑이 아가씨

초판 1쇄 발행 2024년 8월 6일
초판 2쇄 발행 2024년 9월 27일

지은이 허태연
펴낸이 이수철
주  간 하지순
편  집 구경미
디자인 박예진
영업관리 오세미
콘텐츠개발 전강산, 송인욱, 최진영
영상콘텐츠기획 김남규
관  리 진호, 황정빈, 전수연

펴낸곳 나무옆의자
출판등록 제396-2013-000037호
주소 (10449) 경기도 고양시 일산동구 호수로 358-39 동문타워1차 703호
전화 02) 790-6630 팩스 02) 718-5752
전자우편 namubench9@naver.com
인스타그램 @namu_bench

© 허태연, 2024

ISBN 979-11-6157-190-4 03810